U0904125

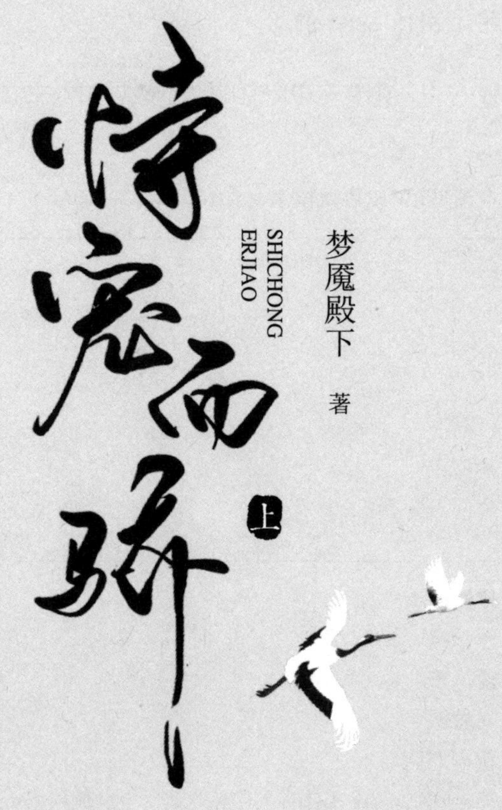

梦魇殿下 著

中國華僑出版社

图书在版编目（CIP）数据

恃宠而骄 / 梦魇殿下著. —北京：中国华侨出版社，2016.3

ISBN 978-7-5113-5985-8

Ⅰ. ①恃… Ⅱ. ①梦… Ⅲ. ①言情小说－中国－当代 Ⅳ. ①I247.5

中国版本图书馆CIP数据核字（2016）第037116号

恃宠而骄

著　　者：梦魇殿下
出 版 人：方　鸣
责任编辑：紫　夜
排版制作：刘碧微
经　　销：新华书店
开　　本：635mm×965mm 1/16　印张：33　字数：456千字
印　　刷：北京京都六环印刷厂
版　　次：2016年4月第1版　　2016年4月第1次印刷
书　　号：ISBN 978-7-5113-5985-8
定　　价：49.80元（全二册）

中国华侨出版社 北京市朝阳区静安里 26 号通成达大厦 3 层 邮编：100028
法律顾问：陈鹰律师事务所
发 行 部：（010）82068999 传真：（010）82069000
网　　址：www.oveaschin.com
E-mail：oveaschin@sina.com

如发现图书质量问题，可联系调换。质量投诉电话：010-82069336

目录

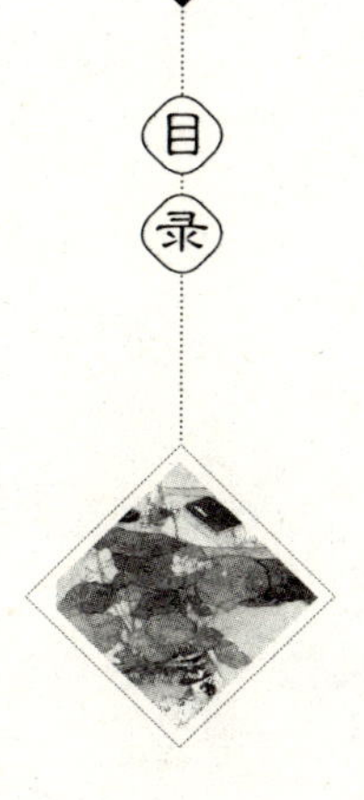

第一卷

三更话本

第一章 胭脂楼中胭脂茶

水墨字画白绫帐子里，传出剧烈的咳嗽声。

好半晌，对方才止住咳，一只苍白枯瘦的手从帐子里伸出来，然后迅速被一双女人的手握紧。

“我可怜的儿。”一名中年美妇坐在床沿，双手紧紧握住他的手，恨不能将自己的余寿灌进这只手里，“你想要什么，说给娘听，娘给你拿。”

“娘，我怕是活不了啦。”一个低沉嘶哑的声音在帐子里响起，“只是黄泉孤冷，儿子一个人下去，实在觉得有些寂寞。”

“你放心好了，娘定会找人帮你说一门亲事。”中年美妇泣道，心想儿子不但相貌出众，而且文采斐然，若不是得了这怪病，只怕京里的世家贵女也能配得，如今是没有办法了，但也不能委屈了他，定要为他寻一个年纪相仿、容貌出色、身家清白的女子成就姻缘……

结果帐中人一句话就熄了她心里的念头。

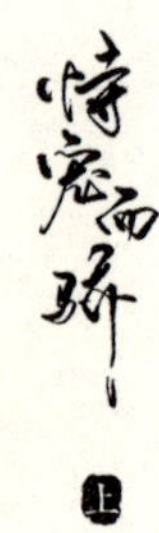

“儿子心中只有一个人选，”只听他放缓了声音，轻轻吐出一个人名，“胭脂茶楼……唐娇。”

唐娇现在尚且不知，因为某个人的一句话，她将陷入一场大麻烦中。

如今她正坐在胭脂茶楼里，阳光从右侧的窗口照进来，她发髻上的那支金步摇微微颤着，洒下乱金一片。

斜抱琵琶，素手拨过，珠滚玉盘般的琵琶声奏起，唐娇开口说道：“商九宫夜半过坟场，不想乱坟岗上竟转出一个衣衫不整的绝色美人儿……”

“停！”台下唯一的听众喊了一声，然后对唐娇严肃道，“书生和女鬼的故事已经俗透半边天了，换一个。”

唐娇马上换了个调子，一边慢拨琵琶，一边轻柔婉转地说道：“商九宫穷困潦倒，家徒四壁，只有一狗为伴。一日，商九宫病倒，为了照顾他，那狗儿就地一滚，竟变作一名绝色美人儿……”

“慢！”台下那人再次喊停，“最近镇上正在肃清风气，人兽什么的绝对过不了！你给我换！”

调子拐了个弯儿，极尽缠绵彻骨，那怀抱琵琶的美人索性唱了起来：“鸟宿池边树，僧敲月下门。商九宫打开柴门，看着眼前的高大僧人，与之相视一笑，一切尽在不言中……”

“你给我住口！”台下那人忍无可忍地打断道，“人兽已经不能忍了，两个男人相视一笑更加不能忍……还有，你别每个话本都用我的名字成不？”

“你到底想怎么样嘛！”唐娇袖子一甩，不满地说，“这也不行，那也不行，那干脆你自己写个话本好了！”

分明是恼怒的语气，可由她说来，却是未语先笑，眉眼弯弯，可谓嬉笑怒骂皆成娇嗔，让观者满腔的怒火都化作了一腔柔肠。

商九宫便是如此。

他揉着眉心，但觉头疼无比，眼前这小姑娘骂又骂不得，夸又夸不得，看她一副娇滴滴的模样，谁能狠下心肠骂她？可要是不骂她，她就要上房揭瓦！看看她最近说的话本，男人与狗、男人与猫、男人与黄瓜精……这世上的女人都死光了吗？男人一定要跟这些玩意儿在一起吗？骂了她一句，从此话本里的男主角全变成了他……

“不管怎么样，你这次给我正经点。”商九宫放下手，正色道，“讲三皇五帝、女娲补天，实在不行你讲一个和尚和三个畜生的故事……不然出了事，我可不会去牢里看你！”

“一个人坐牢多无趣啊。”唐娇幽幽一叹，“你放心吧，我要是被抓走了，肯定把你也给供出来，咱们两个在牢里也好有个照应，你给我做饭，我弹琵琶给你听。”

……那一刻，商九宫觉得自己真是家门不幸，才会招了这么个说书先生进来。

但谁叫客人们就吃她这一套呢？

跟其他的说书先生不同，唐娇总能第一时间抓住客人的心，她说的那些话本，本本浅显易懂，字字风月无边，无论是文人墨客，还是贩夫走卒，都能听得懂，也都能从中寻得乐趣，别的说书先生想要效仿她，可他们有她这样细嫩的手指吗？有她这样娇美的笑靥吗？有她这样妾发初覆额的风情吗？

故而胭脂茶楼总是客如云来。

泰半原因，是为了饮她这杯胭脂茶。

这不，巳时刚过，茶楼外头就有人在敲门，叫嚷着要进来听书喝茶。

“来了来了！想拆房子啊！”商九宫回头吼了一声，然后揉着眉心，无奈地对唐娇说，“算了，今儿你就回去歇息吧，我让曹先生替你的班。你也别光顾着睡觉，总要匀点时间出来，好好想个新话本，记得！不许人兽！不许人鬼！更不许男男！”

“我知道了！”唐娇说完，抱起她那张红木琵琶，款款向商九宫福了福，便从后门出去了。她这前脚刚走，后脚茶楼里就塞满了人。来客们听说今天早上的说书人从唐娇换成了曹先生，登时骂骂咧咧，走了一半。

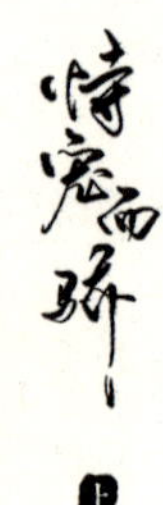

莫说他们，唐娇心里也在诽谤不已。

镇上茶楼不少，说书人更多，但一个茶楼通常只请三个说书人，分作早场、下午场以及晚场，通常晚场最火爆，镇上的人晚上没事可干，就会带着全家老小到茶楼里听书，其次是下午场，最后才是早场。

唐娇年纪小，资历浅，争不过那些老人，只能说早场。说午场的刘先生倒还好，晚场的曹先生却时常倚老卖老，拿她当丫鬟使，不但支使她端茶倒水，还对她毛手毛脚。不过如今可不同往日，唐娇的风头越来越盛，已经隐隐压过了曹先生一头，想来取代他成为晚场说书人不过是时间问题。

哪知道姓曹的输不起，居然找人把胭脂茶楼给告了，说茶楼雇了歌女，每天早上唱些淫词浪调，坏了镇上的风气。

这简直是红口白牙，坏人清白！歌女属贱籍，唐娇虽然出身贫寒，却是清白人家的女儿，怎凭他一句话就成了贱人？且书生女鬼、狐仙花妖，那是自古传唱至今的故事，三皇五帝都没说个“不”字，怎么到了他曹先生嘴里，就成了淫词浪调了？

“算了，敌人势大，姑且伏着。”唐娇心道，“反正左右不过数月，忍忍便过去了，当务之急，还是要想个新本子，否则人气一散，再难聚拢，岂不是要让姓曹的笑死……只是这也不许写，那也不许写，到底写什么好呢？难不成真写三皇五帝、女娲补天？”

想到这里，唐娇便脚下拐了个弯，走进了坊间书肆，买了几本有关历代帝王将相的话本，打算带回家中好好研读一番。可等到了家里，她没翻两页就开始打瞌睡，不得不掩卷长叹。

“怎么都似一个模子里造出来的啊？”唐娇懊恼地说，“无论是皇帝还是将军，都是相貌堂堂，威震四方，一个眼神过去，敌人全部吓得咬舌自尽了；一个笑容过去，女子们全都哭着喊着要嫁他了，还哭爹喊娘地表示多多益善，一定要娶满十八房妾，否则奴家不依啊！嘤嘤嘤嘤……”

胡乱再翻了几页，唐娇便看不下去了，索性丢开手里的话本，自书架上取了几本新出的才子佳人的书，津津有味地看了起来。

道是书中不知岁月，不知不觉已是傍晚时分，眼看太阳已落下山去，唐娇居然还不觉得饿，指下又翻过一页，忽然低低地“咦”了一声。

只见一张雪白的宣纸压在有些淡淡泛黄的书页中，背后密密麻麻布满了字。唐娇抬手将那张纸抽了出来，翻过来一看，眉头一挑，看出来这是一篇新话本，故事很简单，说的是一个少女独居一室，夜里被歹人骗出去杀了的故事。

“这行文可真是一笔流水账啊。”唐娇笑着摇摇头，一目十行地往下看，然后眉头一皱，忽又将目光跳回到第一行，重新看了起来。

唐娇越看就越感到身上发冷。

她原本以为这是书肆主人随手写的小故事，夹在书中忘记取出来，结果被她给一并买了回家，但是书肆主人怎会知道她的桌角矮了半分，不得已只好垫了一本《烈女传》？他又怎会知道她嫌壁上太单调，自己画了两幅仕女图挂了上去，而且两幅都是用自己当主角，一幅玩猫，一幅逗狗？他又怎会知道，她枕上有一道红印子，那是两天前她一不小心印上去的胭脂痕，因这几日事情太多，所以一直忘记洗了……

不错，纸上虽然流水账，但实际上，却是用一种极为精确细致的笔调，描绘出了唐娇的住处，包括她书架上有几本书，哪几本书折了页，折在第几页，全都记在了这张纸上。

而故事最后，是一句非常短小精悍的句子。

“是夜，歹人至，骗得少女开门，然后将之杀害……”

读着这句话，唐娇莫名觉得背上生凉。

她心中不禁生出一个荒谬的想法，若这则故事写实，那故事里的少女，可不就是她吗……

“咚咚咚！”

三声敲门声打断了唐娇的思绪，她转过头，望向自家大门。

“什么人？”唐娇问道，神情有些惊悚。

“是我。”门外那人说道，“老板差我过来喊你，让你晚上过去替曹先生的班！”

原来是胭脂茶楼的伙计小陆啊。

唐娇松了口气，然后迅速警觉起来："你怎么证明你是小陆？"

"……"小陆在外面沉默片刻，才开口道，"你昨天在厨房里偷吃了三碟马蹄糕、四个大肉包、一盘葵花子、两壶碧螺春……"

"好了好了，我信了！"门扉吱呀一声被打开，唐娇倚在门上，对他歪头一笑，"走吧！咱们一块儿回茶楼！"

门前站着一名青衣少年，眉眼细长，犹如两笔黛色飞入鬓角，冷峻里自带一股小小的妩媚，他斜了唐娇一眼，然后将清俊的面颊撇向一边，淡淡道："你自己去吧，我还得去给老板买李记点心还有烧鸡、桂花酿……"

他噼里啪啦说了一大串，把唐娇给说愣了，至于商九宫今天晚上到底要吃多少东西，她是完全没记住，静静听了一会儿，看对方完全没有停下来的意思，只好出言打断道："咳，小陆，你去忙吧，别让商老板等急了啊……"

小陆这才闭上嘴，朝她点点头，然后提着手里那盏青色灯笼，转身离开。

岂料走到半路，他忽然回过头来说："对了，刚刚那些话都是骗你的，有几个茶客给了我钱，教我对你这么说，好把你骗出门来。"

唐娇站在原地，眼睛一点一点瞪大。

藏在暗处的两人同她一样，两眼慢慢瞪得比牛大。

首先反应过来的是唐娇，她迅速退后一步，在两道身影扑到门上之前，已经反锁房门，然后隔着门朝外面喊道："小陆快跑！通知捕快来抓人！"

"你会给我钱不？"小陆的声音淡淡响起。

"……多少？"唐娇问道。

"一炷香内给你喊到人，二十两；一刻钟内给你喊到人，十两；一个时辰内给你喊到人，一两……反正那时候你已经死了，就当收尸钱吧。"小陆的语气就像在向茶客报楼里的茶价，吐字清晰，饱含热情。

"我哪有那么多钱啊！"唐娇大怒，她一个女孩子家，早起晚睡，勤勤恳恳这么多年，才刚刚攒够十两，这可是她日后的嫁妆钱！若要凑齐二十两，怕是要把锅碗瓢盆并着这破宅子都卖了才凑得出！

“再见。”小陆平淡地丢出两个字。

“喂！喂喂！”唐娇拼命抵着门，急得跳脚，“你不要见死不救啊！一两……不！十两！”

可惜这个时候出价已经迟了，小陆人已走远，留下两个不明身份的人不停地撞着唐娇的房门。

唐娇这房子可是百年老房，老房子该有的毛病它都有，比如下雨漏水、墙壁潮湿、门窗年久失修、观赏作用大于实际用途……唐娇发誓如果今天她能侥幸存活下来，明天定要找人把房子修得牢靠一些。对，就按监狱的功能修，要保证关键时刻自己出不去，别人也进不来！

正这样想着，唐娇忽然觉得后脑勺一疼，然后整个人被踹翻在地上。

扶着疼痛不已的脑袋，唐娇只觉眼前阵阵发黑，她艰难地抬起头，只看见一双粗布鞋子从自己眼前跨过去，然后便是房门被打开的声音。

“老大，我就说不要走正门，翻窗子比较快吧！”

“唉，花了一大笔钱买通线人，结果还是翻窗了事……”

“那个臭小子，收了老子的钱，居然一个时辰没到就出卖了老子！”

原来……今天晚上意图对唐娇不轨的歹人不是两人，而是三人，其中两个堵在她家门口，另外一个趁机翻了她家窗户，然后出手把她给打翻在地。

“我……我给你们钱。”唐娇手脚并用，把自己缩进角落里，低声哽咽道，“求你们不要杀我！”

她开始后悔了，早知道这群贼人数量这么多、这么凶残，她就该把钱给小陆的，至少小陆劫财不劫色，而眼前这伙人就差把“劫财又劫色”给写在脸上了！

果不其然，其中一个黑矮子蹲下身来，泛着腥臭味的右手捏住她的下巴，逼她抬起头来。

“不愧是胭脂楼中胭脂茶，这脸蛋没辜负这名声。”他忽然回过头问道，“老大，能让我尝个鲜不？”

“尝个头！”八尺大汉一脚踹在他身上，“等分了钱，你去窑子里尝个遍！”

“别扯淡了，快点干正事！”最后一个人从腰上解下绳子来，“刚刚动静那么大，也不知道什么时候会来人！快，动手吧。”

说完，他将绳子抛过房梁，然后结结实实打了个绳圈。

眼见此幕，唐娇哪还不知道接下来要发生什么，立刻大喊大叫地朝门口冲去，却被人拖了回来。

“闭嘴！”八尺大汉将桌上的宣纸揉成一团，塞进唐娇嘴里，然后喝令道，“行了，送她上路！”

于是剩下两人一个抱腰一个抱脚，将她的脖子往绳圈里送。

眼看着白皙的脖子就要被套进麻绳结成的绳圈里，唐娇嘴里呜呜喊着，一边摇头，一边流着泪，可那副楚楚可怜的模样，却没能感动三个杀人犯。

眼看着白皙的脖子就要被套进麻绳结成的绳索里……

忽然间，整个屋子一黑。

唐娇不知道是谁吹熄了蜡烛，也不知道屋子里究竟发生了什么事，她只听见几声短促的惨叫，然后歹人就松了手，任由她滚落在地。

机不可失，时不再来，唐娇吐了嘴里的纸团，踉踉跄跄地朝门口爬去。在她身后，是一片带着各种口音的谩骂声、惨呼声、重物落地声……

唐娇不敢回头看，她一只手已经摸到了门边，正摸索着想要站起来，打开眼前这扇大门，却不想，一只手从背后伸来，按在她的肩膀上。

唐娇吓得僵在原地，眼泪止不住地流。

良久，一缕温热的呼吸喷在她的脖子后面，伴随而来的是一个陌生的声音，他说：“不是已经警告过你了吗？不要随便给人开门。”

唐娇瞬间瞪大了眼睛。

那个声音很特别，每一个字、每一句话都是平调，没有任何语气上、声线上的起伏，但给人的感觉却危机四伏，就像一柄架在你脖子上的剑，上面流转着皎洁的月光，冰冷而苍凉。

唐娇愣了好一会儿，才回过神来。

“是、是你？在我书里夹纸的人？”唐娇一边问，一边回头。

“是我。”一只手稳稳按在她的肩膀上，他说，“别回头。”

那是一只男人的手，骨节分明，手指修长。

唐娇能够感受到对方掌心传来的温度，于是脸上的惊恐慢慢散去，露出松了一口气的表情，脑袋不由自主地一歪，将脸蛋靠在他的手背上。

“谢谢你。”她努力地笑了一下，“要不是你，我今天就死定了，对了……你是怎么知道这件事的，还写在纸上警告我？”

“因为……”那人沉默了一下，然后一字一句地回答道，“我无时、无刻、无地，不在看着你。”

“哦……”唐娇神色恍惚地应了一声，然后，忽然面色一僵。

等等，什么叫作无时、无刻、无地？

无时、无刻、无地不在看着一个素不相识的少女，这种人……不是叫作跟踪狂吗？

唐娇面色冷峻地躺在床上。

外头打更的已经敲了三更的锣，可她还是睡不着。

因为某个跟踪狂正坐在她的床边，面容恰到好处地融在暗处，隔着软烟色的罗帐，一言不发，静静看着她。

不在沉默中灭亡就在沉默中爆发，唐娇很想开口对他说，夜深了，各回各家各找各妈吧！可是话到嘴边，想起那三个生死不知的杀人犯，她就一个寒战，硬生生把这话给吞了回去。

一个连杀人犯都不怕的跟踪狂，她实在没有勇气对他说狠话。

“睡不着吗？”男人的声音忽然在夜色中响起，“需要我陪你说说话吗？”

明明是一番善解人意的说辞，但不知为何，由他说来，却让唐娇感

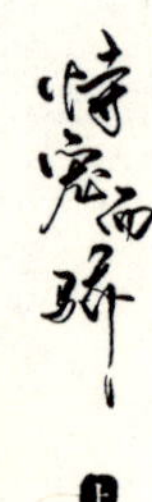

到深深的压力。

咽了咽口水，唐娇开口问道：“那三个歹人呢？你放了他们吗？”

“怎么可能？”他平静的声音里似乎隐藏了一丝冷酷的笑意，“我把他们种在院子里了。”

“……啥？”唐娇糊涂了，“什么叫种在院子里？”

“就是全身埋在土里，只露出脑袋和一只右手。”他回答。

“……为什么要这么做呢？”唐娇更觉疑惑，“明天还要把他们挖出来送官，多麻烦啊。”

“为什么要送官呢？”他笑了，那种没有起伏的声线，使得他的笑声显得异常残忍，“我也可以审讯他们，而且效率远远超过官府，更不会因为他们求饶或者贿赂，就把他们放掉。”

唐娇：“……”

听完他这番话，唐娇仅剩的那点睡意都消失了，整个人从鼻尖开始沁出冷汗。

“热吗？”他忽然问道，问完，从唐娇枕头底下抽了张帕子出来，然后非常自然地给她擦汗。

他的动作轻柔而又小心翼翼，就仿佛在擦拭一件传国之宝，偶尔之间，略显粗糙的指腹还会刮过唐娇的脸颊，一股陌生的、肃杀的、男人的气息，扑面而来。

这样的待遇，唐娇只在七岁之前受到过，如今她已经快十四岁了，实在有些消受不起，她努力想要止住汗，结果因为太过紧张，反而汗如雨下，不一会儿便连手心也变得湿漉漉的。

对方没有一点怨言，他非常细致、温柔地为唐娇擦汗，从她的额头开始，一点点向下，擦过额头、擦过鼻尖，顺着脸颊的弧度慢慢擦到脖子里，然后，他牵过唐娇的右手，掰开她的手指，一根一根擦拭她被汗浸湿的手指。

“不用紧张。”他一边擦着，一边说，“至多明天下午，那几个歹人就会告诉我们幕后主使是谁，然后，我就会处理掉他们。”

“是、是吗……”唐娇很想说她紧张的源头压根就不是那几个歹人，而是你，但最后这话还是没敢说出口，她干巴巴地笑了一下，问道，“这事还有幕后主使？”

“对。”他笑道，“其实他们刚刚就想说出主使是谁……不过，不急。先让他们在院子里放一碗血，体会一下痛苦、无助、绝望，然后再说不迟。”

说完，他将唐娇的右手塞回薄被里，又将薄被拉至与她锁骨齐平处，这才低低地说：“睡吧，明天还要工作呢。”

唐娇这才想起明天早上她还得去胭脂茶楼说书……不，不是明天早上了，而是今天早上。看外面这半明半暗的，眼看着快要天明了，唐娇赶紧闭上眼睛，能睡一会儿是一会儿，哪怕只能眯一会儿也好。

许是因为夜里折腾得累了，唐娇眯了一会儿，居然睡了过去，待她睡着之后，那人静静走到窗户边，桌子上散放着文房四宝，他研墨提笔，在宣纸上落了一行字：“人已找到。”

之后，他对着窗外吹了一声口哨。

黑夜中，一只猎鹰振翅而来，落在他的臂膀上，收拢起翅膀。

他解开皮囊，喂它吃了一些东西，然后将纸条卷成筒状，放进它脚上的信筒里。

“去吧。”兜帽底下发出低沉的声音，猎鹰重新振翅高飞，化为云端一个小点。他则回到床边，就像一条忠实的鹰犬，静静守她至天明。

唐娇对此一无所知，待她睁开眼睛，晨曦已经照进窗台，一朵桃花曲折横斜过窗外，上头停着一只小鸟，时而啄食着花朵，时而发出悦耳的叫声。

唐娇无声地侧过头，看着床边，那里已经没了那个男人的踪迹，只剩一张高背直立木椅静静地立在那里。

“是梦吗？”唐娇迷迷糊糊地环顾四周，然后面色一僵。

她看见了房梁上的那条麻绳，黄褐色的麻绳结成一个绳圈，静静地吊在房梁下方。

咽了声口水，唐娇盯着那绳圈好一会儿，才走下床来，朝后院走去。

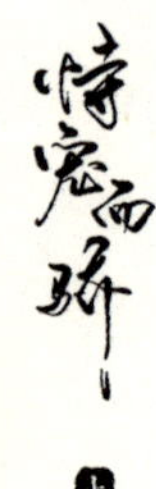

她的屋子很小，院子也小，方寸之地只够晒晒衣服或者种几盆花。唐娇本想到院子里摘根杨柳枝用来漱口，岂料刚进院子，就看见井边上搁着一只脸盆，里面盛满了热水，白色水汽蒸腾不止，犹如云烟般氤氲而起，云烟里放着一只小碗，碗口边沿架着一根新鲜的杨柳枝。

唐娇看着这只盆，半晌说不出话来。

她犹豫了一下，最后还是拿起那根杨柳枝，放在鼻子下面一嗅，发现上面居然撒了一层青盐。

唐娇盯着那层青盐，老半天都没舍得把它塞嘴里漱口。青盐，这可不是用来吃的，而是富贵人家用来净口的，至少四百文一斤，即便是平安县这种富县，也不是谁都用得起的，用得起的那几户人家，也只有老爷太太在用，下面的公子小姐，若是受宠的还能分到一些，不受宠的就只能舔杨柳枝或者用手指漱口。

唐娇的面色阴晴不定，琢磨着要不要把这青盐抖下来拿去卖了，最后还是叹了口气，将杨柳枝塞进嘴里。

没办法，旁人若是问起，她可说不清这青盐的来路，难不成要告诉人家，是某个跟踪狂献出来的殷勤吗？

漱了一半，唐娇舀了半碗水，轻轻抿了一口，在嘴里咕噜咕噜转着。

“呜呜呜！”一个古怪的声音从她背后发出，唐娇疑惑地转过身去，然后一口水就这么喷了出来。

只见院子尽头，靠墙壁的泥土里，露着三个人头。

看模样，分明是昨天夜里想要入室杀人的歹人，他们果如跟踪狂所说，被种在了院子里，只露出头和右手，三个人嘴里都塞着碎布，眼上也都蒙着黑布，而右手手腕上都割开了一条细小的血线，手腕下面还放着一只小碗，里面都盛了半碗多血。

仿佛是怕他们三个人的丑脸吓着了唐娇，某个人还特地移了几盆花，装饰在他们脑袋边。

此时此刻，三人哪里还有昨天夜里的威风与凶恶，听到院子里有动静，一个个从喉咙里发出嘶吼，蒙在眼睛上的黑布已经被泪水浸透。

对这三人，唐娇心里没有任何一丝同情，从他们三人昨天的行为来看，显然是杀人惯犯。齐国现今的法令已经明文规定，夜无故入人家者，杀之无罪。她就算是直接把他们三个杀了，官府也只能送她张“勇斗歹徒”的横幅，不能判她有罪。

就是青天白日地看到地上有三个脑袋，感觉有点寒战，再看看他们碗里的血，唐娇哆嗦了一下，匆匆漱完口，便跑回屋去了。

恶人自有恶人磨，他们三个还是交给那跟踪狂吧。

结果前脚踏进房门，唐娇便整个僵住。

这才多久，她才漱了口洗了把脸，桌上就已经摆好了三菜一粥。

菜倒不是什么丰盛佳肴，一碟腌萝卜干、一碟凉拌皮蛋、一碟桂花奶糕，红的绿的、香的甜的都有，再加上一碗熬得稠稠的鸡丝粥，这场景不是做梦也胜似做梦了。

只是，依然是噩梦。

他到底观察了她多久，才晓得粥品里她最钟爱鸡丝粥，以及吃鸡丝粥的时候，最爱搭配的就是这三种小菜。

再联系他写下的那则短话本，以及话本里精确细致的关于她房间的描写……

唐娇觉得自己再一次认识到了，什么叫作无时、无刻、无地不在看着你……

一时间，连平日最喜爱的鸡丝粥也变得难以下咽，一勺粥舀上来，还没吃，眼珠子就开始四处乱转，总觉得有一股视线落在自己身上，可又说不清那视线从何而来，或许是从房梁上，或许是从柜子里，或许是从床底下，又或许根本就是近在咫尺……

“怎么不吃？”一缕温热的呼吸吹在她脖子后面，“不合胃口吗？”

“没，没有。”唐娇吓了一跳，急忙把勺子里的粥往嘴里送，只是握勺的手有点发抖。

见她开始吃饭，后面的男人便沉默了下来。

半晌，一只手从身后伸出，慢慢抚上唐娇的发顶，指尖握着一柄桃

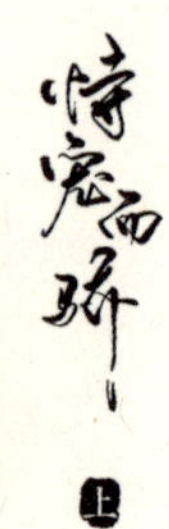

木小梳，梳齿插进唐娇浓密的乌发中，从发顶一路梳至发尾。

“别动。”另一只手按住了唐娇的肩膀，他说，“你吃饭，我帮你梳头。”

“……”唐娇一边喝粥，一边将目光扫向桌角的那面黄铜镜子，试图从镜子里看到他的长相。

但是很可惜，这张镜子是从坊里掏出来的廉价品，不但镜面模糊，而且上头还裂了一道缝，照镜子的时候，左脸与右脸总是不对称的。唐娇尽了最大的努力，却只能看到对方穿了一件黑衣服，有着颀长的体形和一双漂亮的手。

“好了。”他的动作很快，而且手指极为灵巧，半碗粥的工夫已经为她梳好百花分肖髻，然后抬手拾起妆奁盒中的那支金步摇，斜斜插进她的发髻里。

风入轩窗，几片桃花吹落在唐娇的脸颊与肩上，但见她垂睫颔首，发髻上碎金点点，面颊淡淡生晕，正是豆蔻韶华好颜色，娉娉袅袅十三余。

后面那人看着这一幕，沉默了半晌。

“去吧，中午记得回来吃饭。”他说，“到时，我把审讯结果告诉你。”

两人分别，各做各事，这天早上，唐娇发挥得极差。

不但说书的时候走了神，琵琶还拨错了三个音。

所幸她的客人素质参差不齐，那些贩夫走卒之类的，便是走了音也听不出什么来，几个文人骚客虽是听出了不对，但看她笑容娇美可爱，便都笑着摇摇头，放了过去。

不过，也并不是所有人都会看她年纪小，就肯放过她的。

待到早场结束，唐娇抱着琵琶下了台来，结果一抬头，便看见曹先生朝她走来，只见对方三四十岁，穿着一件月白色长衫，手里端着个青花瓷杯，面上笑容可掬，看起来俨然是个和蔼长者，只是一开口，便是明枪暗箭。

“有道是术业有专攻，一介歌女怎么干得好说书先生的活？”曹先生站在唐娇面前，笑吟吟道，“你自己说说，一个早晨，你犯了几次错？与其砸了胭脂茶楼的招牌，不如早点回家去，多看看书，学点东西，再不济也能趁着年轻嫁个好人家相夫教子，何必在外头搔首弄姿，弄这一身铜臭味儿，你说呢？”

换了往日，唐娇能嬉笑怒骂间把他骂成狗，可今天她实在没这心情。

“行了行了，有什么话不能吃了饭再说吗？”商九宫摇着扇子，出来打了个圆场。

“哎！商老板，您实在太宠着她了！”曹先生跺着脚道，“您这样，就不怕寒了我们这些老人的心吗？”

“瞧您这话说的。”唐娇再也受不了他了，她脑袋一歪，巧笑倩兮地看着他，“曹先生，您今年三十四岁，又不是三百四十岁，想要代表楼里的老人们，恐怕还得再过个几年……或者几十年吧？”

潜台词是你少往自己脸上贴金，你代表不了别人，你就代表代表你自己吧！

“你！”曹先生气得拿手指着她。

唐娇仍然满脸是笑，浑身是娇，从他边上擦身而过，临了还抬手拍了拍肩膀，仿佛刚刚那一擦身碰到了什么脏东西。

“商老板！你看看她，你看看她啊……”曹先生立刻转头向商九宫哀怨诉苦。

商九宫揉着眉心，唐娇对他哀怨诉苦他还能接受，可这么个五大三粗的男人还跟他哀怨诉苦……他真有些受不了，只好敷衍道：“饿死了，饿死了，先吃饭啦！”

胭脂茶楼中午是管饭的，楼里不当班的店小二、茶师、说书先生都会到后院里吃饭，甚至有时候商九宫本人都会来凑个热闹。

唐娇刚走进后院，就看见小陆端着菜盘从厨房里走出来，转头看见她，小陆愣了一下，开口道：“你还活着啊？”

唐娇看见他就气不打一处来，冷哼道：“你这没心没肺的东西就盼着我死啊！”

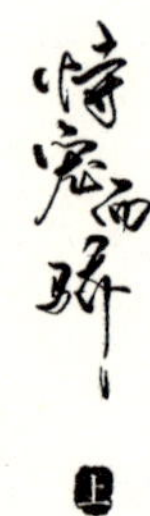

“怎么办？”小陆皱起眉头，“我没做你的饭啊。”

……敢情他是真的盼着唐娇去死，这样就能少做一个人的饭。

这可真是世间有万物，一物降一物，唐娇刚把曹先生气个半死，转身就被小陆给气炸了肺，若换了平日，她肯定把小陆那份给抢来吃，反正他理亏在先，不怕他不给，只是忽然浑身上下打了个激灵。

她怎就忘了，有个人特地嘱咐过她……中午回家吃饭……

“……算了。”唐娇抱着琵琶，有些神色不定地摇摇头道，“我今天有点不舒服，不吃了。”

“哦。”小陆也没什么太大反应，只是淡淡看她一眼，便道，“晚上我正好要从你家那边过，需要我给你带份晚饭吗？”

不等唐娇反应过来，他便接着说：“白饭三文钱，加一个素菜十文钱，加一个肉菜三十文钱。当然，如果你能再加个跑腿费，我会很高兴的……”

“再见！”不等小陆说完，唐娇就甩头离开。

难怪小陆都快十八了还单身，过去唐娇还一直觉得奇怪，觉得小陆要脸蛋有脸蛋，要身材有身材，手脚勤快手艺多，不但会沏茶还会炒菜，人还老实不花心，这样的人怎么就找不到老婆呢？

现在她终于明白了……

别说其他人了，她也受不了这种人啊！他眼里只有钱！

离了胭脂茶楼，唐娇慢吞吞地往家里走去，绣花鞋踏过青石板街，身旁一座矮房挨着一座矮房，家家户户都是黑瓦白墙，被雨水一洗，便如水墨画一般。

待到了自家门前，唐娇稍微犹豫了一下，最后还是摇摇头，对自己说：“此人虽然偷窥加擅入民宅，但他到底救了你的命……你要让他离开，也须得温言软语，好好相劝。”

言罢，她推门而入，结果整个人愣在原地。

这……这……这是什么地方？她没走错门吧？

放眼望去，只见屋中一尘不染，连桌子脚都反出一层蜡光；平日四处乱丢的话本书籍，如今都整整齐齐地摆在书架上；书桌上笔墨纸砚摆放得整整齐齐，昨天看了一半的书已经在桌面上摊开，中间插了一片树叶当书签……

唐娇面无表情地走进屋子，一路走到后院，抬头一看……居然连被子和她的脏衣裳都洗好晒出去了！

“回来了啊。”身后传来平板无波的声音，“洗洗手，准备吃饭了。”

“哦……哦……”唐娇还在看着在晾衣绳上翻飞的被子和衣裳，总觉得那绳子有点眼熟……依稀是昨天歹人们用来吊她的那条麻绳……

想起那几个歹人，唐娇便转过脸去，看着墙角那三个人头……

手腕上的血早就止了，可是跟踪狂晾了三条帕子在他们脑袋上，帕子不停往下滴水，就滴在他们手腕下面那只接血的碗里。

滴一下，脑袋抽搐一下；滴一下，脑袋抽搐一下……

有一个歹徒已经完全抽了过去，歪着脑袋一动不动，剩下的两个哭得肝肠寸断，让唐娇这个受害者都忍不住生出了一丝怜悯……这还是江洋大盗杀人犯吗？一个个哭得跟没奶的孩子似的……

“我现在给你们一个机会。”平板无波的声音从唐娇身后传来，“一个速死的机会。”

脑袋们顿了顿，然后拼命点头。

“是谁派你们来的，派你们来做什么？说出来，就给你们一个痛快。”他说完，伸手在唐娇背上推了一下。

唐娇会意，她走上前去，把塞在歹人口中的纸团扯了出来。

“县令夫人！”湿漉漉的纸团刚离了嘴，两个歹人立刻竹筒倒豆子似的喊道，“是县令夫人让我们来的！”

“县令夫人？”唐娇皱起眉头，“县令夫人为什么要找我这个市井小民的麻烦，你们说谎！”

“没有！是真的！”其中一个急忙解释道，“县令夫人想要找你当他们家的媳妇，这才找上我们的！”

“媳妇？”唐娇愣了。

“不错。”一名歹人神色憔悴地说，“实不相瞒，县令夫人指明了

要你当他们家的媳妇，所以才找上我们哥儿几个。”

“若要结秦晋之好，应该找媒人。”唐娇一脸怀疑，“怎会找上你们几个江洋大盗？”

“如果是想要一个活的媳妇，自然是要找媒人。”对方惨笑一声，“但若想要的是一个死媳妇，那就得找我们了。”

“少胡扯！”唐娇骂道，“谁家找死人当媳妇啊！”

到了如今这步田地，歹人干脆豁了出去，也不求活命，但求把更多人拉下水，于是他直截了当对唐娇道：“县令家的公子都快病死了，给他找个活媳妇也用不上啊，死媳妇好歹能陪他一起入土！所以县令夫人才派人找到我们，让我们帮她做这个媒，媒钱三百两！姑娘，你懂了吗？”

三百两。

可在杭州城里购一座靠湖的大宅子，可在人牙子手里买下好几个娇姿艳质的女孩儿，可在京城的秦楼楚馆里一举为头牌赎身，如今却用来说一场媒……而且还指明了必须是死人媒。

唐娇眼睛一眯：“……我懂了。”

这不是媒钱，而是买命钱。

县令府，暮家。

水墨字画白绫帐子里，咳嗽声渐平。

中年美妇坐在床边，满脸疼惜地望进帐里。

“夫人……”身后传来小心翼翼的呼唤声。

中年美妇抬抬手，止了她的话头，然后小心翼翼地将儿子的手塞回被子底下，才转头使了个眼色，意思是有话出去说，莫要吵着她儿子歇息。

两人一前一后出了屋，外面正是一片斜风细雨，吹得院中花开花谢。

“事情办得怎么样了？”中年美妇站在屋檐下，抽出条金线织牡丹帕子擦了擦泪。

“夫人，李家三兄弟死了。”管事打扮的女子站在一旁，恭恭敬敬地回道。

“死了？”中年美妇，也就是县令的正妻王氏愣了，“怎么死的？”

“三个人都是从河里被捞上来的，其中两个是淹死的，还有一个……”管事顿了顿，“是被吓死的。”

“吓死的……”王氏嘴角向上扯了一下，“那姓唐的小姑娘到底有多丑，居然把人给活活吓死了。”

管事知道自家夫人不待见那个小姑娘，尤其是最近打听到，这小姑娘实在不像个好人，成天在外面抛头露面不说，还在茶楼里吹拉弹唱，行事就像个歌女似的，也难怪世家出身的夫人不喜欢她。

“是啊，除了一张脸，她没有半点配得上我们家公子的。”管事瞅着王氏的脸色，“要不……换一个？”

王氏闻言，面色沉痛地摇摇头：“要能换就好了，只是蟾宫一门心思要娶这姑娘，平日我这当娘的还能说说他，如今他的身体这个样子……我又怎能……呜呜呜……”

说着说着，王氏就哭了起来。

管事在旁一边安慰，一边在心里叹气，心想自打公子出了事，夫人就基本长在公子房里不出来了，家里的事也不管，一心一意只想把那姓唐的姑娘弄进家门，但又觉得对方轻浮无知。若是让她进了家门，前两年公公婆婆活着的时候还好，等他们两个老的一死，丈夫又不在，只怕要闹出丑事，索性把对方弄死了，陪着儿子一同下葬才好。只是身为世家女，县令妻，怎能为了自己的私欲而置王法于不顾呢？她这般恣意妄为，只怕日后要闯出大祸来。

果然，她哭了一阵子之后，就擦干眼泪，双目望着栏杆外面的风和雨，幽幽道：“这或许是蟾宫在这世上最后一个愿望了，我这做娘的，定要为他实现……”

这句话随着外面的风雨飘去，远远地，化作细雨飘进胭脂镇里。

这时的胭脂镇已经入夜，茶楼门口的红灯笼挂起来，吃茶的吃茶，说书的说书，这里面没有唐娇的身影。她夜里吃过饭之后，就趴在书桌

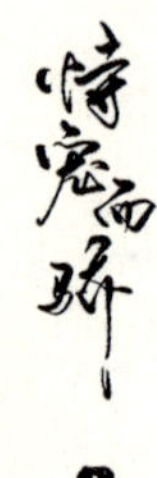

上写新话本，写了撕、撕了写，最后一句话都没写出来，懊恼地将笔一丢，背靠在椅子上，开口说道："我很感谢你，但你什么时候走？"

男人的声音从她身后传来，他说："我走后，你必死无疑。"

"不会吧。"唐娇觉得他在危言耸听，"那几个歹人都已经死了啊。"

她是早上听到的消息，说是河里发现三个男人的浮尸，听了旁人描述，知道就是那三个入室杀人的歹徒。对此，唐娇心里没有半分负罪感，因为在短短三年内，他们已经杀了七个弱女子，然后贩卖到男方家中，给对方家里夭折的男孩陪葬。

每个人心里都有一杆秤，在唐娇看来，那几人死有余辜，杀了他们，等于救了更多无辜女子，所以即便知道杀他们的人就在身后，但唐娇绝不会因为这点儿去诟病他。

但一事归一事，君虽行侠仗义，但总跟踪偷窥还赖在姑娘家不走，这未免有些不妥吧……

"此事尚未结束。"他站在唐娇身后，笃定道，"县令夫人必有后招。"

"难道晚上还会有人来夜袭？"唐娇拿拳头支着下巴，蹙眉问道。

"有这可能。"他淡淡道。

唐娇方觉出他的厉害来，他不死缠滥打，相反，唐娇觉得反倒是自己得死缠滥打，求他留下来守夜……

这么做的代价是夜不能眠。

待到唐娇爬上床，某人便悄悄来到了她床边，肩上披着一件黑色披风，兜帽罩下来，半张脸都藏在阴影里。

姿态潇洒地将披风一掀，他坐在床边的凳子上，然后略略抬头，目光盯进软帐内，凝在唐娇身上。

这视线灼得唐娇浑身不自在，觉得他虽然安静得犹如泥塑，却像是将一腔热情都注入眼中，视线落在她身上就像两只手，沿着她身体的曲线一路抚弄……

"我睡不着，你陪我说说话吧。"唐娇侧过头来，脸蛋枕在藕白色的手肘上，仰着头看他。

“你想听什么？”他问，整个人，整张脸，恰到好处地融在黑暗中。

“你之前把那三个歹人种在院子里放血……”唐娇问，“为什么另外两人没事，唯独那个矮胖子被吓死了？”

“那是一种刑罚。”他沉默了一下，回答道，“过去我和弟兄们刑讯他人的时候，偶然发现，只要把一个人放在黑暗里，蒙上眼，再在他手腕上割一道浅浅的口子；然后，挂个破皮囊在他身边，往下面不停滴水……这人就会误认为是自己在流血；然后惊慌、恐惧，乃至活活被吓死……”

……听了这番话之后，唐娇觉得自己更睡不着了。

这人以前究竟是做什么的？狱卒？杀手？又或者传说中的魔教中人？

唐娇本想套他的话，可惜她平时只爱看些风花雪月的故事，对刑讯一事无甚研究，所以压根无法从这段讯息里看出对方的身份，想了想，她复又开口问道：“除了刑讯，你平时还干什么？”

“不干什么。”他简短地回答道。

“……”唐娇抿了抿唇，觉得也许是自己的意图太过明显了，于是放软声音问道，“那你平日喜欢吃什么？”

南北口味不一样，能知道他喜欢吃什么，说不定就能猜到他是哪里人。

岂料他立刻回道：“什么都吃。”

唐娇不死心：“常喝什么酒？”

他回道：“什么都喝。”

“……大哥，你能别这么敷衍我吗？”唐娇觉得对方实在难缠，自己这个小小的话本先生估摸着是套不出他的话来了，于是满腔烦恼化作一声叹息，“你怎么什么都随便，就没有什么特别在意的东西了吗？”

“有。”他的目光从黑夜里射来，深深凝视着唐娇的脸，“你。”

唐娇窒住了，趴在床上，望着他说不出话来。

两人就这样静静地看着对方。良久，他缓缓伸出手，修长的手指穿过轻柔纱帐，冰冷的指尖触在她的脸上。

“不用试探我。”他低声说，冰冷的呼吸吹动眼前的纱帐，“无论我过去做过什么，无论我过去是什么人，从现在开始……我只属于你。”

……唐娇觉得这是她今天晚上听到的最可怕的话。

“你别这么说。”唐娇一边抱着被子发抖，一边战战兢兢地说出肺腑之言，“你这样……我真的很为难……”

何止是为难，这几天唐娇直接把脱衣服睡觉的习惯改了！洗澡的时候更是眼观六路、耳听八方，只要有一点风吹草动她就打算跟他翻脸。昨天晚上，她如厕时忘记带纸，立刻听见他在外面敲门，问要红草纸还是蓝草纸……

唐娇简直难以描述自己当时的心情……

可他听了唐娇的肺腑之言，只是略作思考，便坦然答道：“无事，就由我来排除万难吧。”

一句话说得平淡无比，但唐娇宁可他激情澎湃，因为激烈的感情最是容易消磨，反倒是这种归于平静的感情最是难办，因为他已经做好了迎接万难的准备，于是刀山火海都不怕了，只想着要怎么走到最后。

唐娇实在难以想象这样的未来，跟一个连脸都不肯露出来的跟踪狂一起度过余生，每次如厕的时候他就守在外面阴森森地问要红草纸还是蓝草纸……唐娇觉得自己一定会英年早逝，不行，一定要拒绝他！

想到这里，唐娇低下头来，开始斟酌拒绝的话。

可是他根本不给唐娇拒绝的机会，冰冷的手指从她的脸颊滑至她的下巴，轻轻一捏，便逼她抬起头来。

唐娇望着手臂伸来的方向，黑夜里不能视物，她只能隐约在眼中勾勒出他的身形，高大、矫健，透出一种难以言喻的气势，颜色似夜，味道如血。

“先别忙着拒绝我。”他用拇指左右摩挲着唐娇的嘴唇，然后，拇指轻轻按在她嘴唇中间，仿佛要将拒绝的话封在她的唇齿之间。

这动作实在太过暧昧，唐娇偏过头，将他的手指甩开。

他毫不在意地收回手，在床边正襟危坐，唐娇这才注意到他的背脊挺得笔直，从最初到现在，坐姿没有改变过，于是又忍不住开始猜测他的来路，说他是衙门中人，浑身上下却笼着层暗沉沉的杀意，说他是武林中人，他身上又看不见江湖人士的浪荡肆意，说他是魔教……你见过替姑娘家煮饭、梳头、洗衣服、修窗户的魔教中人吗？人家魔教才不兴这套，人家看见漂亮姑娘都是直接按倒脱裤子的！

“给我一个月时间。”他接着说，“之后，你就不会再有这样的顾虑了。”

“嗯？”唐娇没懂他的意思。

一个月后，她懂了。

第二章 自有修罗断清明

一晃二月便过去了，三月时节雨纷纷，唐娇窗外的桃花被雨打落了半数，仅留下空落落的花枝在细雨中轻颤。

那个跟踪狂依然赖在唐娇屋子里不肯走。

而唐娇……她已经习惯了。

可见惯性是件多么可怕的事，还没到一个月，仅仅二十几天之后，唐娇就失去了警戒心，渐渐习惯了对方的存在，只是时不时会踱到院子里，盯着几年前不小心丢田螺的位置出神……她最近有点怀疑它会趁她不注意的时候，变成田螺汉子，然后给她洗衣、做饭、抓坏蛋……

而连续抓了三次歹徒之后，就再也没有歹徒敢光顾唐娇家了，坏人间也有自己的情报渠道，唐娇家里藏着个武林高手的事情传开之后，就连小偷从她门前走过都会非常自觉地把双手亮出来，以示自己没带作案工具，没有作案企图，求凶残成性的高手大人放过。

由俭入奢易，由奢入俭难，最近唐娇总是一边吃着碗里的饭，一边在心里痛斥自己的堕落。如今县令夫人也该知难而退了，她怎能为了一餐饭，而把一个来历不明的男人留在家里呢！

……可他提供的不是一餐饭，而是一日三餐啊。

唐娇咬着筷子，正在天人交战之际，忽然听见外头有人敲门，放下碗筷，打开门一看，她整张脸立刻冷了下来。

“哎！娇儿，别关门啊！”看见唐娇立刻就要关门，对方急了，两只手往门缝里送，然后被夹得哇哇大叫。

一个女人的声音就在他身后响起，她尖叫道：“王娇，你就是这样对你爹你娘的？”

“我娘死了，我爹是唐拨弦。”唐娇听了这话，索性把门打开，日光照在她脸上，她平静地看着对方，道，“我是唐娇，不是王娇。”

门前站着一男一女，男的极富态，穿着福字纹锦袍，滚圆的肚子把袍子撑了起来，露出两根柱子似的腿。女的极高瘦，身上穿着大红色的百蝶穿花衣，十根手指头上戴满金戒指，发髻上更是插满各式各样的金簪步摇，阳光一照，脑袋背后似乎能生出一圈光晕来，活似挂画里那些弥勒菩萨。

这是唐娇的继父王富贵，以及她的后娘刘翠花。

“你这说的是什么话？”王富贵运用身体优势挤进门来，走这两脚路他就已经气喘吁吁，抖着肥肉道，“你可是吃王家的饭、穿王家的衣长大的，怎么翅膀硬了，就翻脸不认人了？”

“敢问王家的米、王家的衣是谁买的？”唐娇笑着问。

王富贵嘴角扯了扯，没说出话来。

十三年前唐娇的母亲周氏从外地来到胭脂镇，左手抱着前夫的女儿，右手提着一个蓝布包袱，包袱里是五十两雪花银，以此为嫁妆，嫁给了当时的泥腿子王富贵，那银子换来新房新衣、柴米油盐，原指望的是夫唱妇随，一世一双。

没想到一年不到，王富贵就开始嫌弃周氏，继而思念起打小一块长大的邻家姑娘翠花，经常偷周氏的首饰拿去讨好她。六年后周氏暴毙，他就顺理成章地娶了翠花，还带回来一个六岁的女儿。

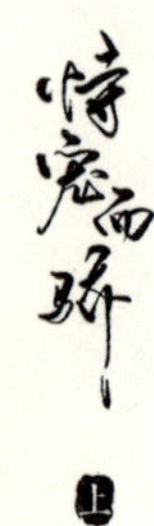

翠花一进门，就占了周氏的屋子，把周氏的衣服首饰都当作自己的，又怕唐娇长大以后跟她讨要这笔财物当嫁妆，索性将她送出去给人当童养媳。

当时唐娇只有七岁，既不能干重活也不能圆房，加上被翠花折磨得瘦骨伶仃，肯要她的人实在不多，怕带回去养不活。最后还是镇上的说书先生唐拨弦用一袋米当谢礼，把她给领了回去。

唐拨弦三十多岁了，还是个瞎子，眉宇间总是藏着苦大仇深，更是显得老。唐娇心里七上八下地跟他回了家，一进门就跪在地上，哭着给他磕头，求他收自己当义女，自己以后一定会好好伺候他、孝敬他，赚来的钱全给他。

许是被唐娇哭得烦了，唐拨弦冷着脸看她许久，最后终于还是同意了。

于是唐娇把自己名前的姓改了，跟着他姓唐，帮他洗衣、做饭，后来跟着他学认字、说书、弹琵琶。严格来说，唐拨弦对她不坏，但最初几年，唐娇有点怕他改变主意，所以总是对他敬而远之，闷着脑袋拼命干活，日子过得久了，才慢慢培养出父女之情，两人相依为命，唐娇既把他当爹又把他当妈。

可惜唐拨弦久病缠身，前年终是没能熬过去，死之前，他每逢说书就把唐娇带在身边，把她介绍给茶客、介绍给同僚、介绍给商老板，直到商老板答应让唐娇接他的班，在胭脂茶楼里说书，他才松了一口气，闭上眼睛睡了过去，第二天再也没醒过来。

唐娇披麻戴孝，亲眼看着他的棺材入土。

自此以后她只有这个爹，只认这个爹。

如今时隔多年再看到王富贵，她眼睛里只有陌生，亲情亲情，有亲才有情，既然对方都不拿她当自己人，那她用得着把对方当自己人看吗？于是她笑容寡淡道：“两位今天来找我，就是为了叙旧？还是打算把我娘的东西还给我啊？”

翠花听了这话终于忍不住了，冷哼一声道：“你娘既然进了王家的门，那她这个人就是王家的人，她的钱也就是王家的钱！”

唐娇早料到她会这么说，当下嘻嘻一笑，抬手送客道：“那我们就没什么可说的了，请吧请吧。”

“哎，一家人，不要吵。”王富贵出来打了个圆场，抬头对唐娇笑，“其实你娘那些嫁妆首饰，也不是不能给你。”

无事献殷勤，非奸即盗，唐娇听了这话，立刻警觉起来。

“只要你肯认祖归宗，王家的东西就是你的东西。”王富贵笑着说，“怎么样？跟爹回去吧，回去以后，你就住你娘的旧屋子里，她以前穿过用过的东西，我都已经重新放回去了……你就不想回去看看吗？”

“用不着。”唐娇气不打一处来，扫了一眼翠花，笑道，“我正看着呢。”

可不是，翠花头上那圈簪子里，有好几根都是周氏的旧物，其中那根燕子衔珠步摇是周氏一直用着的，如今换了个人戴，唐娇就觉得怎么看怎么不顺眼。

注意到唐娇的目光，王富贵立刻转过身去，抬手把燕子衔珠从翠花头上拔下来，然后往唐娇手里塞，一边塞一边说：“拿去拿去，都是你的。”

唐娇手里拿着那根步摇，想留下，又不敢留，王富贵今天的态度实在太奇怪了，她用头发想都知道里面有鬼，所以虽然不舍，最后她还是把步摇给翠花丢了回去，调侃道：“算了，替我娘赏你。”

她心里一直看不起翠花，偷偷摸摸跟她爹在一起，还没过门就有了孩子，按照时下的习俗，这样的人就算过门了也只能当妾，万万没有扶为正妻的道理，更何况对方无论容貌举止，还是才学肚量，没一样能比得上她娘，唐娇实在不懂王富贵为何要舍了珍珠，选了鱼目。

王富贵拔走步摇的时候，翠花的面色已经变了，如今接过步摇，她的面色就更难看了些，手指收拢，握紧步摇，她抬头望向唐娇，笑了起来。

“我知道你一直看不起我。”她道，“但你知不知道，你娘年轻时做过什么？”

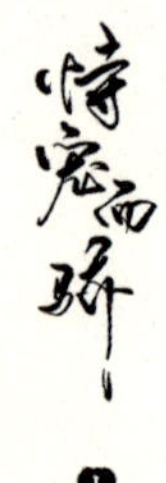

王富贵转身给了她一个巴掌，怒目道："你住口！"

"你看不起我！我还看不起你呢！"翠花捂着脸，转过头来朝唐娇尖声笑道，"野种！你娘是个偷汉子的淫妇！"

唐娇勃然变色，拔下发髻上的金步摇，用尖锐的一端指着她道："你再说一句看看，信不信我把你戳成筛子？"

"小贱人，我怕你啊！"翠花把满头的簪子都拔了下来，双手握满瞄准唐娇。

"你们两个够了！"王富贵吼道。

唐娇和翠花一同看着他，手里的簪子发出锐利的光。

王富贵咽了咽口水，气势瞬间弱了下来，对唐娇赔笑道："爹下次再来找你。"然后便搂着翠花走了，两人行至巷口，王富贵立刻皱眉对翠花说，"你怎么搞的，县令夫人还在等我们回话呢，你怎么就这么沉不住气呢？"

"是那贱丫头太过分！"翠花气闷道，"你也是，干吗这么拐弯抹角，直接告诉她，县令公子看上了她，打算纳她当小妾不就行了？"

"若她这样容易摆布，我又何苦亲自来这一趟？"王富贵笑呵呵地摇头道，"她是她娘教的，从小教她的第一个字不是'爹'字，不是'娘'字，而是'我'字。长大以后她跟她娘一样，自私自利，凡事都先想到自己。"

听他这样评价周氏，翠花的脸色好看了不少。

"好了，这还不是为了玉儿吗？"王富贵伸手揽了揽她的肩，笑着说，"等把娇儿嫁过去，咱们就是县令的亲家了，到时候便可给玉儿找个好婆家。嗯……我觉得王秀才的儿子就不错，读书人，长得也俊秀。"

"我记得县令家还有个小儿子。"翠花转了转眼珠子，"跟玉儿的年纪差不多，而且等大公子过了，继承家业的就是他了。"

王富贵皱皱眉，觉得她实在异想天开，最后还是摇摇头道："你想那么多干吗？首先，咱们得让娇儿认祖归宗，回到我们王家的籍上，这样才好随意摆布她，让她嫁谁就嫁谁，让她当妾就当妾。"

想到这一日，翠花便跟着笑了起来，故意屈膝佝背，把脸颊靠在王富贵的肩上，说："好，你说话算话，我等着这一天。"

阳光照在他们背上，温暖而又和煦，像在他们背上铺了一层金色蒲公英，被风一吹全是幸福的味道。

唐娇站在巷子口，愣愣地看着这一幕。

一会儿恨，一会儿心酸，一会儿黯然，最后她回到家里，呆呆地看着空无一人的屋子，忽然抽了抽鼻子，说："手。"

背后立刻伸了只手过来。

唐娇伸手："握着。"

对方一言不发，握住了她的手。

他的手很大，轻而易举地将唐娇的小手裹在手心里，一阵温暖从他的手心传来，唐娇想起了母亲，想起了父亲，想起被他们牵着的时候。

眼角含着一丝泪光，唐娇反手握住他的手，说："握一会儿，别放手。"

被王家人这么一闹，唐娇觉得心情抑郁，最后居然鬼使神差地向那个跟踪狂寻求安慰……一想起这事，唐娇不但感到抑郁，还有些羞躁。

待到曹先生上台，这份抑郁就达到了顶点。

这几日她已觉出不对，茶客们看她的眼神饱含深意，更有人远远地对她指指点点，起初唐娇没明白是怎么回事，直到某个好心的茶客委婉地对她说："今天别那么早回去，留下来听听曹先生说书。"

唐娇便找了个借口留下来，正巧她上本书说完了，要找商老板商量新书的事情，结果商量完出来，晚场正好开始，曹先生站在台前敲了敲醒木，道："昨儿说到那周氏妇人不守妇道，引了一名盲眼说书人入了香闺……"

唐娇听到这里已经觉得不对头，再听了几句，登时怒发冲冠，立刻就想冲上去，却被路过的小陆抬手拦住了。

"过来。"小陆说完，拽着她的手，把她拖进后堂。

进了后堂，唐娇甩开他的手，指着外头，浑身发抖道："胭脂茶楼许他这样胡说八道，毁人清白？"

外头，曹先生的声音抑扬顿挫地传来。

“那妇人本是寡妇再嫁，身边还带着一个女儿，却是杨花不改水性，通体媚骨生香……

“那盲眼说书人中年未娶，表面上虽是一副道貌岸然的模样，实际上却是一段干柴，一点就着……

“受那妇人挑逗，盲眼说书人哪里忍耐得下去，但觉一段滑腻之物舔过他的眼与鼻、嘴与心，浑身上下登时软了下来，只有一处硬了起来……

“有诗为证，芙蓉帐暖，春宵一度，不求永结同心，但求露水情缘……”

“我跟他拼了！”唐娇再也听不下去，转头就往外面冲。

小陆伸手把她按住，清清冷冷地说道：“他现在既没指名，也没道姓，但你若这么冲出去，那便谁都知道他在影射你母亲和养父。”

“我现在就去把他杀了。”唐娇眼睛里滚着泪，冷冷道，“你别拦我，我已经做好了蹲监狱的准备！”

听了这话，小陆将凤眼眯得细长，双手环抱，歪着脑袋看她，半晌，笑道：“你杀不了人。”

杀人全靠一腔热血，被小陆这么一拦一阻，唐娇脑子里的那股热血渐渐冷却了下来，她沉默地看了小陆一眼，说：“那我去找商老板给我做主。”

“找他没用。”小陆悠悠道，“如果没得到他的首肯，你以为曹先生能当众说这部话本？”

唐娇摇摇头，不肯相信他的话：“商老板不是这样的人。”

“你很了解他吗？”小陆冷笑了，“你以为他是什么样的人？”

是啊，商九宫是个什么样的人？唐娇仔细回忆，第一次见面的时候，是三年前，胭脂茶楼忽然易主，商九宫取代了原本的老板，成了老爹的东家，后来也是唐娇的东家。他年过三十，但保养得很好，看起来像个二十七八的儒雅青年，似乎每时每刻都在笑着，唐娇从来没见过他发怒的样子。

可胭脂茶楼上上下下的人都很怕他。

只有两个人例外，一个是唐娇，一个是小陆。

其他的，唐娇便不知道了，他成了亲没有，他每个月去外地做什么，他的家在哪里，家里有什么人，喜欢什么，不喜欢什么，她统统都不知道……

“说起来都是你的错。”小陆冷淡地扫了她一眼，“你吊了他那么多年，总该给他点好处吧？”

“我……”唐娇刚开个头，就被小陆打断了。

“没有人会无缘无故地对你好。”小陆道，“商老板这么照顾着你，你还是新人的时候，他就捧你上位；你揭不开锅的时候，他就招待你在茶楼里吃饭，一吃就是三年；逢年过节，他还会送新衣裳给你，哦，你头上那支金步摇也是他送的吧……说句话啊，你打算怎么回报他？”

“我一直在给他赚钱啊。”唐娇总算找到个机会插了句嘴。

“曹先生也可以为他赚钱，而且赚得比你多。”小陆嘲道，“而且客人喜欢你，有一半原因是你年轻貌美，等到你年老珠黄了，谁来听你说书？曹先生就不同了，他这个人虽然人品不好，但是文品方面叫人没法挑剔……而且男人嘛，都是越老越吃香。”

唐娇抿了抿嘴，没说出话来。

小陆笑道：“偷偷告诉你吧，商老板很有钱，别说一个你，就算是一百个你也养得起……”

唐娇盯了他好一阵，才呵了一声，问道：“这话是你对我说的，还是商老板让你转达给我的？”

小陆住了口，似笑非笑地看了她一会儿，然后狭长的凤眼瞥向旁边的仕女游园红木屏风。

屏风后面传来微微一叹，旋即转出一个身影来，那是个风姿隽永的中年人，虽不再年轻，但被岁月洗练出一种别样的滋味，他含笑望着唐娇，水墨画竹骨扇子一下一下拍打着掌心，温声道：“是我让他说的。”

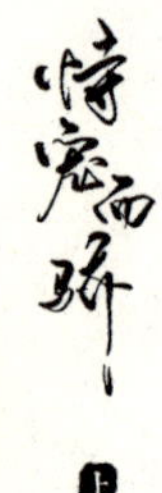

唐娇望着那人，胭脂茶楼的大老板——商九宫。

半晌，她才声音沙哑道："让我想想。"

说完，她就转过身，慢慢走出了胭脂茶楼，形单影只，背影凄凉。

小陆站在原地目送她离去，然后，转身朝商九宫伸出一只手。

"话已经帮你说完了。"他淡淡道，"给我酬劳。"

"好好好。"商九宫一边摇头，一边将一锭银子放在他掌心里，"真是，帮忙说句话也要收钱。"

"不够。"小陆依旧摊着他的手掌，"让我说了那么多违心的话，必须给两倍的钱。"

"臭小子，你坐地起价啊！"商九宫苦笑起来，一边摇头，一边将一枚同样大小的银锭放在小陆掌心里，末了，好笑地看着他，"看不出来啊，你还挺挂心这唐丫头的……怎么？喜欢她？喜欢就不要接这笔买卖嘛。"

小陆面无表情地摇摇头："只是觉得你脑子有病，花一堆钱跟人结仇。"

"嘿，我可没打算让她恨我。"商九宫自嘲一笑，"我这么做也是为她好。县令家那个痨病鬼想要纳她为妾，嫁给他还不如嫁给我，至少我不会让她守活寡。只是娇儿心气太高了，我必须敲打她一下，才能去掉她那一身的傲气，心甘情愿地嫁过来做妾……"

小陆上上下下打量了他一番，皮笑肉不笑地道："小心偷鸡不成蚀把米。"

却说唐娇回到家中，关上房门，整个人就滑落在地，脸埋在膝盖间，背靠房门站不起来。

"起来。"平板无波的声音从旁边响起，"地上冷。"

唐娇呜咽了一声，转过脸去看他。

一只大手却迎面挡了过来，轻轻覆在她的眼上，然后，一只有力的胳膊轻而易举地将她从地上抱起，就像在抱一个孩子。

他走到床边，刚将唐娇放在床上，就被她抱紧了脖子。

"除了我爹娘，没有人会无缘无故对我好。"她的下巴搁在他的颈间，小声哽咽道，“说吧，你想从我身上得到什么？”

他沉默着，没有回答。

“是我的身体吗？”唐娇问道，眼泪在他指缝间蔓延，“也是，我什么都没有，就只剩这身皮囊，县令公子想要，商老板想要，你也一样吧？”

他仍旧沉默着，一只手从袖底扯出一条黑色的绸带，蒙在她的眼睛上，然后带子在她脑后打了个结。

唐娇安静地坐在床上，耳垂上是一对白珍珠，身上是一件白底海棠纹襦裙，裙底下露出一双白色绣花鞋，整个人看起来又白又小，像块甜美的白糖糕，唯独眼上横着一带黑色，被泪水渐渐湿透。

他深深看着她，然后在她面前单膝跪下，牵过她的双手，大手将她的小手合拢在掌心，掌心的温度犹如温暖的篝火传递过去，对她说：“我什么都不要。”

唐娇张了张嘴，嘲讽的话、质疑的话，到了嘴边，却只剩下无奈的叹息。

“县令公子和商老板都看上我了。”唐娇抽了抽鼻子，“一个想让我陪他一块死，一个想让我当妾……你说，我跟谁好？”

“谁都不要嫁。”他握紧唐娇的手，对她说。

“嫁给县令公子的话，我可能就活不长了。”唐娇却恍若未闻，低声道，“但我付出这么大的代价，他们总该给我点好处吧？比如说，让王家人每年去我娘坟上磕头烧香……他们如今吃的、喝的、用的，都是用我娘的嫁妆钱买的，难道不该对她好些吗？”

“又或者嫁给商九宫。”唐娇顿了顿，接着说，“他是个有钱人，据说是个京城里的大商人，不知为何会跑到这个小镇子上来……哈，嫁给他，我就有穿不尽的衣裳，用不尽的胭脂水粉了，还可以让他把曹先生喊来，让他学鸟叫就学鸟叫，让他学猴子跳就学猴子跳，那部诬陷我娘的话本，叫他一页一页吃下去……”

“……够了！”一直沉默无言的男人忽然吼了一声，吼完，右手抚上她的脸颊，粗糙的拇指默默抹去她脸上的泪水，仿佛低叹般道，

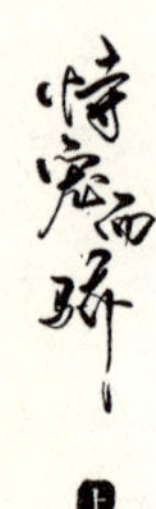

“……够了。”

“不然还能怎样呢？”唐娇忍了又忍，最后不争气地哭了出来，“他们有权有势，我有什么？我拿什么跟他们斗？左右也是斗不过的，我，我……”

话未说完，他已猛然起身，上前一步，跨过两人间的距离，伸手抱住唐娇，过了一会儿，低下头来，嘴唇隔着黑色绸带，吻了吻她流泪的眼睛。

“不要哭。”他低声说着，额头抵着她的额头，呼吸着彼此的呼吸，声音低沉沙哑，“你不哭的话……我可以为你做任何事。”

说完，他牵起唐娇的手，然后，将一本黑色的册子，放在她的掌心里。

“这是什么？”唐娇握着册子，好奇地问道。

“话本。”他简短地回答。

“你写的？”唐娇用手指去勾蒙眼布，却被他抬手拦住。

“从明天开始，你就开始说这部话本。”他说，“每隔三天，说一个故事，至多三个故事之后，曹先生就不敢再为难你。”

唐娇“扑哧”一笑：“除非里面写的是他老婆偷人的记录。”

“七个故事之后，胭脂茶楼对你而言将可有可无。”他继续说，“你就算坐在家门口说书，听客也会纷至沓来。”

唐娇哈哈一笑：“那除非这里是穷乡僻壤，只有我一个说书人。”

看唐娇笑了起来，那个男人似乎也感到很高兴，遍布全身的阴森感似乎瞬间淡化了不少，暂时从眼镜王蛇变成了毒性不那么强的五步蛇……

唐娇觉得又好笑又心酸，她刚觉得自己一无所有，他就把这东西塞到她手里，无论有没有用，都是一份心意，来得恰是时候，来到……她的心底。令她忍不住将册子按在心口，左手情不自禁地抚上他的脸颊，温声说：“对不起……你别担心，我不嫁县令公子，也不嫁商老板了。嗯……我明天就去杨柳茶楼，看看他们还收人不。”

他看着她，缄默不语，抬手握住她的手指，脸颊靠在她的掌心里，闭上眼睛，轻轻蹭了一下。

唐娇的手不由自主地颤了一下，但最终没有抽回去……感受到这点，他直接就从五步蛇变成了毫无毒性可言的菜花蛇，差点就在她手上盘起来了。

两人谁都没有开口说话，任凭时间在身边流逝，直到夜深了，他才将她按在床上，帮她脱了鞋子，盖上被子让她睡觉。

女人的脚怎能让旁人摸到，唐娇很是不好意思地骂了他一声，他愣了一下，说了句对不住，然后老老实实地坐在床边看着她。

换了最开始那几天，唐娇一定会借题发挥，骂得他狗血淋头，无地自容，不得不灰溜溜地离开此地。而现在，唐娇只说了他几声，就有些舍不得了。

“再让他待一阵子吧。”她闭上眼睛，心里有些脆弱地想，“过几天，等我心里好过一些了，再让他走吧……”

一边想着，唐娇一边抱紧怀里的黑皮册子，就像心里有了根支柱，支撑着她还能站立不倒似的，慢慢进入了梦乡。

早上的时候，唐娇睁开眼，桌上照旧放着温热的粥品小菜。

唐娇喝着粥的时候，不知不觉，有一种被爱着的感觉。

心中不禁感到宁静与温暖，就像窗台上盛放的兰花，被阳光俯首亲吻。

默默喝下最后一口粥，唐娇抱着琵琶出了门，去了趟胭脂茶楼，却被告知商老板给她放了个长假，这段时间不用来了，于是折了回去，沿路拜访其他茶楼，笑得娇美可爱，拐弯抹角地向茶楼老板自荐。

本以为以她现下的人气，很容易就能被别的茶楼接受，却不想一路走来，竟没有一家茶楼肯接纳她。最后相熟的一个老板偷偷告诉她，商九宫已经跟大伙都打过招呼了，所以现在谁都不会收下她，收下她的人就是打定主意要跟商九宫对着干了。

唐娇过去只是偶尔听人说过，说商九宫是京城里来的大老板，她一直半信半疑，觉得一个大老板不会年纪轻轻跑到胭脂镇上来养老，但现在她有些相信了。原来这世上真有这样的人，只轻飘飘的一句话，就能

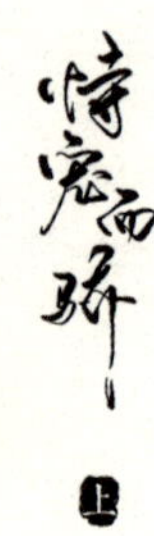

断人活路。

难道真的只能坐自家门口说书？赚的钱能糊口吗？唐娇不禁感到心事重重，身后的人喊了她三四遍，她才醒过神来，回头朝对方笑道："三娘子，什么事啊？"

"想什么呢？都喊你三遍了！"一名布衣荆钗，却难掩丽色的妇人朝她招手，"来来，过来坐。"

唐娇奔波了一早上，也感到有些累了，便走到她的摊子上，拉开一张凳子坐下，开口道："还是老样子啊，给我一碗鸡蛋面，里面多加点辣椒。"

"好嘞！"三娘子乐呵呵地应了一声，开始给她下面。两个大一些的女儿乖巧地在她身边帮忙，另外两个小一些的就钻到唐娇身边来，用湿漉漉的眼睛看着她，央她给她们讲故事。

看着三娘子有些憔悴的侧脸，唐娇心里叹了口气，三娘子当年可是镇子上有名的美人，结果被媒人害了，嫁给了面铺老板的小儿子，那人好吃懒做不说，还是一个重男轻女的，三娘子连着给他生了四个女儿之后，他就对三娘子非打即骂，成天吆喝着要休了她，另外娶一个会生儿子的。

唐娇整日看她鼻青脸肿的，心里很是同情，有心想让她存点私房钱，以免日后发生意外，所以一有空就在她铺子里吃面。只是她现在没了胭脂茶楼的活，以后为了省钱，只怕是不会再来这里吃面了……

"唐姐姐，你给我们说个故事听吧。"一个软糯的声音打断唐娇的思绪，她俯首看着眼前的两个小丫头，见她们脸上又青又紫的，便知道她们又挨了父亲的打，轻轻叹了口气，正了正怀中琵琶，温声道："你们想听什么？"

"人家唐姐姐说书可是要收钱的，你们两个少在那儿捣乱！"三娘子百忙之中，转头教训了女儿一句，然后有些歉意地看了唐娇一眼。

唐娇反觉得有些尴尬，过去她说书还能值几个钱，现在却连茶楼的大门都进不去了。

"三娘子，不碍事的。"她颇有些不好意思地说，"反正闲着也是闲着，我给她们说几段呗。”

“那……也行。”三娘子笑了起来，眼睛弯弯的像两个月牙，“你挑个短一些的故事说给她们听吧，我给你下个鸡蛋吃。”

唐娇推辞了半天，最后三娘子还是给她选了个大鸡蛋，磕碎了下进面里。看着这一幕，唐娇心里又感动又无奈，心想算了算了，以后咬咬牙，半个月来吃一次好了。一边想着，她一边拨了一下弦，笑着问眼前两个小丫头：“给你们说《春草记》好不好？”

《春草记》是时下最流行的本子，说的是花妖化人、入宫为妃的故事，很受镇子上的小媳妇大姑娘喜欢，听到要说《春草记》，不但两个小丫头雀跃不已，连另外两个给三娘子打下手的丫头也忍不住抬起头来，朝这边张望。

“哎，还是换一个吧。”三娘子沉默了一下，终还是笑着说，“《春草记》太长了，她们听了上段没下段，夜里会熬得睡不着……还是给她们讲个短故事吧。”

其实听书的钱并不贵，点上一壶茶水就能听一晚上，但是三娘子是负担不起的，她的日子过得比唐娇还要苦，唐娇是一人吃饱全家不饿，而三娘子却要养活全家人，恨不得能将一文钱掰成两半花，哪里有闲钱去听书？

只是这事颇有些为难人，时下流行长故事，故而说书的不说短故事，写本子的也不写短故事，一时半会儿，唐娇还真拿不出短故事来。

等等……

唐娇忽然思起一物，随手将插在腰带里的那卷黑皮册子抽出来，眉头挑了挑，她隐约记得对方说过，每隔三天说一个故事……意思就是说，这话本其实是一个接一个短故事的合集咯？

想到这里，她随手将本子摊在桌子上，翻了一页。

雪白的宣纸上，是一片密密麻麻的字。

每个字的形状大小几乎一模一样，完全不像人写下来的字，倒像是雕版印出来的字体，字里行间也不带任何感情，流水账一般地平铺直叙下来，不像在写故事，倒像在做一项记录。

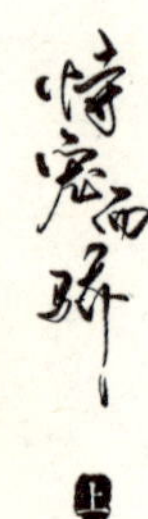

“唐姐姐，这是你新写的本子吗？”一个小丫头咬着拇指，充满渴望地看着她，有些怯生生地问道，“可以说给我们听吗？”

“有什么不可以的？”唐娇笑了笑，决定不再想那么多，反正左右不过是个话本罢了，至于那人说的，三个故事以后就能客如云来什么的，她其实压根就不大信……

膝下围着三个明眸皓齿的小丫头，唐娇素手拨弦，婉转唱道：“吃不得鹤顶红，听不得媒人口，她要说人丑，潘安也是歪鼻裂口，她要说人美，无盐也是绝色妖娆，却说镇上有一名恶媒人，姓刁，故称刁婆……”

三个小姑娘趴在她膝盖上聚精会神地听着，旁边吃面的客人也停下来听她说书。听到一半，有一个客人“扑哧”笑了起来，说：“这刁婆……怎么那么像咱们镇子上的薛婆子？”

众人跟着笑了起来。

却不知道，此时此刻，薛婆子正在哭。

她没法不哭，女儿和孙女被反捆在一起，嘴里塞着抹布，泪流满面地看着她。

她只能跪在地上，朝眼前那个男人磕头。

“这位爷，求您放我们一条生路吧！”薛婆子的眼泪渗过脸上每一条皱纹，“钱都藏在床底下的罐子里，您全拿走！”

男人居高临下地俯视着她，面孔被藏在兜帽底下，只露出一个坚毅的下巴，以及微微勾起的薄唇。

窗外明明阳光明媚，可照在他身上却没有半点温暖，反而像是照在刑场上的铡刀上，刀锋边沿残留着斑驳陆离的血迹，黑的、红的，反将阳光污染。

他站在屋子里，就像一片巨大的阴影，将整个屋子和外界隔绝，无论外面是阳光还是细雨，屋子里都只剩下阴森和恐怖。

“薛春兰，”毫无声线起伏的声音从他嘴里发出，他说，“你是个媒人。自古父母之命，媒妁之言，许多家庭含辛茹苦地将孩子养大，然后将他们托付给你，希望你能帮他们寻一个好亲事，这也是你的本分……可你没有这么做。”

在薛婆子恐惧的目光中，男子慢慢掏出一只瓷白色的小瓶，用拇指拨开瓶盖，然后将里面黑色的液体，倒进面前的青花大茶壶里。

“你有一副伶牙俐齿，却只为了钱财说话。给你的媒钱多，纵是下三滥的懒汉也会被你说成潘安再世。相反，给你的媒钱若是少了，纵是国色天香，也会被你说成满脸麻子。”他一边说着，一边提起茶壶，朝一只青花茶杯内倾倒，“你用你的舌头葬送了无数人，制造了无数个悲惨的家庭……”

黑色茶水注满杯子，杯面荡开的涟漪犹如弯曲盘旋的蛇。

“现在，”他拉过一把椅子，在茶桌边坐下，单手支着脸颊，兜帽的阴影下，嘴唇勾起一个邪恶的弧度，“让我看看……你是否能用这条舌头，来拯救你自己，以及你的家庭呢？”

阳光斜照，靠窗的桌子上摆着没吃完的青菜米饭，一只胖麻雀从花枝上落下，低头啄了一会儿米饭，忽有阴影袭来，它来不及振翅，便被一只大手摄去。

男子收回手，走回茶桌前，一只手端起桌上那只青花茶杯，另一只手捏开麻雀的喙，往里面灌了一点茶水，随后撒手一扔，那只麻雀就落在薛婆子脚边。

麻雀没死，但抖着翅膀在地上打滚，连发出的叽喳声都是断断续续的……这还只是几滴茶水。

看见这一幕，薛婆子觉得自己浑身上下都凉透了。她慢慢转头，望着那名男子，战战兢兢地问道：“你，你究竟想怎样？”

“我想听故事。”男人说，“把你错牵的那些媒，造下的那些孽，一样一样说给我听……每说一样，我就倒掉一杯水，你说得越多，茶壶里的水就会越少。”

听故事？薛婆子不禁愕然，然后心中大骂不止，心想外面茶楼那么多，你怎么不随便找家坐下，然后说王侯将相的，说宫妃争宠的，说花妖狐仙的，说风月无边的……一坨坨故事能把你听吐，何必来这里折腾我这个媒婆，术业有专攻！隔行如隔山啊！

“不过，我只给你两个时辰的时间。”他又道，“两个时辰之后，剩下多少，你就喝多少，喝不下去的，就由你的家人为你代劳。”

听了这话，被捆在床边上的两人立刻挣扎起来，双双隔着嘴里的抹布，朝薛婆子发出呜呜的叫声。薛婆子看了她们一会儿，才慢慢转过脸来，身上发着抖，脸上淌着汗，对那名男子道：“你，你说话算话？只要我说了，你就会放过我跟我的家人？”

“不用求我。”男子重又坐回茶桌后，单手支着脸颊，慢条斯理地说，“能救她们的人是你，不是我。”

薛婆子忍不住卷了卷舌头，每当她要舌绽莲花替人说媒的时候，她都会习惯性地活动活动这条舌头。但过去，她鼓动唇舌是为了说谎话，而今天，她鼓动唇舌却是为了说真话。

“这世上，人人都想嫁世家子，人人都想娶美娇娘，但哪能人人如愿，最后还不是价高者得之？”薛婆子叹了口气道，“虽然很多人说我这老婆子的不是，但老婆子收了钱，自然得要帮忙说话啊……就比如现在刘记面铺的那个三娘子。”

说到这里，薛婆子忍不住唇角向上勾了一下，显是将对方这桩婚事当作了平生得意之作。

“三娘子容貌出挑，手脚也勤快，当年被家里人当成珍珠一样，铁了心要将她嫁给秀才老爷，以后好当个官家太太。”薛婆子道，“不过秀才老爷是那样好找的吗？老婆子就劝他们退而求其次，把女儿嫁给了刘家的小儿子，那孩子在白鹿书院读书，虽然没有秀才身份，但到底是个读书人，一个上等人……最起码，他自己是这么以为的。”

刘三一直认为自己是个读书人，是个上等人，除却读书之外的事，全是下等人做的事，所以纵然屡试不第，却仍然不肯干活，不肯跟家里人学手艺，只成天窝在房内不出来，家里人骂他，他就捧书大念书中自有颜如玉，书中自有黄金屋。

倘若知道真相，张家人肯定不会把三娘子嫁给他。可是薛婆子收了钱，所以一个劲儿地替刘三说话，一张嘴把他夸成了文曲星下凡、诸葛亮再世，他整天闭门不出不是因为懒，是为了等待贤王三顾茅庐。

张家人被她哄得一愣一愣的，等把女儿嫁过去，才发现完全不是那么一回事儿。可嫁出去的女儿泼出去的水，明知道对方是个好吃懒做还喜欢打老婆的浑人，张家也只能捏着鼻子认了。有心找薛婆子麻烦，薛婆子便叉着腰骂他们，说是你们要选个读书人当女婿的，刘三就是啊！只不过他除了读书，其他都不会罢了！

“事情就是这样。”说完这段往事，薛婆子抬头盯着那个男人。

“不错的故事。”男人轻描淡写地说了一句，然后举起茶杯，挥手一扬，杯子里的茶水就尽数洒在地上，留下一地泼墨般的痕迹。

薛婆子有些失望地低下头，她先挑三娘子的故事说，其实是怀疑对方是三娘子找来的姘头，为她打抱不平的。毕竟三娘子是镇子上出名的美人，虽然嫁了人，但身段姿色都摆在那儿，或许有男人对她余情未了，肯为她出这个头。

但看这男子无动于衷的样子，又似乎不是这么回事，仔细想了想，她开口道：“还有一次，镇上的刘老爷死了老婆，打算找个黄花闺女续弦……可不是家里穷得揭不开锅，谁会把家里的黄花大闺女嫁给一个四十多岁的老鳏夫啊。后来他找上我，我就给他出了个主意。”

林家的长子在刘老爷家里当长工，他妹妹二丫每隔一段时间就会过去看他，顺便给他带点吃的用的，若有空闲，还会帮他洗洗衣服。刘老爷就特地找人支开林家大郎，然后关上房门，对二丫亵玩了一番，回头虽然被林大郎打个半死，但没关系，二丫的名声也毁了啊，放在她面前的就两条路，一是自尽，二是嫁给刘老爷。

“这桩亲事又成了。”说完，薛婆子抬眼去看那男人。

“不错的故事。”那男人举杯扬茶，依旧是一副轻描淡写的模样，既不感到愤怒，也不表示厌恶，这个态度反让薛婆子感到忐忑起来。

不是为了女人，也不是为了公理正义，那他到底为什么找上她？真的就是为了听故事吗？

薛婆子看不透他，也就无法对付他，只能照着他的话去做，按他的意思去说，只是心里的恐慌越来越大，以至于声音都开始发抖。

“张家的三女儿嫁到牛家村去了，我告诉他们，那户人家有田有

地，有房有牛，就是没告诉他们这人已经四十多岁了，还是个瘸子，以后嫁过去，所有的田都得由这女娃来耕……"

一杯茶泼出去。

"还有隔壁老谢，家里生了一堆女儿，实在养不活了，就想送人当童养媳，我帮他们送掉了三个女儿，其实那三个女儿……都被我卖给了人牙子，往后若是运气好，还能进大户人家当个小妾奴婢，若是运气不好，呵呵……估计也就是半掩门的命吧。"

一杯茶泼出去。

"对了，还有我那个侄女……"

一桩桩旧事道出，一杯杯茶水泼落，渐渐地，薛婆子已经没法思考，嘴巴麻木地说着话，她的眼睛一直盯着桌上的那只青花大茶壶，这茶壶怎么这么大？里面为什么能装那么多茶？到底还要说多少句话，里面的茶水才能泼完？

她……她已经没有故事可说了啊！

"怎么了？"男人右手提着青花大茶壶，缓缓将茶杯注满，"继续啊。"

薛婆子张张嘴，却发现再也没有故事可说了。

似乎看透了她的心思，男人的声音变得阴森起来："说完了，就请喝茶吧。"

"不不！我还能说！"薛婆子连忙喊道，她舔了舔干裂的唇，心想，要不就编个假话吧。

她是很擅长说假话的，不然也不能成为镇上的头号媒人，但是她过去面对的不过是些村夫愚妇，现在要面对的却是一个阴森可怕到了极点的男人。

"那是去年的事了。"薛婆子有些不敢面对他，低下头，眼睛不停地眨，"我在牛家村的一个远亲，请我为他做个媒……"

"慢。"男人说了一个字，然后起身，慢步走到薛婆子面前，巨大的阴影从他身上落下，犹如笼子般将薛婆子罩在里面，薄唇向上一勾，"你说谎了。"

“不！我说的都是真话！”薛婆子的声音骤然变大，紧张之余，语速越来越快，“老婆子是真有一个亲戚在牛家村，那臭小子一门心思想入赘……”

没等她说完，男人便扣住她的下颌，另一只手握着青花茶杯，将满满一碗茶水灌进去。

那一刻薛婆子觉得自己就像在吞一团火，喉咙好似要被烧穿了一样。

“继续吧。”男人放开手，淡定自若道，“说真事给我听，或者继续喝茶。”

“咳咳！我……咳……我说！我说！”薛婆子趴在地上，鼻涕眼泪糊了满脸，两只手抠着喉咙，发出嘶哑难听的叫声。

“不必着急，仔细想想，这两年的事情如果说完了，就想想以前的事。”男人不着痕迹地引导她，“比如三年前、十年前，或者十三年前……”

如果他一开始就问这个问题，薛婆子说不定会发现一丝端倪，可她之前说了太多故事，人已经说得有些糊涂了，再加上被灌了一碗茶，心里又急又怕，于是什么也没想到，只是顺着他的话回忆起来：“三年前……十年前……十三年前……十三年前……”

她的眼中闪过一丝喜色，嘶哑道：“我想起来了……十三年前，有一个外地女人来了我们镇子，她带了个孩子……还有一大笔钱，她是……是周氏，周明月。”

“虽然隔了这么多年，但我还是记得很清楚……”薛婆子忆道，“那天下大雪，一辆马车停在我家门口，从上面下来一个女人，身上披着一件秋香色的斗篷，怀里抱着一个岁数不大的孩子……待她掀下斗篷，容貌倒不是特别标致，可那通身的气派，我老婆子只在几个人身上看到过……”

那几个人是什么人？是县令夫人，是到平安庙里上香的小姐太太，平日里觉得她们都是天上的月亮，但周明月一出现，就把她们比成了地上的萤火虫。

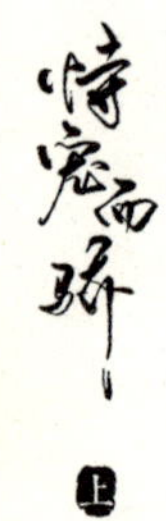

上

“为我寻一门亲事。”周明月这般对薛婆子说道，“越快越好。”

分明是恨嫁的口吻，但从她嘴里说出来，却如外头的冬雪般凛冽，薛婆子一时之间居然生不出拒绝的念头，待她走了，才心下觉得纳闷恼怒，纳闷的是这么一个人，怎么会跑到胭脂镇这么个小地方来？恼怒的是对方上门求人，却分明一副命令的口吻。

“起初，我以为她是个寡妇。”薛婆子说，“那年战乱，有很多人从北方逃难过来，里头有很多寡妇，都是丈夫死在前线，身边又拖儿带女的，实在活不下去了，所以着急找个男人嫁了，也不求什么三媒六聘，只求对方能给口饭吃，养活她们母子……可这女人完全不是这样啊。”

周明月带来了大笔嫁妆，五十两银子即便放在现在也是一笔巨款，更何况她马车里还装着粮票，粮票是由商家粮行发出来的，在那个时候价比黄金，基本上用钱也买不到，以此为嫁妆，她就是想嫁进县令家里当个贵妾也不难。

“但她不肯为妾，只肯为妻。”薛婆子冷笑道，“还罗列出了整整一张纸的规矩，要夫家去守，能守着规矩的，方能娶她。”

“是什么规矩？”男人忽然开口问了一句。

“太久了……记不得了。”薛婆子想了想，说，“就记得一条……上面写她带来的那些财物，除了五十两银子，其他全是前夫留给她女儿的嫁妆，谁要娶她，就要先画押，承认这笔嫁妆只属于她女儿，日后除非她女儿主动拿出来，否则不许擅拿擅用她女儿的东西。”

“有人肯画押？”男人又问道。

“有，怎么没有？就算不能动其他东西，有这五十两的嫁妆在那儿，也有一群人趋之若鹜。”薛婆子道，“只是肥水不流外人田，这样一件好事，我怎能便宜别人？那可是五十两，五十两啊！更不要说还有那一堆粮票了……”

所以薛婆子左右一算计，决定欺她人生地不熟，将她这笔财产谋夺过来。

为此，她将自己未来的女婿王富贵喊来，跟他耳提面命了一番，然后将他领到了周明月面前……这也是周明月提出来的要求，但凡想要娶她的人，她都要亲眼见之，亲自审之。

起初周明月对王富贵这泥腿子并不十分满意，觉得对方除了看起来忠厚老实些，其他地方一无是处。但人与人之间最怕比较，薛婆子洞悉了她的心思，便隔三差五地领着些懒汉、破落户、流氓上门，一来二去，胭脂镇上的人都知道镇子上来了个有钱寡妇，于是打秋风的来了，无赖来了，偷儿也来了，把周明月弄得焦头烂额，最后一看，还只有这王富贵过得去，便无奈地嫁了过去。

五十两银子，起了新宅，置了家具，辟了田地，买了老牛，最后还雇了几家佃户帮忙打理农田，于是乱世之中，王富贵一跃成为衣食无忧的小地主，镇上的人都笑他是野鸡飞上枝头，变成了凤凰。

他变没变成凤凰不知道，但周明月肯定是凤凰落架不如鸡的。

“机关算尽太聪明，反误了卿卿性命。”薛婆子笑道，“她只道白纸黑字，便能铁证如山，却不知道清官难断家务事，只要她嫁进了门，那我们就有的是办法拿捏她……那笔钱、那些粮票、那些衣服、那些首饰，终究是属于我们的！”

“原来如此。”男人淡淡问道，“你们就这么把东西都夺过去了？”

“哪能那么容易啊？”回想当初，薛婆子也忍不住有些牙痒痒，道，“那女人睚眦必报得很，我家女婿不过偷拿了些首饰给我闺女，她就大发雷霆，要送我女婿见官！后来好说歹说把她安抚了下去，又提出要和离，真是闹腾得合家不得安宁……只是幸好，幸好老天都看不得她，让她染了一场大病，没几天就去了，我这老婆子一家才算过上安稳日子。”

男人盯了她一会儿，然后一边慢步朝茶桌走去，一边漫不经心地问道：“果真是病死的？”

“嘿，难不成是老婆子掐死的？”薛婆子笑道，“老婆子我也就逞逞口舌之利……杀人，我还不敢呢！”

“原来如此……不错，不错，这是个很好的故事。”男人随手一

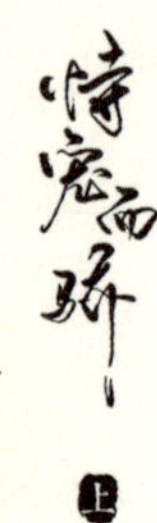

扬，茶水连着茶杯整个丢出去，在地上碎成一片黑黑白白，然后，他提着青花茶壶，慢慢回头对薛婆子笑道，“原本还想再听些，可惜，时候到了……请喝茶吧。”

笑容僵在脸上，薛婆子看着慢慢朝她走来的男子，忍不住恐惧地大叫起来：“不！不！我还有很多故事可以说！爷您听我说，听我说啊！”

她一边绝望地喊着，一边飞快站起来，想从门口逃出去，可惜跪了太久，两腿无力，刚刚站起来就又跪了回去，于是手脚并用朝门口爬去，至于身后的女儿，还有孙女，此时此刻已经完全想不起来了，生死一线，她只想自己逃命。

“机关算尽太聪明，反误了卿卿性命。”男人走到她身边，居高临下，一笑阴森似鬼，“伶牙俐齿算尽他人，可曾算到自己有今天？”

说完，他将薛婆子从地上提起来，捏住她的下巴，将茶壶对着她的嘴，开始倾倒茶水，茶水汇成一条黑色涓流，涌进她的咽喉，流淌在水里的哑药开始烧灼她的舌头、她的声带和她满腹的谎言。

最后，她再也无法说谎了。

“机关算尽太聪明，反误了卿卿性命。”面铺门口，唐娇抱着琵琶唱道，“一壶哑药入喉，两行老泪横流，从此媒人行里少了一个刁婆子，世上便少了无数双怨侣。有道是人在做，天在看，不是不报，时候未到！”

素手扣弦，此幕终了。

“好！好！”面铺的客人或站或坐，纷纷拍手叫好，有些手头有余钱的，还打赏了几枚，数量不多，聊胜于无，直到有人随手一掷，白花花的碎银子滚落在桌面上，犹如小小雪团。

众人止住喝彩，停下掌声，回头朝那人望去。

但见一人，着一身鸦青色蜀锦袍，手里握着一柄水墨画竹骨扇子，越过众人，对唐娇微微一笑，那一笑犹如春风拂面，那一立犹如闲庭落花，通体富贵气象，周身锦绣荣华，身旁所有人、所有物、所有风景，都在他这一笑之下，退却一步，成了他身后的背景。

唐娇望着他，他用扇子分开人群，走到她的面前，然后一掀袍子，在她对面坐下，手里的水墨扇子搁在桌面上，袖子底下露出一条相思结，红绳巧手编，扣在他的手腕上。

唐娇的目光扫过那条相思结，然后抬头望向他。

“商老板，”她笑着问，“今儿怎么有空来找我？”

商九宫笑而不语，只是叉着手看她。

等了一会儿，见没什么热闹可看，周遭的人便各自散了，又过了一会儿，面送上来了，青瓷碗里盛着细长的白面条，清亮的汤面上漂着一层细碎青翠的葱花，以及一片淡淡清香。

唐娇把琵琶放到一旁，提起碗上架着的那双筷子，开始低头吸溜面条。

商九宫含笑看着她，半晌，才悠悠道：“粗食。”

唐娇手里的筷子顿了顿，然后继续吸溜面条。

“如花美眷，似水流年。”商九宫叹道，“你本该享用更好的东西，过更好的生活。”

唐娇继续吃面。

“日上三竿而起，用美貌侍儿为奴，一人扶你至镜前，一人为你梳头，一人为你描唇，一人为你试衣。”商九宫为她温声描绘着一幅慵懒绮丽的画卷，“头油用的是泽兰坊的香发木樨油，胭脂是北地快马送来的玫瑰膏，衣服用时下最流行的青织金妆花飞鱼过肩罗，由苏州绣坊的裁缝亲自上门，为你量体裁衣。”

唐娇单眉一挑，抬头看着他。

“非华衣不穿，非佳肴不食，非美酒不喝，非画楼不住……”商老板笑着看她，“你本该过着这样的生活。”

“想要得到，就先付出对吗？”唐娇搁下筷子，定定看他，“待到那天，我虽呼奴唤婢，但本身也成了一个品级稍高的奴婢，名字叫作妾。我虽着华服，但终身不可凤冠霞帔，我虽有佳肴美酒，但必须跪着服侍主母和嫡子，有人为我量体裁衣，但我本身与衣服有何异？都是喜欢的时候穿一穿，不喜欢的时候就拿去卖掉或送人的……”

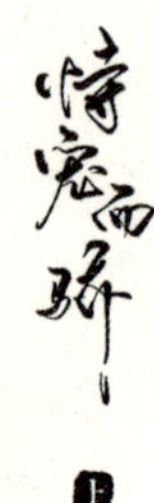

上

低头叹了口气，唐娇低声道：“我不想为了这些东西，把自己从一个人变成一件车马器物。”

“做我的妾，总好过做别人的妻。他们能给你的，我能给你，他们给不了你的，我照样能给你。”商九宫忽然伸出手，覆在唐娇的手背上，低沉温柔道，“至少……他们不会像我这般宠爱你。”

爱？

唐娇低下头，看着他手腕上的那条相思结。

去年亲自选的红线和璎珞，历时三个月，编了拆，拆了编，最后终于赶在七夕前做好的相思结。她满心忐忑地送给他，他笑着收下，然后回赠一支金步摇。

虽有千言万语，但最后还是相视一笑。

虽没有海誓山盟，但总以为君心似我心……现在看起来真像个笑话。

她的豆蔻年华，懵懂爱恋，在他看来是否只是一场处心积虑的交易，他可能以为她想用自己的年轻美貌，来换一场锦绣荣华。

“我要的不是这个。”唐娇抽回手，眼睛有些湿润地看着他，“我不要钱，我只想问你一件事……你是不是已经娶了妻，所以才不能娶我？”

“不，我尚无妻室。”商九宫摇摇头，对她温柔笑道，“但这个位置，是注定要给一个门第高贵的小姐的。”

说到这里，他悄悄朝身旁的小陆抛了个眼色，小陆扫了他一眼，淡淡开口：“唐娇，天亮了，醒醒吧。你以为就你这出身地位，能嫁进商家当正室？更何况你上面还有个行为不端的母亲，商老板肯纳你为妾，那是抬举你，否则你在这镇子里也寻不到什么好人家，贩夫走卒，或者是杀猪的打铁的？呵呵，你可得想清楚咯，真嫁给这种人，你就要日日柴米油盐，再也不能素手弹琵琶。”

听了这话，唐娇血气上涌，整张脸烧得通红。

曾有的幻想和最后一丝期望，被这些话击得粉身碎骨。

同时被击碎的还有裹在她身上的那层蛋壳。

唐娇从小被周明月宠爱着，之后骤生变故，很是吃了一些苦头，但没过多久就被送给了唐拨弦。唐拨弦虽然沉默寡言，但是对她委实不错，故而日子虽然清苦，却也自在逍遥，待到他临终之时，又想尽办法把她托付给了商九宫，商九宫财大势大，加上喜其娇俏美貌，有心照拂，她自然过得更加如鱼得水。

以至于身上那只与生俱来的蛋壳，一直都没打碎。

直到今天。

周明月死了，唐拨弦死了，商九宫也不耐烦继续等下去了，于是砰的一声，蛋壳碎了，剥落的纯白背后，露出世界真正的底色。

没了这层蛋壳，唐娇再看这世上的人，就觉得异常清楚。

商九宫固然是喜欢她的，但这份喜欢不会左右他的判断。他在照拂她的同时，也将她当作一样商品明码标价，她的美貌价值多少，她的身段价值多少，她的出身价值多少，他甚至会将自己的感情也估好价，最后放在秤上一衡量，发现她的价值不够，所以无论如何都不会让她成为正妻。

至于小陆，过去她很讨厌他，觉得他冷冰冰的，而且说话特别伤人。但现在唐娇终于回味过来，她之所以觉得他说话带刺，是因为他大部分时候都说真话，但除此之外，他没有疼爱过她，但也没有真正伤害过她……但这种态度才是最正常的。

在这个世上，别人对你好是件好事，但别人对你不好才是常态。

唐娇的目光太亮了，商九宫被她看得心里有些发毛，忍不住开口道："娇儿，你没事吧？"

他的声音明明近在咫尺，却又似来自天边。

唐娇看着他开开合合的嘴，那一刻，她感到有一双手从背后伸来，按在她的肩上，然后……母亲的声音贴在她耳边响起，依旧是那么傲然凛冽，犹如悬崖上不可攀折的凌霄花。

"你要学的第一个字，是'我'。"那个声音道，"'我'字，从手，从戈，意为以手持戈，勇猛无畏！娇儿，你记住，你生来就有一把兵器，但只有站着，你才能持戈，若跪下了，你就只能束手就擒，所以

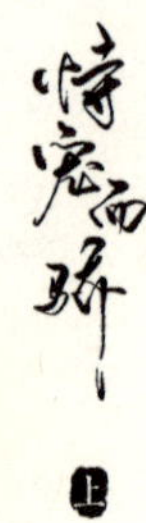

哪怕全世界与你为敌，你也不可屈服，哪怕全世界逼你俯首，你也不能跪下！天方地圆，制之在我！”

“……唐娇……唐娇？”商九宫的手在她面前摇晃。

母亲的话语与身影化为幻影，唐娇回过神来，觉得自己犹如从一场千秋大梦中醒过来一样，好半天，才对商老板笑了笑，说：“没事。”

她在桌上留下三文面钱，然后抱着琵琶起身离开。

“唐娇！”商九宫的声音从身后传来。

唐娇的背影顿了顿，最后折身返回，来到他的面前。

商九宫看着她，脸上渐渐浮现出胜券在握的笑容。

但唐娇看了他半晌，却忽然抬手，拔下发髻上的那支金步摇。

顶上那只镂空蝴蝶在风中微微颤着，栩栩如生，遍体流光。

唐娇把金步摇放在桌子上，然后朝商九宫推了过去。

商九宫低头看了一眼金步摇，然后皱眉抬头：“你这是什么意思？”

“是，你说得对，我现在是配不上你。”唐娇抱紧怀中琵琶，定定地看着他的眼，双眼黑得有些发亮，“但我总有一天能配得上你的……只是那天，我不会再稀罕你。”

说完，她转身离去。

只在背对他的时候，流露出一丝伤感和泪光。

但她却并不打算回头，也不打算接受他的照拂与宠爱。

既然恃宠而骄是场笑话，那就不要再错下去了。

把那支金步摇，以及商九宫都抛在脑后，唐娇回到家门口，推门而入，却意外地没看见饭菜。愣愣地在门口立了一会儿，她叹了口气，关上房门，一个人坐在窗口垂泪，打算今天一次性把眼泪哭干，明天就再也不去想那个人了。

也不知过了多久，一双手从身后伸来，同时伸来的还有一条黑色绸带，蒙在她眼上，然后在她脑后束了个结。

唐娇立刻知道是跟踪狂回来了。

“为何哭泣？”平板无波的声音自她身后响起，不知是不是唐娇的错觉，听起来颇有些阴森。

“失恋了……初恋。”唐娇抽抽鼻子，“我现在正在想他不好的地方……他不好，我就会觉得好过些。”

身后那人沉默片刻，开口问道：“需要我帮忙吗？”

唐娇：“嗯。”

跟踪狂：“对方姓啥名谁？家住何方？会武功否？家里可养了守门狗？”

……唐娇觉得细思恐极，他究竟是想毒杀商九宫家的狗，还是想直接杀了他这个人？于是她斟酌半晌，开口道：“对方姓商，是个茶楼老板。”

跟踪狂语气平淡得像在评价一只蝼蚁：“原来只不过是一介商贾，四民当中，此类最贱。”

“……但长得还挺好看的。”唐娇说，“听人家说他三十多岁了，但看起来还像个二十来岁的青年，笑起来挺好看的。”

“原来是胭脂茶楼老板——商九宫。”跟踪狂瞬间推断出对方的身份，然后不以为然道，“岁数太大，且思虑过多，恐有中年秃顶之忧。”

唐娇“噗”了一声，想到商九宫秃顶的模样，忍不住哈哈大笑起来，一边笑，一边开玩笑地说：“虽然脑袋不能看了，但身材还是挺好的嘛……”

“……身材好？”他忽然用很慢很慢的语调重复这三个字，然后拉过她的手，塞进自己的衣领内，顺着锁骨，一路下滑，声音却仍旧平板无波道，“来，比较一下。”

起初唐娇没反应过来发生了什么事，直到右手被对方拉进衣内，按在其喉结与锁骨之间。

黑色绸带后的眼睛立刻瞪圆，唐娇只觉得脑子里一片空白，唯有指下那寸肌肤异常鲜明。

“放、放、放……”唐娇结巴起来，一句“放手啊”半天都没说完。

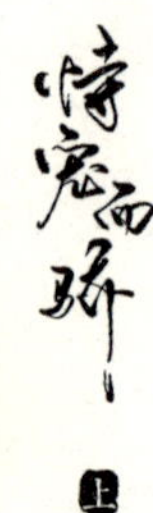

跟踪狂沉默不语，宽大的手掌按着她的手背，坚定不移地从锁骨滑至胸口。他一言不发，直接用身体诠释着什么叫作修长紧韧，肌理分明。

“你你你……”唐娇拔萝卜一样地拔着自己的手，可惜对方的手指犹如锁链般铐在她手上，最后唐娇不禁眼泪汪汪道，“你再这样，我可要叫了哦！”

跟踪狂不理，按着她的手，用一种缓慢的近乎暧昧的速度，从胸口慢慢滑落至腹肌。

视线被绸带阻隔，却阻隔不了指尖的烫意……唐娇的手指在发抖，舌头打结半天，终于惨叫一声：“捕快叔叔快来啊！就是这个人！”

跟踪狂嗤笑一声，低声说：“还要继续吗？”

“不！！”唐娇拼命摇头，这刺激对她这个年纪的姑娘来说实在大了些，她羞恼得都要哭起来了，这个时候只要他肯放手，叫她做什么都行，更别提对方只是想让她说两句商九宫的坏话了，“商九宫浑身铜臭，中年早秃，外强中干，他哪能跟你比！”

他沉默半晌，忽然问道：“身材呢？”

唐娇连忙补充一句：“包括身材。”

他又笑了一声，身上的阴森和戾气随之烟消云散，他又变回了那条无毒的菜花蛇，稍微犹豫了一下，他将唐娇的手拉到唇边，轻轻地啄了一下，然后放开。

唐娇抱着自己的手连续退后了十几步，直到背脊靠在墙上退无可退，才哀悼般地反手在墙壁上擦来擦去……这只手，这只陪了她快十四年的清白的手，就在刚刚失去了清白，它摸了男人的锁骨、男人的胸膛，还有男人的腹肌，还被男人亲过了，按着当下的礼教大防，她已经嫁不出去了，要嫁便只能嫁给对面这个形迹可疑的跟踪狂了……

但她一点也不想嫁给这种人！

……所以她打算擦干净之后，就当作什么都没发生过，反正也没人看见！

可惜跟踪狂并不打算让她轻易忘记这件事。

“以后就按照这个标准来选吧。”他状若轻描淡写地来了一句，“低于这个标准的，没有交往的价值。”

什么标准？以你为标准吗？

唐娇嘴角抽搐，抬起手，打算把蒙在眼上的那条黑色绸带拉下来，却再次被他制止了。

“让我看看你。”唐娇昂首道，“我没看过你，怎么拿你当标准？”

跟踪狂握着她的手腕，沉默半晌，道：“不必。靠手感吧。”

靠手感……

“不可能！”唐娇大吼，“我怎么可能做出这种事来！”

“为何做不到？是因为印象还不够深吗？”对方的声音忽然压了过来，呼吸几乎近在咫尺，他低沉道，“那就……再来一次？”

“……你想到哪儿去了？”唐娇欲哭无泪，“或者说你压根就没想过……什么叫作男女授受不亲吗？”

或许想过，或许没想过，或许在意，又或许只是装作不在意。

总而言之，趁着这两天大雨，唐娇不能出门，跟踪狂狠狠让她记忆了一番——什么叫作好身材。以至两天之后，唐娇连滚带爬地从家里出来，猛然发现自己似乎很长一段时间没想起过商九宫了。

本以为要很长一段时间才能冲淡的悲伤，似乎刚刚开始……就结束了。

所有的时间，全被她用来或逃避或抵御或唾骂跟踪狂了。

转头看了一眼家门，唐娇忍不住心有余悸地打了个寒战，喃喃低语道：“这日子真是没法过了。”

一边摇头，她一边打开油纸伞，竹制伞柄靠在肩上，朝街上走去。

绣花鞋在地上的积水上踩出一圈圈涟漪，唐娇的目光在各家商铺间游移，心底开始盘算一场旅途所要准备的东西。

平安县是待不下去了，她这两天终于下定决心，要离开这里。

否则有商老板在上面压着，她的处境只会越来越差。如今手里有点钱，还能硬撑着，但再精打细算，这笔钱也有花光的一天，到时候她就

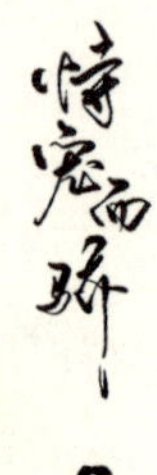

只能向对方低头……倒不如趁现在手头还算宽裕，打点一下行装，搬到其他地方去，到时候海阔天空任鸟飞，至少不用被逼着给人当妾。

至于地方，她早就想好了。

她要去京城，去母亲的故乡……

想到这里，唐娇不禁想起王富贵一家。

“可惜娘从家乡带来的首饰旧物都被扣在他们手里，我要借也借不出来。”唐娇有些懊恼地心想，“否则，或许还能靠着那些旧物，找一找娘的亲戚们。”

虽然周明月从没跟她提过娘家的事，但是她带来的那些首饰里，有一些非常名贵，唐娇小时候不懂，等大了以后，方觉出其中不凡。她记得其中最出众的是一对耳环，形如美人泪，色如幽兰露，在夜里能自己发出光来。周明月过去曾珍而重之地将这对耳环封在一只盒子里，告诉唐娇，待她十四岁的时候再给她戴上。

可惜，她怕是永远戴不上了。

除非她能赚到很多很多钱，然后把东西从王家人手里买回来。

“结果，还是钱说了算啊……”唐娇叹了口气。

至于曹先生，她没想太多，临走之前偷偷揍他一顿……揍不过，回去求跟踪狂揍他一顿便是。不知为何，唐娇觉得对方不会拒绝她，就像她觉得自己若走，对方一定会悄悄挂在马车底下跟上来一样。

“……唐家妹子！”一只手忽然从后伸来，按在唐娇肩膀上。

唐娇吃了一惊，连忙回头问道：“谁啊？”

“是我！”布衣荆钗不掩丽色，三娘子拉着她的手，一边朝自己的面铺走去，一边笑着说道，“你啊，怎么连走路的时候都在走神啊！”

“没呢，在想点事。”唐娇一边说，一边跟她走，待她在面铺前站定，才觉出有些不对劲来。

现在是吃午饭的时候，面铺里外坐满了人，除此之外还站了不少人，互相交头接耳，但在看到唐娇的一瞬间，就都停了下来，一双双眼睛全盯着她，目光灼灼把她看得浑身发毛。

唐娇转头看向三娘子，低声问道：“出什么事了？”

“你这两天没出门，不晓得镇子上出了件大事！”三娘子已经把这件事说了无数遍，但仍感觉说不够，唐娇问起，她立刻笑着回答，“薛婆子出事了。”

“出什么事了？”唐娇满眼茫然。

三娘子盯着她，似乎要盯穿她话里的谎言，但最后什么都没看出来，便觉得这件事真的是天理昭彰，报应不爽了，于是笑得艳若桃李道：“薛婆子家里进了歹人，把她给毒哑了……就在那天。”

唐娇先是愣了一下，随即立刻反应过来，为什么三娘子会用这种眼神看她，为什么其他人会用这种眼神看她。

胭脂镇本就民风淳朴，很长时间没见过歹徒。前些日子河里淹死三个外地人，已经是百年难得一见的大事了，但他们三个到底是外地人，所以大伙说说也就忘了……而薛婆子，那可是几十年来一直住在镇上的人，加上她又是媒婆，走门串户，拉郎配女，几乎人人都跟她说过话，人人都认得她。

这种熟人家里进了歹徒，本就是件骇人听闻之事，更何况还被人毒哑了，便更是骇人至极。

但最可怕的还不是这个，而是在薛婆子被人毒哑那天，唐娇居然在光天化日之下给人讲了一个话本故事，从头到尾，细致入微，将发生在镇子另一头的真实事件，当成故事给重复了一遍。

虽然话本用了假名，但是任谁都听得出，里面说的人就是薛婆子。

如今那些听过故事的人，包括三娘子在内，都在面铺前站好坐好，用一种诡异的眼神看着她……唐娇说不出那种眼神代表着什么，但在这种诡异气氛的渲染下，更多不明真相的人在面铺附近驻足，随手拍一个认识的人，笑着问怎么了。

唐娇的目光从这群人身上回到三娘子身上，艰难道：“这是巧合。”

“不，不是巧合。”三娘子的笑容就像要渗出光来，“这是报应。”

唐娇过去也曾听说过三娘子与薛婆子的事，晓得三娘子肯定是恨着

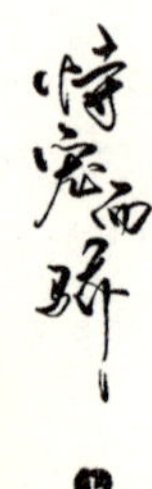

她的，但直到今天，看到三娘子脸上的笑容，才知道她恨得有多深。

“那个死老婆子，老天爷早该收了她！”一名看客搁下手里的面碗，对唐娇和气笑道，“虽不能亲眼看见她受难，但能亲耳听见她受苦倒也不错！”

唐娇认得他，此人姓张，家里很穷，但极疼爱最小的女儿，不想让她跟着自己继续受苦，便把家里所有的鸡蛋收罗来当媒钱，求薛婆子给她找个殷实点的家嫁了。结果薛婆子把她嫁给了牛家村一个富农，但这人四十多岁了，还刚刚摔瘸了腿，娶个老婆完全是当牛马使唤，又要照顾他的起居，又要下地干活，真是苦不堪言……

这事闹得很大，因为这老张跟别人不一样，事后不肯吃这亏，也不肯把嫁出去的女儿当泼出去的水，所以这些年他一直在打官司，想要悔掉这桩婚，可牛家村的瘸子不肯，两家已经扯皮扯了好几年……

如今有他开这个头，旁人也就跟着聊了起来，一会儿有人说是老天派人收了薛婆子，一会儿有人说是游侠儿打抱不平，一会儿有人说是某人的姘头冲冠一怒为红颜……

三娘子眼看这一幕，笑得极美，半晌，转头对唐娇说：“妹子……要不趁着大伙都在兴头上，你再给大伙说个新故事？”

不等唐娇拒绝，一伙人便连声叫好，鼓起掌来。

唐娇叹了口气：“但我今天没带琵琶。”

三娘子最小的女儿拉了拉她的裙子，待她低头，咧嘴一笑，嘴里缺了个门牙。

“唐姐姐，你用这个成吗？”她举着一只红牙檀板，颜色斑驳，式样也旧，一看就知道是从地摊上掏来的旧货。

没奈何，唐娇只得接了她手里的檀板，叹道：“盛情难却，那就来一段吧。”

“就说上次那本书上的故事吧。”小姑娘吸着指头，亮晶晶的眼睛看着她，“又短，又好听……而且娘听了，能高兴好多好多天。”

唐娇脑子里不禁闪过某人的阴影，以及他曾对她说过的那些话。

“三个故事之后，曹先生就不敢再为难你。”

唐娇摇摇头，将这话从脑袋里晃了出去。

是巧合，她一边对自己说，一边敲响了红牙檀板，咿呀唱道："路见不平之事，敢拔刀相助者为英雄，敢怒不敢言者为百姓……却有一人，乡人称之为严生者，他既不当英雄，也不肯当百姓，他选择成为……帮凶！"

黑暗里，有光。

严方迷迷茫茫地睁开眼，目光追逐着那丝光亮，然后，终于看清楚了悬挂在他头顶上的那样东西。

那是一把刀。

刀尖向下，刀柄被绳子系在房梁上，摇摇欲坠，寒光烁烁，仿佛随时都能落下来，插进他的眼里。

"啊……啊啊啊！"严方吓得大叫起来，他试图翻下床，但失败了，因为有人像裹粽子一样，把他一圈一圈捆在了床上。

"真是悲惨啊。"那个人如今就坐在他床边，身子埋在藤椅里，悠闲地架着二郎腿，十指交叉放在膝上，浑身上下罩在一件黑色披风里，从压低的兜帽底下传来怜悯的笑声，"只能一个劲儿惨叫，却没有一个可以呼救的对象，年近五旬，身边却没有老妻共度余生，也没有孩子承欢膝下，我是否应该同情你呢？虽然……落到眼前这幅光景，完全是因为你咎由自取。"

"你，你是谁？"严方转头看他，努力让自己的声音显得咄咄逼人，"无知小贼，你居然敢到我家作恶，你可知道我是什么人？"

"你是秀才严方，十六岁中秀才，当年风光无限，谁知道之后连考三十年，都没能再更进一步，蹉跎至今已经四十有六，你仍旧是个秀才。"他慢条斯理道，"后来县太爷看你可怜，让你到私塾里教书，借此勉强糊口。"

说到这里，他微微一笑，颜色浅淡的薄唇向上翘起，勾勒出一个邪恶的弧度。

"可你并不感激他。"他笑道，"相反，你觉得自己受到了冷遇，以自己的才具明明足以当个师爷，为何对方只让你当个教书匠？你觉得

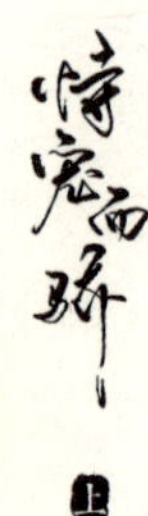

县太爷没有眼光，那些让你落榜的阅卷官也没有眼光，不肯将女儿嫁你的许御史也没有眼光，甚至整个镇子上那些取笑你的人都没有眼光……为此，你决定证明你自己。”

严方瞪大眼睛看着他，他是谁？为什么这么了解他？那一字一句简直像刀子一样，把他的心剖开了，取出他藏在心底最深处的东西，然后放在大庭广众之下。

“证明自己的方法有千百种，但你的选择却别具一格。”那名男子慢慢从嘴里吐出七个字，“你选择……成为帮凶。”

“我没有！”闻言，严方愣了愣，随即大声分辩道，“我严方一生行得正，坐得端，没做过任何亏心事，你莫要诬陷我！”

“是吗？”那名男子抬手摸了摸嘴唇，微笑道，“旁观者未必无辜，更何况你并不甘于当个旁观者，你无数次……站到了凶手那边。”

“你胡说八道！”仿佛被戳穿了心事，严方大声叫道，“我知道你想说什么……但我没错！是其他人眼界太浅，看事情只能看到表面那层皮毛……只有我看清了真相，所以我必须说出来！”

“对，别人都是蠢货，是瞎子，只有你是聪明人、明白人。”那名男子掏出一把铜钱，在手心里上下抛玩着，“既然你这么认为，那不妨来猜猜看吧……”

说完，他手指一弹，一枚铜钱飞射出去，削过拴住刀柄的绳子，在上面打出一个微小的缺口。

望着头顶上摇摇欲坠的刀子，严方吓得尖叫起来。

“你认为自己有一双发现真相的眼睛。”那名男子右手握着剩余的铜板，铜板从指缝间漏下来，“那么现在，试着用这双眼睛，来拯救你的性命吧。”

严方已经吓得满脸是汗，他侧过头，看着铜板一枚一枚落下，从对方高举的左手，落进平举的右手心，一、二、三、四……一共七枚。

“从现在开始，你有两个时辰的时间。”铜板尽数落入右手心，那名男子重新抛玩着手里这把铜板，对他笑道，“每隔一段时间，我就会投一枚铜板，而直到刀子落下来之前，你可以不停猜测我的来意……如果猜对了，我就放过你。”

“你，你这疯子！”严方怒道，“你把人命当成儿戏了吗？”

“哈哈，别这么说。”抛起的铜板折射的微光映在他身上，犹如黑夜中的微光，无法照亮这个夜晚，反倒将夜晚衬托得更加黑暗险恶，他的声音犹如从夜晚的空巷里响起，追着人的后脚跟而来，令人恐惧，令人战栗，他道，“当祸事发生在别人身上时，你总是替凶手说话，而现在祸事发生在你身上了……你为何不替我说话呢？”

红牙檀板娇声唱，百转千回绕画梁。

刘家面铺门口，唐娇正说到精彩部分，手里摇着红牙檀板，她低喝一声，道：“有道是恶人自有恶人磨，那严生可谓秀才遇到兵，有理说不清，更何况他过去做的那些事本就没什么道理！”

台下此时仍旧吃面的吃面，嗑瓜子的嗑瓜子，一副听好戏的模样，有好事的，居然还开出赌盘来，让大伙下注，赌今天这故事会不会发生。

眼见此幕，唐娇心里忍不住生出一丝忧虑，可又说不出这丝忧虑从何而来，又兼戏已开台，便只能继续把故事说下去。

“却说一件，镇上有一户姓李的人，家里有一个女儿，生得姿容娇丽，身材婀娜，养到二八年华，原本想要配个好人家，谁知有一天，走在路上遇上了登徒子，被对方扯住胳膊不让走，还出言调戏了一番。”唐娇道，“那严生正好路过，眼见此幕，非但不出手帮忙，反而事后责备那少女的不是，非逼着她将这只胳膊给砍掉……”

“这故事听起来怎么这么耳熟？”有听客喃喃自语道。

“哎，不就是十年前那桩事吗？”一名听客忽然对左右道，“你们年纪小的估计记不清楚了，不过当年这事闹得挺大的……本来嘛，这事完全是那登徒子的错，结果有个老学究，愣说是那妹子自己私德有亏，说什么若非她穿得那么花枝招展，还顾盼多情，登徒子也不会单单找上她！”

“这不睁着眼睛说瞎话吗？后来呢，真逼着她砍胳膊了？”旁人问。

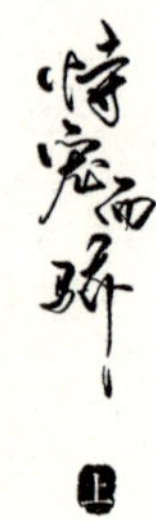

“台上正在说，你不会自己听啊！”对方翻了个白眼。

可不是，唐娇正巧唱到此事的结尾，那姑娘平白受了此等不白之冤，被人说成了行为不端的浮艳女子，生生把一双眼睛都哭肿了，最后一时想不开，在自己房里上了吊。她死后，两个老的哭天喊地，没过几年也跟着去了，如今他们那破屋子还留在原地，但没有人住，院子里长了一地荒草，几可淹至腰间。

“有人责备严生，他却振振有词，道旁人眼浅，唯他生了一双慧眼，能断生死，能知真假，还信誓旦旦道那少女乃是被他说中心事，于是自惭形秽，故而上吊，却是死后比活着干净了许多。”唐娇道，“照他所说，被人侮辱，是因为美貌之错，被人偷窃，是因为钱多之错，这世上，可还有道理可讲？”

“岂有此理，世上居然还有这种人，的确可以称得上是帮凶了！”有人发出不平之声，随即朝左右问道，“喂喂，你们谁听出来故事里讲的是哪个了吗？”

“我稍微有些眉目。”一人道，“但还需再看看。”

犹如抽丝剥茧，第一层打开之后，里面的东西便渐渐暴露在众人面前。

严生过去喜欢评判他人，却不知道有朝一日，会有人在大庭广众之下评判他。

但听唐娇檀板一扣，低吟浅唱道：“道是慧眼真如炬，还是私心大过天？那严生多年来频发议论，但旁人同意什么，他便反对什么，相反旁人反对什么，他便同意什么，是他哗众取宠，还是这双眼睛真能看到旁人看不到的东西？若是后者，他或有一线生机，若是前者，只怕他要作茧自缚……”

一枚铜钱割过，头顶上的绳子并着刀子一起摇晃了起来。

严方又是一阵惨叫过后，一贯严肃的脸上已经涕泪横流。

但他终究还有一份骨气与傲气，愣是忍着不求那男子，而是舔了舔嘴唇，再次问道：“你是来给李家那个女孩子……不，给他们一家人报仇的吗？”

那名男子抛了抛手里的铜钱，平淡道：“错了。”

又是一枚铜钱割过绳子。

刀影在严方脸颊上摇晃，他只得闭上眼睛，才能继续忍住心里的恐惧，不向对方求饶。

他已经不敢再随便开口了，因为他已经浪费了两个铜板了，之后每说错一句话，他的性命就更是岌岌可危，谁知道那条绳子经不经得住，万一下一枚铜板就把绳子割断了呢?

可对方既不是为了李家那三口人，也不是为了被贼人盗去巨款的刘家老爷，不是为了人命，也不是为了公道，那他是为了谁？为了什么?严方想得脑子发晕，最后忍不住睁开眼，看着对方，试图从对方身上找出一点蛛丝马迹。

虽看不清对方的容貌，但却能看到对方的身形，线条轮廓转折硬朗，抛玩铜板的手显得灵活有力，且身上那袭披风，虽然没有任何花纹，但是料子很好，那种仿佛能把附近的光都吸进去的料子，别说见了，严方过去连听都没听过。

危险，强大，而且充满恶意。

严方感到非常痛苦，他头一次以受害者的身份面对凶手，然后才知道，凶手居然是这么可怕的东西……

他该怎么做，才能保住自己这条命呢?

第三章 红牙檀板断生死

“你是暮蟾宫的人？”严方这次想了很久，才犹豫着问道，“是他派你来对付我的？”

他原以为这事隐瞒得很好，但现在看着对方，他又觉得不自信起来，觉得可能哪里露了马脚，叫对方晓得祸首是自己。

“但我没错。”严方努力装出一副大义凛然状，道，“暮蟾宫生于富贵，好，这是命！暮蟾宫十五岁便考中秀才，好，这是运！但之后算是怎么回事？县令将我们都当成瞎子了吗？一个刚刚参加科举的孩子，怎么可能连过乡试和会试！”

他怎能如此！

严方嘴上吼着，心里嫉妒得直流血。

他这辈子是没什么指望了，家徒四壁，没妻子没孩子也没钱，唯一拿得出手的东西只有一样，就是他的秀才头衔……十六岁中秀才，无论放在过去还是现在都是一件稀罕物，直到出了一个十五岁的秀才暮蟾宫。

旁人都说暮蟾宫是少年天才，但严方只看到了“父子情深”，他觉得定是暮县令在里面做了手脚，以便将案首的名头给自家儿子。气得牙痒之际，严方开始盼望乡试的到来，指望那个走后门的暮蟾宫在乡试里摔得头破血流。

同年，乡试开始了。

捷报传来，暮蟾宫乡试第一。

旁人都说暮蟾宫才高八斗，学富五车，但严方却看到了“官官相护”，他觉得暮县令肯定是向同僚打了招呼，说不定还塞了钱，最后帮儿子把解元的名头也捞到手里了。严方开始感到绝望，他现在只希望暮县令官小钱少，触角伸不进礼部。

次年，捷报再传。

暮蟾宫会试第一。

何谓气冲牛斗，名动天下，暮蟾宫便是。整个平安县都欢呼雀跃，觉得县里要出一个大人物了。的确，只要再进一步，暮蟾宫便可三元及第，这种人，遍观史书也没有多少个，但凡出现，无论任何官职，都会名留青史。

眼见这一幕，严方感到彻骨绝望，他觉得自己看见了整个科举的腐败。买醉一夜后，他觉得自己必须站出来，即便不能根治科举的腐败，至少也要将那徒有虚名的暮蟾宫拉下马……虽说空口无凭，但他至少有一支笔。

有一支笔、一张嘴，就能散播谣言。

严方编造了许多谣言，然后传了出去，三人成虎，人言可畏，又兼暮蟾宫实在风头太盛，嫉妒他的人实在太多，于是这谣言愈演愈烈，逼得朝廷不得不派人出来彻查此事。最后虽然还了暮蟾宫清白，但却也错过了殿试，至于是补他一场殿试，还是让他明年再来，今上与官吏们又争论了许久，直到暮蟾宫的病讯传来，他们才松了一口气，派人传来消息，让他在家好好养病，病好了再来殿试。

严方得此消息，很是不服，但终究是没有再传谣言，一来这事闹

上

得实在太大了，他怕被县令发现，然后把他从私塾里逐出去，那他便连吃饭的钱都没有了；二来暮蟾宫这次病得很重，知情人都说怕是熬不过今年了，严方觉得自己不必跟一个死人过不去，那样实在有失君子风度。

但如今，是否这死人想跟他过不去？

严方偷眼看着身旁那名男子，却见对方微微一笑，淡淡评道：“因妒生恨，因恨生魔。”

说完，他拇指弹起一枚铜板，另一只手顺势一挥，一枚铜钱便飞射而出，割过系刀的绳子。

“啊啊啊啊！”这一次刀子摇晃得尤为厉害，严方忍不住惨叫起来，然后涕泪横流道，“我知道了，我知道了……是周氏！你是周氏的亲朋好友，对吗？”

兜帽底下目光一闪，那名男子一句话都没说，因为严方已经自顾自地说了起来：“但这能怪我吗？要怪只能怪周氏啊！我对她那么好，可她一点儿也不稀罕，反而对那个瞎子另眼相待，为什么啊？”

刀影在脸上乱晃，严方流着眼泪说：“当年我托人说亲，周氏不肯接受，但我一直忘不了她，后来听说她要跟那泥腿子和离，我几乎天天守在她院子外头，对着墙内吟诗作赋，都没有一篇是重复的！可她看都不看我一眼，反而放那个瞎子进了门……”

“哦？”那名男子似乎对这孤男寡女、宅门隐私颇为感兴趣的样子，开口问了一句，“那你可曾亲眼看见他们做了什么？”

“我又进不去，我怎么看得见？”严方眼中射出妒恨道，“唐瞎子跟我说他们是清白的，说周氏只是怜惜他眼睛瞎了，写不了字，只能说书，结果时常是一本书说完了，最后出来的书换成了别人的名字，所以每逢他腹里有了新稿，就让他说给她听，她来帮他撰写成稿……这话你信吗？啊？你会信吗？”

那名男子缄默不语，只有一枚铜板在手心里上下飞舞，最后在严方充满希望的眼神中，化为一道直线，切过绳子的边缘，那急剧晃动的刀光直接将严方刺激得更加癫狂。

“疯子，你这个疯子！”严方惨叫起来，“你根本只是想来杀人的！”

又一枚铜板飞射而出。

“求你放过我吧，我真的不想死！”严方哭了起来，“我知道了，你就是看我这种人不顺眼，可我做过什么罪大恶极的事吗？我没有啊！我就是嘴上不饶人，说了点乱七八糟的话……但只听过杀人偿命，没听过有人说话偿命的啊！侠士，你放过我啊……”

又一枚铜板飞射而出。

绳子已经支离破碎，再也拴不住刀子，眼看着刀尖就要刺进自己的眼睛里，严方终于崩溃了，他闭上眼睛，大哭起来。

“我不想死啊！虽然我老婆孩子都死了，但我还是不想死啊……”他闭着眼睛哭号道，“我知道，我这种人活在世上也没什么意义，没钱、没权、没朋友，我什么都没有，除了嫉妒别人，我还能干什么？我也不想的，如果我像暮蟾宫一样，一出生就什么都有，我会嫉妒别人吗？我没有啊……我已经一无所有了……”

绳子渐渐松动，刀子朝着严方的右眼开始下落。

那一刻，严方脸上布满汗水、泪水、鼻涕，心中布满恐惧、悔恨、难过。

电光石火间，他想起了自己的妻子女儿，其实他曾经有过一个美满的家，妻子虽不美，但勤劳忠贞，从不嫌弃家里穷，总是用温柔的眼神鼓励他，让他不要放弃自己的梦想和骄傲。后来他们生了个女儿，他已经很满意了，但妻子却一心想给他生个男孩子继承香火，所以带着女儿去寺庙里上香，结果遇上了匪徒。

他们侮辱了他的妻子，还抱走了他的女儿。

妻子蓬头垢面地回来，被他狠狠骂了一顿，结果第二天起来，就发现她上了吊。

锅里还热了饭，她回来就是为了给他做这顿饭。他吃饱了，她才能放心上路。

以前他总嫌她丑，没文化，还被贼人侮辱过，污了他家的门楣，可

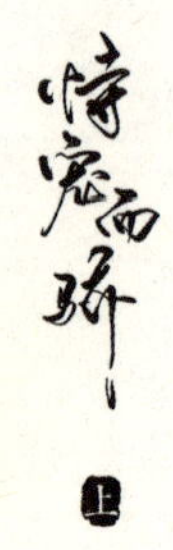

现在他快死了，脑子里来来回回却只有她。

要是就这么死了，他哪有脸见她？

他做了这么多的错事，其实仔细想想，他不过是想要引人注目，从而证明自己，证明自己是个乡野遗贤，证明她没有看走眼，只是不知道从什么时候开始，路越走越偏……最后进了一条死胡同。

“阿兰……”严方喃喃念着妻子的名字，流着泪说，“我错了……我只是想证明……这世界是需要我的啊……”

下一刻，绳子脱落，刀子笔直朝严方刺来。

最后一枚铜板射了出去，弹在刀子上，将刀子弹得倒飞出去，刀尖没入墙壁内。

“看，你已经找到了活下来的意义了，不是吗？”男人的声音含着一丝笑意。

严方慢慢睁开眼，有些迷茫地看了看对面墙上的刀，再看看他，大喜大悲，生死一线，他如今脑子里完全是一片空白，张了张嘴，却说不出话来。

好半天，严方才找回了自己的声音，他涩声问：“你……来找我的目的，是想让我悔过自新？”

“你本是个受害者。”男人微笑着问道，“想想你受辱的妻子，还有你下落不明的孩子，你本该是最了解受害者苦痛的人，为什么最后会帮凶手说话呢？我来这里，并不是想杀死你，只是想让你回忆起来……这份作为被害者的痛苦。”

“是吗……是吗……”严方精神恍惚地看着他，完全没有察觉到自己的状态有些不对劲。

那把悬挂在房梁上的刀子没有杀死他，却一点一点地切开了他的心房。

“你落到现在这步田地，是因为加害者。”男人的声音从兜帽底下飘来，缓慢悠长，就像纤细的蜘蛛丝，慢慢探进对方的身体里，不着痕迹地修改着对方的思想，“他们夺走了你的妻子、女儿，还有钱财。朋友，你应该从他们身上讨回这一切。”

“我，我该怎么做呢？”严方迷茫地问道，“侮辱我妻子的那些匪徒早跑了，我根本找不到他们啊！就算找到，我也打不过他们……”

“找不到他们，就先从身边的人下手。”男人微笑道，“在你附近，难道就没有值得惩罚的加害者吗？特别是那种有钱无权的加害者……对付这种人，也用不着什么高超的武艺，你有笔、有嘴，擅长谣言，能煽动人心，拿出你对付受害者的那套手段来对付加害者吧……你会从他们身上得到封口费，也会从弱者身上得到感激，甚至能从旁人嘴里得到你梦寐以求的声誉……”

严方的瞳孔开始剧烈收缩。

他看着那男人的嘴，看着那薄薄的嘴唇在他眼前开开合合，说出令人无法拒绝的话。

“去吧，严方。”他说，“去成为你想象中的那种人。”

严方为这句话心驰神往，以至于对方什么时候拔刀走人的，他都不知道。

等他回过神来，房间里只剩下他一个人。

如果不是地上床上散落的七枚铜板，他会以为自己是在做梦。

严方又在床上躺了好一会儿，才慢慢爬起身来。

身上的绳子早就被那个男人砍断了，严方从床上跳下来的时候，顺手把绳子扯下来，往旁边一丢，然后摸了摸肚子，觉得有些饥饿。

“先去面铺吃碗面，然后就开始吧。”严方心想，“我一定能成为我想象中的那种人。”

他推开门，朝面铺走去，一路上都在思考究竟要从谁开始下手，有钱无权的凶手，究竟谁最符合这个标准呢？

直到他在面铺门口，远远看见了唐娇和曹先生。

唐娇与曹先生正剑拔弩张，谁也没瞅见有一个人、有一双手，正在用力拨开人群，朝他们快步走来。

“你说我诬陷你母亲，哈哈，你有证据吗？”曹先生狂妄笑道，“我话本里可有指名，可曾道姓？没有吧，我只是写了一名少妇出墙，与一名盲眼说书人偷情之事！这样的故事，你自己也没少写吧？”

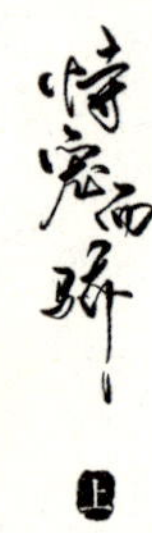

他虽没指名道姓，但细笔描绘出那两人的特征，无论是音容笑貌还是穿着打扮，全都依葫芦画瓢，以至于见过他们的人，立刻就知道话本里说的是谁。

“哦？曹先生的意思，是让我赶紧回家写部风月故事，顺便把你死去的老娘从坟里挖出来当主角咯？”唐娇死死盯着对方的脸，冷笑道，“己所不欲，勿施于人啊，曹先生。”

人群外，那双手更加用力地拨开人群，朝他们走去。

“哼！”曹先生完全没注意到那只离他越来越近的手，他现在眼里只有唐娇……年轻的容貌，满腹的才气，以及层出不穷的新奇话本，这些都是曹先生噩梦的根源。商老板不明白也不在乎，但他这个同行却没法忽视这个后起之秀。

打压她、迫害她、毁掉她的才气，让她离开这个圈子，或者嫁给商老板当个以色事人的小妾……这就是曹先生想要做的事。

“你娘干的那些龌龊事，我娘可干不出来。”曹先生笑了起来，他盯着唐娇的脸，一句话一句话将她逼至绝境，“说她红杏出墙，我可没冤枉她！不信你问问旁边的人，当年她有事没事就把唐瞎子喊进家门，孤男寡女，共处一室，能干出什么事来？”

“你少在那儿胡说八道！”唐娇怒道，“你真把你胡编乱造的故事当真了吗？”

“我不是真的，难道你是真的？”曹先生哈哈一笑，“偶然被你说中了一次，你就真当自己未卜先知？薛婆子那事被你瞎撞上了，你再撞一次给我看看？”

话音刚落，一个面色苍白的中年书生便从人群中挤进来，二话不说，冲到曹先生面前，左右开弓扇他的脸。

曹先生一下子被他打蒙了，等回过神来，立刻捂着脸怒吼：“严方，你想干什么？”

那中年书生严方却不理他，转过脸，一双泛着血丝的眼睛看着唐娇，脸上慢慢浮现出诡异的微笑。

“你放心好了，唐姑娘。”严方温声道，“你是个受害者，我绝不会袖手旁观，坐视不理。”

他的目光实在有些可怕，以至于唐娇忍不住后退一步，心想严先生……你今天吃药了吗？

“……严方，你今天吃错药了？”曹先生跟他可没什么客气的，当下怒道，“这是我跟她的事，你插什么手？”

严方慢慢转过头看他，目光诡异得让曹先生有些胆寒。

“路见不平之事，敢拔刀相助者为英雄，敢怒不敢言者为百姓，还有一种人，他既不当英雄，也不肯当百姓，他选择成为帮凶……”严方说话的声音平板得可怕，那说话的神态与语调都跟平时相差甚远，完全是另外一个人的声调、另外一个人的神态。他看着曹先生，一字一句地说：“你就是那个帮凶……而我，要成为英雄。”

……唐娇感觉这句话似乎有点耳熟，回忆片刻，猛然想起，这句话，不就是黑皮册子上的第二个故事的结尾吗？

过去曾经一度只为加害者辩护的严生，在经历过一系列磨难或者说折磨之后，终于幡然悔悟，决定为弱者代言，从帮凶……变成一名英雄。

听到这个结局的时候，大伙儿都觉得是笑话，就连唐娇自己也觉得有些好笑，而现在真正看到结局，她只觉得背上一阵凉……究竟要经历怎么样的折磨，才能让一个人，忽然之间变成一个与过去的自己完全相反的人呢？

黑皮册子里略过了此段，但细细思量，只觉得恐怖至极。

再看严方的时候，便觉得似乎有无数透明的蛛丝从他的手肘、脚踝、咽喉间伸出，被一个看不见的人抓在手里，操纵他的行为和他说出的每句话。

有这种感觉的人还有许多，但严方自己却半点不觉得。

相反，他觉得自己成了他想象中的那种人。

“你别口口声声说人家龌龊，你那些龌龊事要不要我说出来给大伙儿听听？”严方正气凛然地……开始揭露真相，“你抄袭同僚的话本，盗用徒弟的创意，现在又污蔑唐姑娘的母亲，打算让她们娘儿俩名声扫

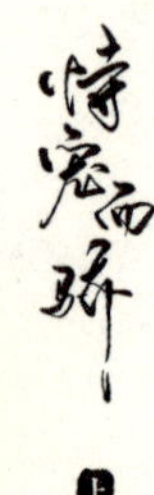

地……说来说去，就是你妒贤嫉能，看不得别人比你好，特别是年轻人比你好！”

曹先生简直要吐血，对方是怎么晓得这些事的？他不知道严方是在胡扯，还当对方真知道些内幕，于是立刻变得忌惮起来，脸上的表情也跟着变得微妙起来。

“哈哈！被我说中心事，不敢说话了吧？”严方哈哈大笑起来，然后更加肆无忌惮地揭露真相。在他心里，曹先生是个加害者，那么用任何手段对付他，都是可以被原谅的，值得被赞颂的……

他要踩着加害者的脊梁骨，获得声誉和财富。

看着他的夸张表演，唐娇不知道自己应该感谢他的拔刀相助，还是好心地问问他的身体状况……最终，她慢慢转过头，看着身后的那群人，那群听她说过这则故事的人。

人群齐齐朝后退了一步。

唐娇环顾四周，望着她的目光里有好奇、有猜疑、有忌讳、有崇拜，但更多的却是恐惧……

他们似乎觉得……站在严方背后、用蛛丝操纵他言行的人就是她。

可是唐娇却清楚知道自己是无辜的。

她不知道在严方身上具体发生过什么，也不知道他这样的状况会保持多久，甚至连那则故事都不是她写的。

她更不知道……给她黑皮册子的那个人，究竟想干什么。

带着满心的疑问，唐娇准备回家，临走之前，严方和蔼地跟她打了声招呼，告诉她，他一定会为她讨回公道……至于曹先生，他现在跟唐娇一样，深深体会到了被谣言所扰的滋味……

反手关上房门，唐娇对眼前的屋子喊道：“出来。”

屋子里一尘不染，看来某人又效仿田螺姑娘，将家里打扫了一番。

唐娇目光逡巡一圈，最后定格在书桌上，一条黑色绸带折得方正，当作书签，压在她昨天读到的地方。

她走过去，没想太多，捡起丝带，蒙住双眼，然后麻利地在脑后系了个蝴蝶结，待做完这一切，她才愣住了。

她为什么会对这一切习以为常呢？

她为什么要迁就对方，不惜蒙上自己的双眼呢？

她过去不是这样的啊，她总是直视对方的眼睛说话的……是什么，是谁在偷偷改变她？

她是不是……已经变成了第二个严方？

想到这里，唐娇立刻抬手，想要将眼上的丝绸带子扯下来。

却有一双手，无声无息地从她身后伸出，握住了她的手，将她向后一拉，拥进自己的怀里。

“还满意我为你做的一切吗？”他平静无波的声音在唐娇耳畔响起。

听到这句话，唐娇顿时什么都明白了。话本里写的故事怎可能成真，除非有一个疯狂的人，以严谨无比的态度，以及冷酷无情的手段，亲手将故事变成现实。

而现在，这个疯狂的人就站在她身后，温柔地将她拥抱。

“你为什么要这么做？”唐娇问道。

“……在回答这个问题之前，你能先回答我一个问题吗？”他问。

“你说。”唐娇道。

“如果事实证明，你的母亲周氏不是暴毙，而是被人害死的，”他的声音贴在她的耳畔响起，低得近乎呢喃，“你会选择报仇吗？”

那一刻，唐娇只觉得自己脑袋里轰的一声，许久之后，才干涩地问道：“你说清楚一点。”

“第一个故事说的是薛婆子，她贪图你母亲的钱，所以骗她嫁给自己的女婿，也就是王富贵，如此等周氏一死，他们这一大家子就能名正言顺地占了你母亲的钱。”他淡淡道，“第二个故事说的是严方，他向我证明了一件事，你母亲跟唐拨弦是朋友之谊，而非男女之私……她每次喊唐拨弦过去的时候，都有四个人在场看着，一个是王富贵的母亲，一个是她贴身的丫鬟，一个是王富贵本人，还有一个是外面偷窥的严方。严方没有散播过谣言，那么，究竟是谁散播谣言，使她名誉扫地的？”

上

说到这里，他顿了顿，然后慢慢绕到唐娇面前，右手捧着她的脸，薄薄的唇里发出诱惑的声调。

“告诉我，唐娇。”他问，“你想知道真相吗？你……想要复仇吗？”

唐娇的肩膀在发抖，袖子底下的手指紧了又放，放了又紧，最后，她抬起头来，隔着黑色丝绸望着对方的脸，沉声道：“我要怎么做？”

“你什么都不需要做。”斗篷底下，薄薄的唇向上弯起，“肮脏的事情我来做，你只需要继续读我给你的话本就好。”

就这么简单？

唐娇听了这话，反而更加迷茫起来。

他在做的这些事情，说得好听叫除暴安良，说得不好听就叫作犯罪，连商九宫都不曾为她做这么多，连母亲和义父都不曾为她做到这个地步，他是为什么？

“你究竟想从我身上得到什么？”唐娇忍不住旧事重提，再次问他这个问题。

“我什么都不要。”他再次回答道。

“我真的什么都不需要做，”唐娇更加迷惑，“只需要做我自己就好？”

而不是像严方那样，一夕之间仿佛被改造成另外一个人。

“是的，只需要做你自己就好。”他的声音仍旧平静无波，但这样的声线已经越来越能安慰唐娇，不会变化、不会献媚、不会说谎，就像亘古至今不变的月光，“那些原本应该属于你的一切……就由我来帮你夺回。”

是什么让你为我付出一切？唐娇左思右想，最后得到了一个她自己都有些不敢相信的答案：“……你喜欢我？”

他的右手仍旧放在她的脸颊上，却从手指到脸上的笑容，都僵硬了。

唐娇看不见，还以为他没听清楚，于是字正腔圆，很慢很慢地再次问他：“你……是不是喜欢我？”

唐娇等了很久，都没等来他的声音。

回答这个问题有这么难吗？

唐娇决定大发慈悲地提醒他几句。

“你亲过我了。”她补充了一句，“眼睛和手。”

“我怎会做出如此僭越之事？”他与她异口同声道，然后卡壳，他不得不重重咳嗽一声，补充道，“那只是在安慰你。”

说完，他牵起她的手，无声地递到嘴边，冰冷的薄唇在她贝壳般的指尖轻轻啄了一下，发出轻轻的一声“啾”，然后匆忙解释道：“就像这样。”

视力被眼睛上的黑色绸带夺去，于是耳朵变得异常敏感，那声“啾”仿佛直接吻在唐娇的耳朵上，温热而又潮湿，就仿佛伸进来的不是声音，而是舌头。

“……哪有这样安慰人的！”唐娇觉得耳朵一阵发热，她不知道自己是羞涩还是愤怒地喊道，“还是说，你总是这样安慰女人？”

“女人？”他鄙夷地说，“除你之外，其他女人……都是一群随时可以利用和抛弃的对象。”

就像对付薛婆子和严方那样，他随时可以刑讯她们获取资料，也随时可以操纵她们以达到自己的目的，女人如此，男人也如此。

“……既然我是特别的，那你为什么就是不肯承认呢？”唐娇“哦”了一声，顺势问道，“反正你亲都亲了，摸都摸了……还强迫我摸了，现在想不负责任吗？”

说完这句话，唐娇就后悔了。

老实说她现在还没做好准备，让一个跟踪狂对她负责啊！

她痛苦，却看不见他比她更为痛苦。

兜帽下，薄薄的嘴唇抿成笔直一线，身后的黑暗里，仿佛伸出无数条锁链，铐住他的脖子、手足与心脏，不允许他再发出一言。

他缓缓鼓动着胸膛，过了许久，才积存了一点力气，低哑地开口：“你……究竟希望我对你做什么？”

唐娇张了张嘴，没说出话来。

她究竟希望他为她做什么呢？他为她洗衣做饭，他为她惩罚曹先生，他为她寻找母亲暴毙的真相……那些她梦里都在干，却总干不成的事情，他已经全部为她做了。

她究竟希望他对她说什么呢？在她悲伤的时候，他安慰她；在她与商九宫分道扬镳的时候，他能几个时辰嘴不停地数落商九宫的不是；无论何时何地，只要她呼唤他，他就会回应她，让她知道……她永远不是孤单一人。

于是唐娇的嘴唇开合片刻，最后低声问道："……无论我让你做什么，你都会答应吗？"

"是。"他毫不犹豫地回答。

"对我说：'我喜欢你。'"

"……"他低嘶了一口气，沉声道，"除了这件事。"

"说。"唐娇以为他是不好意思，于是补了一句，"你说了，我就试着喜欢你。"

"……请不要这样。"他简直被她逼到绝境，每一个字都是费尽全力从胸腔里滴出，带着血味，"这是不被允许的事……"

"不被允许？"唐娇"扑哧"一笑，"有什么不被允许的？你答应、我答应不就行了吗？"

听了这句话，他的气息有瞬间失控，一双手将她牢牢地扣进怀中，从肩膀到指尖，从睫毛到嘴唇，都在微微发着抖，仿佛拥抱的不是一个娇弱少女，而是一片带着荆棘的花丛……

"不要再说了。"过了许久，他才慢慢放开她，声音疲惫到了极点，"不要再诱惑我了……"

唐娇等了许久，没再等到后续的话，拉下眼上的绸带，环顾空荡荡的屋子，她忍不住叹了一声："为什么啊？"

慢慢踱到梳妆台前，她靠着菱花镜坐下，单手撑着脸颊，百思不得其解。若说无情，他万事都为她着想，若说有情，都走到这一步了，他却临阵退缩，这算是个什么事？什么叫作不允许的事啊？

“莫非是因为脸丑自卑？”想着他宁可躲起来洗衣服，也不肯出来露个面的行径，唐娇忍不住低喃了一声，但很快便摇摇头，自个推翻了自个的推测。男看才，女看貌，这世上的男子除非丑得太不像话，狗见了都吃不下肉包子的地步，否则都不算丑，叫长得粗糙一些。况且他……他根本不用跟人比脸，他比身材！

“那是因为出身不好？”这个想法刚刚出现便被唐娇掐灭了，因为她自己的出身也好不到哪里去，名义上的父亲是个泥腿子出身，养父是个说书人，旁人敬她的时候唤她一句女先生，不敬的就喊她那个说书的那个卖唱的，商九宫不就是拿这个当原因，要她做妾吗？所以无论他是商是农是工，只要他不是逃犯，那就没有谁配不上谁的。

想不通，唐娇渐渐困起来，她单手支着脸颊，脑袋一点一点，面容与最后一点夕辉同时照入菱花镜中。恍惚间，她似乎梦到了小时候，也是这样的天气，也是这样的下午，母亲坐在菱花镜前梳妆，檀香木质地的梳妆台有三个柜子，拉开之后，一格放着时下流行的胭脂水粉，一格放着各式花钿，最后一格放着各式各样的发簪步摇。

母亲挑挑拣拣，最后选了一根飞凤簪，斜斜地插进发髻里，她趴在一旁，垂涎地看着那根簪子，然后趁母亲不注意，把那根凤簪拔下来，藏在自己身后。

母亲没有骂她，相反，伸手把她抱到膝盖上，将她不多的头发梳起，勉强结了个发髻，然后将那根凤簪插入发髻里。夕辉照在凤簪上，流光溢彩，美不胜收。

“想要的东西不会自己走到你面前来。”母亲的面孔在菱花镜中模糊一片，只有丹红色的唇是向上勾起的，“以后你喜欢什么，就去夺取，去占有，就像今天这样。”

唐娇猛然惊醒。

菱花镜中只剩下她自己。

莲脸微匀，吐气如兰，犹如清水洗出的一朵芙蓉花。时间太久，唐娇已经记不大清楚母亲的脸了，但她相信自己跟母亲长得是很相似的，所以认识母亲的人，一定能透过自己的眉眼找到她。

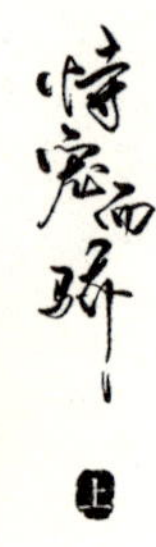

唐娇在菱花镜前坐了很久，才低声说道：“娘，其实……我也不知道我有没有喜欢他……有多喜欢他。”

但是这个世界实在太冰冷了，人与人之间永远在讲究利益与交换，不求回报一心为她的人只有三个，两个已经死了，就留下最后一个……唐娇无论如何都不想放手，一旦放手，她就又剩下孤单一个人了。

一无所有的时候，总想抓住点什么东西，抓住个什么人。

“娘，我想要他。”唐娇伸出手，用指尖碰触镜面上倒映的那张面孔，“我认了，无论是商、是农、是工，甚至是绿林好汉都罢了……我想要他。”

说出这句话的时候，唐娇完全没想到之后会有怎样的考验等着她。

她仍旧像跟踪狂嘱咐的那样，每隔三天便出去说一次新话本，故事自然来源于那本黑皮册子。

然后，不知道从什么时候开始，越来越多的人来听她说书，小小一家面铺根本坐不下，三娘子不得不从邻居家里借凳子桌子，最后还是不够，来迟了的人只能席地而坐，或者站着听。

镇上再没人讨论别的事，全在讨论唐娇，因为她说的话本一次又一次成真了，话本里影射到的人统统出了意外，以至于曹先生再也不敢说手头的那部话本，反而时不时地跑来跟唐娇套近乎，没别的原因，就是怕自己也跟着完蛋。

等到散场之后，大伙儿就会凑到一起猜测这到底是怎么回事，有人说是意外，有人猜是唐娇天赋异禀，有人说是唐娇跟人串通好了，也有人怀疑唐娇有神笔马良的血统……

但无论如何，唐娇这部无名话本终于有了名字。

私底下，大伙都称之为——三更话本。

阎王要你三更死，谁敢留你到天明？

然后，在说到第七个故事的时候，一个人敲响了唐娇的房门。

唐娇打开门，面无表情地看着对方。

“我们需要谈谈。”王富贵一边用真丝手绢擦拭着脑门上的汗，一边对她说。

王富贵进屋后，显得坐立不安。

“下一个是谁？”他忽然开口问道。

唐娇愣了一下，才醒过神来，他是在问黑皮册子写到的下一个人。

“我不知道。”她如实说，黑皮册子里只有七个故事，她已经说完了最后一个故事，后面的书页上完全是一片空白。

“你怎么会不知道呢？”王富贵急了，“这话本可是你写的啊！”

当然不是她写的，但是这话唐娇心里清楚，却不会告诉他。她还清楚记得，跟踪狂允诺她，七个故事之后，母亲暴毙的真相就会自己浮现在她眼前，现在七个故事结束了，王富贵来到了她眼前。

王富贵被唐娇盯得心里发毛，肥胖的身体在椅子里扭了扭，最后咬牙问道：“这件事咱们心知肚明，你就说吧，下一个是不是我？”

为什么这么问？这句话已经到了唐娇嘴边，却在舌尖打了个卷，最后变成：“你终于知道了。”

“嘿，你瞒得过别人，瞒得过我吗？”王富贵讪讪一笑，“看看出事的都是些什么人？我丈母娘，你娘以前的丫鬟，还有我们家老太太……你这是冲着我来的，对不？”

唐娇盯着他，一句话在嘴里咀嚼了许久，才慢慢吐了出来：“那你肯定知道是为什么了吧？”

王富贵不知道唐娇是在诓他，还以为彼此是在摊牌，于是犹豫片刻，叹了口气道：“我对不起你娘。”

“……你为什么要对不起她？”唐娇深吸一口气，袖子底下的手慢慢收紧，“我娘究竟哪点比不上翠花了？你说给我听听吧。”

“你娘很好。”王富贵沉默片刻，面无表情道，“她模样标致，气质高雅，琴棋书画样样精通，经史子集无一不会，当年我虽然是为了骗钱才跟她成亲的，但是相处几日下来，就觉得世上再没有比她更好的女人。”

“那你为什么还要跟别的女人勾勾搭搭的？”唐娇顿时不明白了。

“你懂什么？”王富贵忽然大叫一声，“她根本看不起我！”

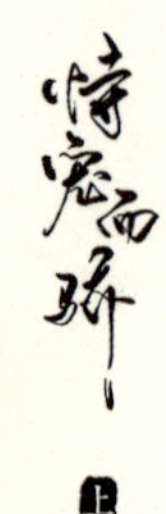

唐娇被他猛然这么一喊，吓愣了。

“她没对你露出过那副嘴脸，所以你不觉得。”王富贵深吸一口气道，“不错，我是骗了她，我是拿她的首饰送人了，可她已经嫁给我了啊！她已经是我王家的媳妇了啊！她的东西难道不是我的东西吗？她怎么能说我是偷的呢？”

忆起当初，王富贵兀自愤愤不平，他来来回回地在屋子里走动，在心里压抑十多年的话一股脑地泼出来。

“她有那么多钱，却只肯给我五十两，其余的东西都跟防贼似的锁起来了。”王富贵想着当年的事，气得面颊都是红的，“我王家又不是只有我一个人，我要养着我爹娘，还要给我哥哥张罗媳妇，给我妹子准备嫁妆，就这些钱，怎么够？她有那么多钱，为什么不能拿些给我用？”

“男子汉有手有脚，真要钱用，你为什么不自己去挣？”唐娇道，“我娘又没欠你什么，凭什么必须让她来付出和承担一切？就这样你还敢说什么世上再没有比她更好的女人……我看你是想说世上再没比她更好用的冤大头了吧？”

“你说什么？”王富贵恼羞成怒，举起一个巴掌道，“逆女，果然是那个贱人的种！”

唐娇举起手边的黑皮册子，挡在脸前。

涌进脑门的热血立刻被冻结，王富贵的巴掌停顿在那黑皮册子前，册子半掩着唐娇的脸颊，她从后头露出半张脸颊，黑沉沉的眼珠子盯着王富贵，冷冷道：“你道不道歉？”

王富贵看了看她，又看了看黑皮册子，最后缓缓收回手去，冷硬道：“没什么可道歉的，她就是个贱人。”

唐娇刚要发作，王富贵就嘲讽一笑，打断了她。

“你知道吗？”他笑道，“你娘偷人，偷的不是别人，就是你那个义父。”

唐娇愣了愣，紧接着一股怒意涌上心头，忍不住大叫道：“你胡说！”

“我胡说了吗？她看不上我这个泥腿子，却看上了那个瞎子！”王富贵笑道，“她还三天两头趁我不在，把那瞎子叫过去颠鸾倒凤，这件事很多人都知道了，比如你娘的丫鬟，还有我娘！”

“胡说八道！”唐娇愤怒得简直要喷火，“没有证据，就别在那儿血口喷人！”

“你还想要什么证据？”王富贵哈哈大笑，“让你晓得吧，你娘不是病死的，是家里动了家法，把她按水里淹死的！要不是这样，她的名声迟早完蛋，还要连累我们王家的名声！你这小畜生也好不到哪里去，也要跟着她遗臭万年！怎么样？你现在还要帮你娘复仇吗？”

这不可能！唐娇脑袋里嗡嗡直响，跟踪狂说七个故事之后，她就能看见真相，这就是真相吗？

“……所以，你就放过爹吧。”歇了口气，王富贵软声道，“爹才是被害者啊……当年爹是真心想跟你娘过的，是她自己走错了路，才落到那步田地……阿爹不知道你究竟是请了谁替你出头，是不是县令公子？好了好了……爹不问这么多，就请你高抬贵手，跟他说一声，放过爹吧！”

唐娇紧紧盯着他的脸，他刚刚说的话似乎无懈可击，可是她总觉得有什么地方不对，但究竟哪里不对，她又说不上来……可是无论如何，她都不相信母亲会做出这样的事来。

证据……无论是人证也好，物证也罢，她想要更多的证据，来证明王富贵是在说谎，来驳斥得他哑口无言，逼他到绝境，不得不跟母亲道歉！她要证明给所有人看，母亲不是这样的人！

“……唉，话就说到这里吧。”见唐娇面色阴晴不定，王富贵以为她是暂时接受不了这么大的刺激，也不好再逼她，怕逼出反效果，便告辞道，“阿爹先回去了，你一定要仔细想想，想清楚啊！”

他再三叮嘱完，便转身离去。

待房门在唐娇眼前关上，一双男人的手臂就从她身后伸出，黑色的绸带无声无息地蒙在她的眼睛上，那个男人的声音在她身后响起。

“他在说谎。”他平静道。

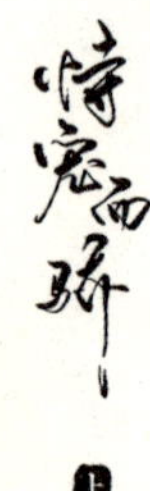

听了这句话，唐娇吊在空中的心才算放了下来，接着便气得肩膀发抖。

“是他杀了我娘。”她颤抖着说，“还是用这么肮脏的借口。”

“不然他拿什么当理由，来合情合理地占据你娘的财产？”他淡淡道，“不过没有关系，我很快就会让他说出真话……在所有人面前。”

唐娇立刻振作起来：“我需要做什么？”

“对付他的事情交给我就好。”他按着她的肩膀，“有另外一件事要交给你做。”

“要我做什么？”唐娇奇了，一直以来他都是无私奉献，这还是他头一次对她提出要求。换了十几天前，她或许会犹豫不决，甚至怀疑他的动机，但现在不一样了，既然打定主意想要得到他，那么唐娇不介意为对方付出，或者说她很愿意为他付出……以免因为单方面毫无回报地付出，使得他心生厌倦。

“算算时间，县衙的人也应该来了。”他慢慢俯首，贴着她的耳朵道，“他们抓不到我，就会找上你，我需要你跟他们周旋，为我争取一些时间。”

唐娇心头跳了跳，然后重重点头：“好，我会骗过他们的。”

“不，你不能骗他们。”他平板无波地道，“我要你跟他们说实话。”

这话把唐娇吓了一跳，她想了想，沉声道：“你不用试探我，我不会出卖你。”

“你没懂我的意思。”他轻轻摇摇头，“我不让你说谎，是因为谎言很容易被揭穿……所以我让你跟他们说实话。”

唐娇觉得自己要疯了：“这怎么行啊？我……”

“你见过我的样子吗？”他忽然出声打断她。

“没有。”唐娇道。

“你知道我的名字吗？”他又说。

“不知道。”唐娇摇摇头。

“你连我姓甚名谁都不知道，”他忽然无声地笑了起来，“所以县衙的人若是问你认不认得我，你能说你认得我吗？”

唐娇登时哑口无言。

“真话，其实也可以是一种谎言，一种最不容易被拆穿的谎言。”他放缓声音，仿佛要让唐娇记住他所说的每个字，对她一字一句道，“所以你如果要骗人，记得对他说真话……至于选择什么时机，以及如何措辞，你可以自己去体会。”

唐娇愣了好半天才回过神来，讷讷道：“可、可这也太难了吧。”

“迫不得已的情况下，你也可以九分真话、一分假话。”他嘱咐道，“切记真话一定要比假话多，否则的话，还不如不说话。”

唐娇茫然地点点头，但还是不明白，对方不过是县衙里的捕快，又不是六扇门的总捕头，用得着这么小心翼翼，严防死守吗？

“万一他们严刑逼供怎么办？”忽然想到一点，唐娇连忙问道，“万一他们抓不到你，打算用我顶岗，那就是屈打成招啊！”

“他们不敢。”他淡淡道，“县令夫人会保你。”

“县令夫人……”唐娇嘴角一抽，觉得牙都疼了，“我觉得她会看着我死，然后火速用草席卷走……好给她儿子殉葬。”

“不会的。”他微笑道，“县令公子死不了。”

顿了顿，他又淡淡加了一句。

“因为……他身上的毒是我下的。”

跟踪狂探手入怀，取出一只小盒，然后拉过唐娇的手，把盒子放在她手心里。

“这是什么？”唐娇问。

“兰膏。”他回答，“我在里面掺了些解药，回头……若是县令公子要见你，你就抹些在头发上。”

唐娇面色复杂，犹豫片刻，终是握紧了手心的小盒，这代表着她已经决心成为他的帮凶，从此以后一荣俱荣、一损俱损，再也没有回头路了。

“我晓得了。”她收起盒子，但还是有些不明白，遂开口问

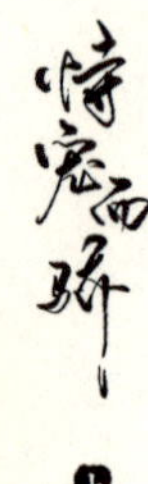

道，“只是……你为什么要给县令家的公子下毒？你们可是有什么仇怨？”

“这已经不重要了。”他避开了这个问题，“重要的是，你一定要想办法留在县令府中……相信我，有了这盒兰膏，要做到这点绝不会太难。”

“我当尽力而为。”唐娇应了下来，心头的思虑却更多，咬了咬唇，她终是忍不住开口问道，“你让我留在县令府里，可是有什么事要让我做？”

唐娇原以为对方肯定是对县令一家别有图谋，否则也不会算计到这一步，岂料听了她的话，他想都没想，便直截了当道：“无事。”

“真没事？”唐娇有些不相信。

“没有。”他笑了起来，意味深长道，“我只是想让你习惯一下世家生活，看看他们都是些什么样的人，以及如何跟这种人打交道。”

“就为这个？”唐娇嘴角抽了抽，脸上显出无语的表情。

“嗯。”他道，“放心去做吧，我不会害你的。”

有了他这句话，很多话唐娇便不好问下去了，况且于情，对方帮了她这么多，她总该有所回报；于理，对方又没让她去杀人放火，只是让她混进县令家里住上几天罢了。故这事虽然从骨子里透出一股诡异，但于情于理，唐娇都没有拒绝的余地。

“……我知道你有很多事瞒着我。”唐娇犹豫了一下，道，“现在不能说不要紧，但能说的那天，你一定要告诉我。”

“……嗯。”他沉默半晌，应诺道，“会有这一天的。”

“那就这么说定了。”唐娇把盒子塞进怀里，对他微微一笑，笑靥如花，“我在县令府等你！”

我等着那么一天，你我坦诚相见。

自此，两人暂且分道扬镳。

数日后，县衙来人，传她前去问话。

这一日凄风冷雨，羁候所外，两盏风灯在雨中飘摇不定。

待入得门内，唐娇便见到了几张熟面孔，木槛后头隐约是被毒哑的薛婆子、骂骂咧咧的严方、哭哭啼啼的李氏……一时间唐娇也分不清里头谁是疑犯、谁是苦主、谁是证人，以及……她自己该归到哪一类。

看见她，喧闹的人群立刻静了下来，她站定，旁边的人就跟退潮般散开。

仿佛她就是本案真正的犯人一样。

唐娇低着头，绞着帕子一言不发。

直到刑讯室的大门打开，一个男人脸色泛白，摇摇晃晃地从里头走出来，一名壮实的衙役推了推她，示意她进去。

唐娇一脚踏进去，一股腥风就扑面而来，抬眼望去，只见里头摆放着许多刑具，样样带血，件件腥臭。瞅见这一幕，还没开始审，唐娇心里就毛了起来。

见把她给镇住了，负责审讯这批人的小吏便磕了磕老烟枪，示意她坐过来。

两人间就隔着一张桌子，唐娇坐下后，还没开始审，那名小吏就伸手搓了搓指头……唐娇反应过来对方是在索取贿赂，便解下腰间荷包，把里面的铜钱都倒在桌子上。

小吏伸手把铜钱都划拨到自己面前，数了数，抬头对她笑道："《三更话本》案子里，你可是头号疑犯，只凭这点钱，只怕不好办吧……"

"大人这话怎讲？"唐娇对他笑道，"外面那些人出事的时候，我都在面铺门前说书，有一堆人为我作证，我怎会是头号疑犯？"

小吏顿时没了笑脸，朝她哼了一声，一边把钱收起来，一边漫不经心道："还敢狡辩？怎么别人写的话本没出事，偏生你写的话本都成了真？老实交代，这《三更话本》究竟是怎么回事？"

唐娇愣了愣，然后哭笑不得，没想到自己手头那部无名话本居然也有了名字，且是如此阴森可怕的名字，倒是像极它的真正主人。

"我也不知道。"唐娇没说谎，关于《三更话本》，很多地方，她自己也是一头雾水，"其实这话本不是我写的，是我偶然间得

到的。”

“什么？”小吏顿时来了精神，拍着桌子道，“哪儿拿来的？”

“捡来的。”唐娇九分真话里掺了一句假话，然后接着说真话，“我是个说书先生，有段时间我过得不大好，自己写的话本统统不能用，还受到前辈的排挤，最后还被赶出胭脂茶楼，后来得了这部话本，发现里面的故事闻所未闻，就干脆直接拿来用了。”

“你可有证据？”小吏眯着眼瞅她。

“话本就是物证。”唐娇笑着把插在腰带里的话本拿出来，平放在桌上，用手慢慢推了过去，“我都带在身上了，您可以自己拿去看看，里面的字迹跟我的字迹完全不一样。”

小吏立刻把话本抢到手里，心想一桩大案就要在他手里破了，这可是实打实的功绩！可得了功绩又不够，还想从对方身上榨点钱，于是装出一副冷漠的样子道：“虽有物证，却无人证，你还是脱不了干系。”

“外头的人都是人证。”唐娇淡淡道，“况且他们出事的时候，我都在面铺门口说书，有一堆人可以为我作证……我是无辜的。”

这些话无懈可击，以至于小吏已经开始忍不住想，难道这姑娘真跟案子没什么关系，只是偶然间捡到了犯人的笔记？

唐娇平静地看着他，心里生出一种奇怪的感觉，似乎她天生就非常擅长这种事，看到对方被自己的一言一语所控制，看见对方被自己三言两语牵着鼻子走，以至于完全偏离正轨，走向了一条错误的道路，她居然觉得很有成就感。

这种感觉，就像她头次上台说书，看着台下的人为她欢欣鼓舞一样。

过去她以为这是她人生中最快乐的事情，可现在，她不禁感到有些茫然。

或许她喜欢的不是说书……而是控制别人的这种感觉。

意识到这一点，唐娇忍不住心头咚咚直跳，继而拼命否认这件事。

“……还不对！”小吏的声音打断她的思绪，唐娇转头，看见小吏用奇怪甚至怀疑的目光看着她，沉声问道，“你为什么一点儿也不害怕？”

糟糕！唐娇心道不好，她刚刚一不留神忽略了一件非常重要的事情。

县衙这种地方，尤其是审讯室这种凶恶之地，平头百姓光是看着就要腿肚子打战，进来以后不需要用刑，自己就能吓得大病一场，她不但是个平头百姓，还是个没见过什么世面的豆蔻少女，来到这种地方，她怎么能一点儿也不担心，一点儿也不害怕？被人当成疑犯，还能脸不红气不喘地为自己辩护？

此等举动，放在小吏眼里，委实太过反常了些。

可唐娇又有什么办法，她心里的确有些害怕，可一想到有跟踪狂在，就觉得有了底气，心里的恐惧就不免淡了许多，余下的就只有一种她自己也说不清楚的冷静……以及控制别人的欲望。

但现在不是深究自己身上这些变化的时候，唐娇盯着眼前的小吏，现在她要做的事情只有一样，那就是消弭此人心中的怀疑！

电光石火间，唐娇叹了口气道：“我不怕，是因为有人给我撑腰。”

“看来你终于打算说实话了。”小吏冷笑道，“给你撑腰的是哪个？是不是那个凶手？其实你早就知道他要犯案了吧，或者说其实你根本就是他的同伙？哼！我就知道，只有杀过人的人，才能进了衙门都不怕！”

“我不知道你在说什么。”唐娇满脸疑惑地看着他，“给我撑腰的人，是县令夫人啊。”

小吏听了这话，气得脸都红了。

“看来不给你点苦头吃吃，你不会说实话。”他指着唐娇道，“来人，上夹棍！”

“谁敢上夹棍？”一个女人的声音忽然响起。

小吏和唐娇同时看向刑讯室门口。

那里站着一个黄衫妇人，气质端雅，头戴金簪，顾盼间有种不怒而

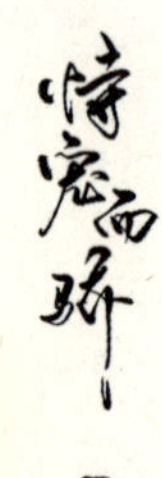

威的感觉，被她用眼一盯，小吏脸都白了……被吓的。

“唐、唐管事，您怎么来了？”小吏立刻换了副嘴脸，端着凳子跑过去，一副对方打算坐哪儿，他就在哪里放凳子、端茶、捶腿的殷勤模样。

唐管事轻描淡写地扫了他一眼，便将目光放在唐娇身上。

“唐家丫头，”她微微一笑，笑容消弭了她身上的威严感，令她看起来可亲了许多，她对唐娇道，“你随我来。”

第四章 此登蟾宫见月华

唐娇被带到一座大宅子里，门前装饰得朴素无华，待进了门才发现里头别有洞天，奇花异草，雕栏画栋。院子里甚至放养了一只仙鹤，舒翎展翅，闲庭信步，临水照影，花鸟相映。唐娇忍不住在心里头嘀咕，都说暮县令是个清官，只是看这疑似人间仙境般的宅邸，却又不大像啊……

“唐姑娘，”四下无人，唐管事忽然转过身来，淡淡道，“以你涉案之身，原本应该待在羁候所里，是我家夫人、少爷心疼你，怕你在里头受苦，才把你带出来，待会见了他们，该说什么，不该说什么，该做什么，不该做什么，你自个掂量清楚。”

唐娇一副温顺乖巧的模样低下头去：“我晓得了。”

又盯了她半晌，唐管事这才将她引至东厢房，东厢房所在的院子又与别处不同，没有奇花异草，放眼望去，只有一片墨竹，人走在里面，就像走进一张墨竹画里，风吹竹动，涛声似海，竹影深深，人渐无踪。

最后唐娇站在东厢房前，抬头望去，看见门上挂着一块牌匾，上面

笔走龙蛇，写着三个字——幽篁馆。

独坐幽篁里，弹琴复长啸。深林人不知，明月来相照。

唐娇正在心里头默念这首诗，冷不丁听见屋子里传来一阵剧烈咳嗽声。

房门打开，一名绿衣少女急匆匆从门里走出来，见着唐管事，登时两眼一亮，颇松了一口气的样子唤道：“唐管事，您可回来了……啊！这位就是唐姑娘吧？夫人，少爷，唐姑娘来了！”

“吵吵嚷嚷像个什么样子？”一个愠怒的声音从里头响起，把那绿衣少女吓得低下头去。

“你且下去吧。”唐管事低声对她说了一句，然后引着唐娇走进屋子。

唐娇这辈子头一次进男人的屋子，还是一位官家少爷的屋子，忍不住抬头多看了几眼，只觉得眼前所见，与她心中所想，竟是完全不同，没有什么奢侈精贵的摆设，也没有什么海内难见的奇珍，却有许多乐器，箫、笛、古筝、琵琶、月琴，以及一些她喊不出名字来的乐器，或贴墙放着，或挂于壁上，光看数量，很难相信这世上会有人能够如此多才多艺。

最后，她将目光落在水墨字画白绫帐子上。

咳嗽声渐歇，里面传来微弱的呼吸声。

县令之妻王夫人坐在床沿，高绾发髻，凤簪斜插，唐娇与唐管事走到她身后，她却恍若未闻，仍旧背对着她们，双手紧紧握着儿子的手。

“母亲，”半晌，白绫帐内传来一个少年的声音，虽然沙哑难听，却带着一种能够安定人心的温柔与力量，不似风中残烛，倒像是照亮夜晚的篝火，他温声道，“可以让我和唐姑娘单独聊一会儿吗？”

“都依你。”王夫人轻轻拍了拍他的手，起身离去，由始至终，她都没有看唐娇一眼。

房门在唐娇身后关上，她皱起眉头，更加确定了自己现下的处境。

王夫人仍旧视她为蝼蚁，更何况她现在惹了官司，进了羁候所，若对方想让她病死或者意外死在里头，便如掐死一只蝼蚁般简单。

想留下来，想不被她杀死，就只能依靠白绫帐子中的那人……县令之子，差一点就三元及第的天才少年——暮蟾宫。

他必须活着！

想到这里，唐娇悄无声息地走到床边，在王夫人刚刚坐过的椅子上坐了下来。

白绫帐子中的少年似乎想跟她说些什么，可是刚刚开口，便又咳嗽起来。

唐娇看着露出帐子的那只手，枯如瘦花枝，白若水中月，消瘦得仿佛随时会随风而散，她犹豫了一下，伸手握住那只手。

对方微微一愣，手上反射性地挣了一下，奈何咳得浑身没有力气，挣不脱唐娇这个天天吃肉的姑娘……当然，她自个是舍不得顿顿吃肉的，那些肉都是跟踪狂不知道从哪儿弄来，然后炖好烧好炒好喂她的。

过了一会儿，咳嗽声渐平，暮蟾宫低沉沙哑的声音从帐子里传来。

“你不害怕吗？”他问。

“怕什么？”唐娇略略倾身，抹了兰膏的头发垂了一缕在他的手腕上，蜿蜒若蛇，散发着一股淡若青梅的香气……

“我病得很重。”暮蟾宫轻笑道，“除了家母，旁人都不敢靠近我。”

“公子，您把我从羁候所捞了出来，我谢您都来不及，又怎会怕您呢？”唐娇努力将自己凑得更近了一些……主要是把自己的头发凑得更近了一些，谁叫她把解药都抹在头发上了呢？也不知道抹的量够不够，是不是应该凑得再近些才能生效……

许是掺了解药的兰膏生效了吧，暮蟾宫竟不再咳嗽，而是躺在白绫帐内，侧着脸，静静看着她。

帐幔如雾，两人看着对方，都如隔雾看花，似真非真，似梦非梦。

唯一真实的，或许只有两人交握的手。

“好人有好报。”唐娇低声说，“您一定会好起来的。”

为了快点好起来，快来嗅嗅她！

“……呵，那就借你吉言了。”暮蟾宫微微一笑，然后转过头去，

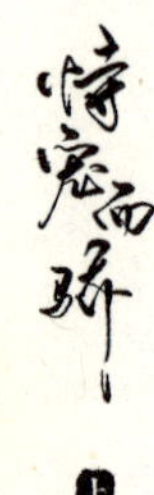

看着头顶上的帐子，抑制不住地又咳了起来。唐娇想去帮他倒杯水，但被他轻轻扯住手指不放，分明一挣就脱的力道，偏生这人身上有一种古怪的气质，能令人平白无故对他亲近，就仿佛眼前是一件稀世之宝，令人不忍看他夭折消亡，亦不忍拒他负他。

半晌，他终于止住了咳，轻轻嘘了一口气，温柔笑道：“不用给我倒水，我喝不下去的。”

“你这是什么病，怎么会连水都喝不了？”唐娇说，其实心底在想对方到底中的是什么毒。

“大夫也说不清楚。”暮蟾宫轻描淡写地撇开话题，然后温和地道，“对了，唐姑娘，我许久没有出过门了，给我说说外边发生的事吧。”

“容我想想……”唐娇开始考虑给他说什么，世家公子会对什么东西感兴趣，她还真不知道。她想了想，决定给他说上个月镇上的灯会，岂料说了没两句，便被他一声咳嗽打断了。

“唐姑娘，”暮蟾宫温柔道，“灯会的事情可以过段时间再说……现在，我想听《三更话本》。”

唐娇心里咯噔一声，怎么又绕到这话本上来了？

“但是这部话本很长。”她装出一副镇定自若的模样，道，“公子，您如今身子不大好，听这么长的故事容易伤神，还是等身子好了再听不迟。”

“没关系。”暮蟾宫的声音仍旧那么温柔，温柔里有一种令人无法拒绝他的力量，“这个故事共分七则，你就讲第一则给我听吧。”

他话已经说到这个地步，唐娇没法再拒绝他，只好凭着记忆，把第一则故事说给他听。

暮蟾宫闭上眼睛，犹如假寐，听到一半的时候，忽然睁开眼睛，沙哑道：“有点儿奇怪。”

唐娇正说到歹人往壶中投毒，令薛婆子回忆过去错人姻缘的片段，听他这话，心头突突，犹自镇定道：“有什么奇怪？不就是有人行侠仗义，打抱不平吗？”

“可这种事并不只有薛婆子一个人在做。”白绫帐内，暮蟾宫慢慢侧头看她，“为什么这名歹人会单单找上她？”

“……偶然吧。”唐娇试图误导他，“游侠儿偶然间听到不平事，于是热血勃发，为之打抱不平，这不是话本里常有的事吗？”

“话本里常有，世上不常有。”暮蟾宫依旧一副病重疏懒的模样，说出来的话却清醒得可怕，“就算有，也是有一没有二。游侠儿纵有武力，但也是凡人，是凡人就会畏惧官府，所以若是游侠儿犯案，一定会立刻潜逃，不会留在镇上接二连三地犯下类似的案子。”

唐娇试图不留痕迹地抽回自己的手……

她现在开始觉得握住他的手，是一个非常失败的决定，因为人害怕或者紧张的时候，面上可能看不出来，但是手心里会不由自主地开始冒汗……

暮蟾宫立刻反握住她的手不放……唐娇不知道他先前是伪装虚弱，还是现在解药开始生效，让他身上稍微有了些力气，总之她竟一时间没能把手抽出来。

“唐姑娘，”他捏了捏唐娇的手，笑吟吟道，“你怎么出汗了？”

“呵呵……”唐娇尽量让自己的笑容不那么扭曲，“男女授受不亲嘛！”

“噢……是我唐突了。”暮蟾宫松开手，一副无辜无邪、温润如玉的模样，歉声道，“刚刚我是说笑的，你别在意，继续说。”

唐娇实在不想再继续说下去，可是现在拒绝，岂不是显得她更为可疑？她只好把薛婆子的故事说完。

故事说完的时候，暮蟾宫的手在床边摸索了一下，似乎在寻找她的手。

“男女授受不亲啊，公子。”唐娇横了他一眼。

“咳咳咳！”谁也不知道他是真咳还是假咳，咳完之后，暮蟾宫一副刚刚什么都没发生过的模样，含笑道，“若不是游侠儿下手，那就是熟人复仇？这又有些奇怪了，对方有这种手段，想复仇，几年前就已经恩仇两清了，何必等到现在……是他谋划数年之久，还是说这个人……

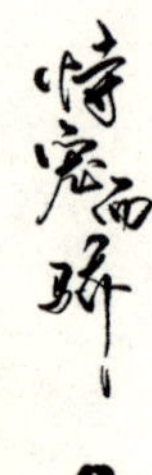

是最近才到镇子上来的？”

唐娇紧紧盯着他的手，以防对方突然伸手过来。

如果对方现在抓住她的手腕，定然会发现她的脉搏快得异乎寻常。

“况且以他的手段，明明可以把事情做得更加神不知鬼不觉，为什么最后要弄得这样尽人皆知？”暮蟾宫继续说下去，“是打算凶名扬天下，还是想要把官府的目光都吸引到自己身上……以便袒护某个人，某个知情人……”

“我不知道。”唐娇咽了一下口水，双手交叉，握紧拳头。

“不，你知道。”暮蟾宫温柔地道，“你认识他，对吗？”

唐娇等了很久，可这次对方再也没有笑着说他是开玩笑的。

他猜到了吗？唐娇内心忽然感到一阵惶恐，不，不行！她握紧双手，仿佛要紧紧守护手心里的秘密。她对自己说，现在还不能被他看出破绽，如果她在这里出了错，那么……那个人就危险了。她必须想办法保护他，她必须想尽办法……跟那个人再次相见。

所以，她必须想办法骗过白绫帐子里的这个人。

唐娇这样想着，慢慢张开口，一句谎言眼看着就要脱口而出，一个平板无波的声音却骤然在他心头闪过。

“真话，其实也可以是一种谎言，一种最不容易被拆穿的谎言。”

在不被拆穿的前提下，选择说话的时机，选择措辞的方法，选择可以说的部分，以及应该隐瞒的部分。

电光石火间，一句话脱口而出，她说：“不，你错了。”

皑皑白雪般的绫帐内，暮蟾宫看着她，似乎在等她说实话……又或者欺骗他。

“我不认识他。”唐娇紧紧盯着他，目光不闪不避，一字一句道，“但我想……犯人，他认识我。”

“时间大约是一个月前吧。”唐娇说，“我觉得有人在跟踪我。”

说这话的时候，唐娇两手抱着胳膊，看起来一副害怕的模样。

羁候所里的错误她不会再犯，想要骗过一个人的时候，光靠语言是不够的，还要配合表情和动作。

想要真正掌握这门技能，需要时间和天赋。

唐娇没有足够的时间，现在她只能希望自己有足够的天赋。

“我不知道这个人是谁。”她绞着手，沉声道，“但后来家里莫名其妙多了许多东西，有吃的，有用的……还有那本《三更话本》。”

她毫不犹豫地坦白了这件事，因为若是官府的人到她家里细心搜索，就会发现许多蛛丝马迹，无论是碗边沿残留的青盐或是《三更话本》，都不应该是她这种人能拥有的东西……既然左右瞒不住，索性直接坦白吧。

“哦？都有些什么吃的？”暮蟾宫温声问道，“好吃吗？”

这句话看似寻常，其实绵里藏针。

无论唐娇说好吃还是不好吃，都代表她吃了对方送来的东西……可来历不明的食物，连狗都不会吃，更何况是人呢？

“我爹我娘死后，常有人接济我。”唐娇叹了口气，一副吃百家饭长大的孤女模样，“起初我没多想，以为是隔壁邻居、听书的客人，或者是……某些人送来的东西。”

这话倒也说得过去，她虽然家境不好，但无论姿色身段都很出挑，再配上一副吹拉弹唱的本事，自然容易引来中年好色、少年慕艾，趁她不在，偷偷往她家门前窗口塞些礼物，倒不算什么稀罕事。

“原来如此。”暮蟾宫笑着问她，“那你是从什么时候开始发现不对的呢？”

“自然是从《三更话本》开始的。”唐娇一副后怕的样子，“我怎么也想不到，写在书上的故事，居然会成真。”

“既然觉得不对劲儿……”白绫帐后，暮蟾宫紧紧盯着她，“为什么还要坚持讲《三更话本》上的故事呢？”

“因为我穷啊！”唐娇尴尬一笑，有些不好意思地说，“那段时间刚好跟老板闹翻了，被他从茶楼里赶了出来，我又不想跟他低头，只好在外头四处混着，恰好这个话本受欢迎，所以就一直讲下去咯！”

暮蟾宫也跟着笑了起来，笑着笑着，就开始咳嗽。

“公子，你没事吧？”唐娇看他咳得撕心裂肺，不免感到忧心忡

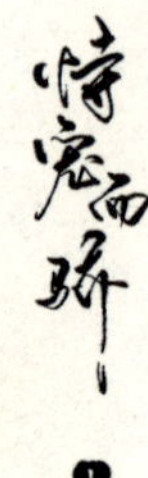

忡，刚刚不是还好好的吗，怎么突然又咳起来了？可是白绫帐太厚，隔绝了兰膏的药香？想到这儿，她便伸出手去，小心翼翼地扯开一点帐子……

在那一瞬间，暮蟾宫忽然毫无征兆地抬起手，握住了她的手腕。

“唐姑娘，你真有意思……”轻柔帐幔犹如云烟，缭绕在两人的指尖，温柔沙哑的声音从云烟后传来，他说，“为了钱，你选择成为那个人的帮凶吗？”

唐娇听见了自己的心脏剧烈跳动的声音。

她看着对方的手，苍白的手指有意无意地搭在她的脉门上，她想他一定也听见了。

这个时候她该怎么做？是跪在他面前，痛哭流涕地为自己辩解，还是愤怒地拂袖而起，大声责骂他的无端污蔑？

最后，她没哭也没怒，她笑了起来。

“我帮了他什么？”她反握住对方的手，沉声道，“把他的事宣扬得人尽皆知，然后让大伙儿都去抓他吗？”

“或许这就是他的目的。”暮蟾宫微笑道。

“若是为了扬名立万，总该留下个名号吧。”唐娇笑道，“可惜我每次说到他的时候，都是用张三、李四、甲、乙、丙、丁代替呢。”

暮蟾宫沉默了下来，拇指若有若无地擦过唐娇纤细的皓腕，良久，问道：“你果真不认识他？”

唐娇低着头，那日临别之际，两人间的对话又再次浮现在她心头。

“你见过我的样子吗？”

“没有。”

“你知道我的名字吗？”

“不知道。”

“你连我姓甚名谁都不知道……所以若是有人问你认不认得我，你能说你认得我吗？”

原来如此。

唐娇抬头看着帐子里的那人，突然醒悟过来，跟踪狂之所以从来不肯在她面前露面，从来不告诉她自己的名字，只怕就是为了今天，为了应付帐子里的那个人。

若是她从一开始就不知道答案，就不必害怕被对方拆穿。

“不认识。”想清楚这点，唐娇也不知道自己心头是个什么滋味，一会儿觉得对方是为了自己好，一会儿又觉得对方恐怕是在利用自己，大有图谋，但面上还是一派自然道，“我从没见过这个人。”

“果真不认识吗？”暮蟾宫追问道。

“真不认识。”唐娇忽然有些兴味索然，眼前这一局，跟她一点儿关系都没有，对弈的棋手是暮蟾宫和跟踪狂，而她不过是盘中一枚棋子，就是不知道自己是最关键的那枚棋，还是随手可抛去的弃子。

暮蟾宫似有不甘，他开始反复提问，等唐娇回答完了，他又会把问题或者答案拆成无数零散细节，颠倒顺序，甚至修改细节，然后重新问她。

最后还是没能弄清对方的身份。

反把两人累得够呛。

“唉，今天就到此为止吧。”暮蟾宫看起来非常失望，但仍旧和颜悦色道，“时候不早了，唐姑娘就在寒舍用了饭再走吧。”

唐娇早就被他折磨得疲惫不堪，见他肯放人，立刻掉头就走，如果读书人的脑子都长成暮蟾宫这样，她想她会在家门口贴上“恶犬与读书人不得入内”，因为恶犬会吃她的存粮，而读书人会吃掉她的脑子和自尊心……

在门口随便抓了个侍女，唐娇满脑空白地对她说：“送点吃的过来，你家公子留我陪他一块儿吃饭。”

侍女愣了一下，然后拼命点头。

过了不久，王夫人便携郎中大夫、厨子侍女以及一群仆妇冲进屋子，人数之多，竟生生将暮蟾宫的卧房挤满了。

“我的儿、我的儿！”王夫人握紧暮蟾宫的手，几乎要涕泪齐下，小心翼翼地问道，“你终于想吃东西了吗？”

暮蟾宫反射性地想说吃不下，结果话到嘴边却愣住了。

他隔着白绫帐子，看了看母亲，看了看厨子侍女手里端着的各种养生小粥，最后看了看正对着食物走神的唐娇，唇角微微向上一勾，温声笑道：“跟唐姑娘说了一会儿话，居然觉得有了些许胃口呢……”

“秀色可餐吧。”唐娇还在对着鸡丝粥走神，听他说话，随口回了一句，也不管这话是不是往自己脸上贴金。

等她回过神来，转头一看，就看见王夫人双目灼灼地盯着她。

那眼神，就跟看见一碗绝品鸡丝粥一样。

“好、好、好……”这个起初都不肯正眼看她一眼的贵妇人，如今不但将她上上下下打量了一遍，还开口说了三声好，好在哪里？有什么好的？该不会真相信她秀色可餐吧？这分明是某人给的解药生效了……当然，这话唐娇绝不敢说出口，她只能在王夫人的逼视下，默默低下了脑袋，心里琢磨着该怎么开口让对方把她留下来。

所谓骑虎难下便是她这般，进，前途渺茫；退，直接进羁候所，想想那个充满腥臭血迹的地方，唐娇觉得，最好能让她待在这里……

于是这一顿饭，勉强可以算得上是宾主尽欢。

尤其是亲手喂着暮蟾宫吃了小半碗碧粳粥之后，王夫人更是喜悦开怀，不等唐娇开口，便吩咐下去，让人将西厢整个房间收拾出来给她住。

“外头已经黑了，你今儿就别急着走，留在这里住一宿吧。”王夫人一边说，一边摘了支金镶碧石福字簪给她，摸着她的脸蛋，颇有深意地笑道，“不错不错，你这面相，就是个有福气的人。”

外头天黑了吗？金色夕阳晒在唐娇的半张脸颊上，她觉得自己今天终于见识到了什么叫作睁着眼说瞎话……

暮蟾宫虽可怕，但却及不上王夫人分毫……

王夫人看她的眼神，简直是在看十全大补丸。

说得夸张一些，简直是要搓吧搓吧把她捏成粉末，混进粥里给暮蟾宫进补。

唐娇懂这眼神的意思，可她真不打算嫁进他们家当冲喜侍妾，只能顾左右而言他，以太极推拿手，把王夫人的明示和暗示都推了回去。

王夫人毕竟是世家贵女，若不是为了儿子的身子，压根就不会搭理眼前这等乡野村姑，见对方几次三番拒了自己的好意，面色便淡了下来，不多久，就派人送唐娇去西厢歇下了。

西厢与暮蟾宫的东厢相比，又是另一番模样。

暮蟾宫的居处孤高出尘，有一种遗世独立之美，却欠了几分人气，相比之下，西厢便显得有人情味多了，但见珠帘漫卷，屏风如画，屋子里没有熏香，只在一只荷叶碟里放了些时令水果，呼吸间都是一股清醒的果香。

晚上唐娇只匆匆喝了半碗粥，就被王夫人拉着说话。此刻，看到那盘果子，唐娇感到有些饿了，忍不住走过去，伸手拿了一个，还没等她送进嘴里，就听见有人敲门。

她连忙将果子放回去，转身开了房门，见门前站着一名绿衣侍女，笑容似花，身段如柳，娉娉婷婷地立在门前，右手托着一只琉璃盘，盘子里放着一些唐娇叫不上名字来的小点心，个个精致小巧，香软可爱。

“唐姑娘，这是我家少爷让厨房给你做的。”绿衣侍女也不进门，笑着将盘子递了过去，“他说你晚上吃得少，怕你没吃饱哩。”

“有劳姑娘了。”唐娇伸手去接，结果手指头还没沾到盘子，那绿衣侍女就松了手。

琉璃盘落在地上，清脆一声，碎成一地星光。

“哎呀！”绿衣侍女掩着小口，尖叫起来，“你怎么这样不小心？这可是少爷最喜欢的琉璃盘呢！”

唐娇看了看地上的碎片，又看了看对方的脸。

……眼前这一幕为何看起来如此熟悉，依稀是这些年流行的《宅斗话本》里的段落。

问题是，用滥了。

十部《宅斗话本》里有九部会用到这招，不是摔盘子就是摔碗，心肠狠一些的还会摔孩子，前些年流行苦情戏，里头的女主角遇事只会啼哭，碰到这种事多半要脱一层皮，不是被迫留下还债，就是被迫嫁给盘子或者碗的主人……可这些年风向变了啊！故事里头的女主角要么有手

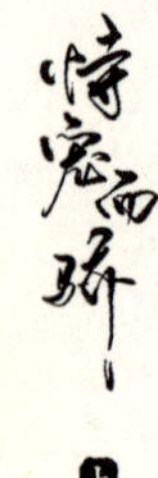

段，要么会妖法，严重些的还有个在西天当斗战胜佛的结拜兄弟！

即便剔除掉那些会妖法的靠关系的，唐娇手里仍有三十种以上应付的法门，可惜都不能用，因为……这是个多好的机会啊！抓住这个机会，她也许今天晚上就能让县令夫人拍板将她留在府邸里了！当然，是以还债的名义。

“不就是个盘子吗？我赔你便是了。”想通这点，唐娇唯唯诺诺，开始模仿几年前的《宅斗话本》女主角。

“什么叫这不就是个盘子！”绿衣侍女觉得对方看她的眼神很奇怪，但具体奇怪在哪里……她又说不出来，只得声色俱厉道，“这可不是一般的盘子！”

“原来如此！这一定是个造价极其昂贵，产地超出国境线数千里，且被十位以上名人抚摸过、珍藏过，最后被某位地位尊崇的长辈当作礼物送给你家公子的盘子吧！”懒得跟她废话，唐娇干脆一口气把《宅斗话本》里会用到的设定全说出来。

“……”绿衣侍女张口结舌，话都被对方说完了，她该说什么好？

“我居然摔碎了这样珍贵的盘子，少不得要去夫人面前一趟，听她发落了。”一寸光阴一寸金，唐娇哪有时间留在这儿跟她大眼瞪小眼，见她一直不说话，就顺口把她要说的台词补上了。

绿衣侍女总算是回过神来，看着唐娇的眼神像看白痴。

这什么人啊！被她一通话说出来，绿衣侍女都快要被她说服，以为盘子就是她摔碎的了！

“快带路啊！”唐娇催促道。

……她居然还一副迫不及待的样子！绿衣侍女觉得自己应该找个地方冷静一下，今天晚上发生的一切都有种诡异的不真实感，可是唐娇如狼似虎般在一旁催促着、暗示着，让她不要偷懒快快带路，逼得她没办法，只得把人带到幽篁馆。

王夫人仍留在幽篁馆，一边面带微笑地陪暮蟾宫聊天，一边在心里头犯嘀咕……儿子这该不会犯了相思病吧，否则怎会缠绵病榻这么久，一见那唐姓姑娘，病情就立刻有了好转。以至于侍女过来通报消息的时候，她略略皱眉，便放了人进来。

看着眼前出身低微，偏又不识抬举的少女，王夫人脸色淡淡道：“唐姑娘，深夜前来，所为何事？”

“小女子是来向公子请罪的。”唐娇温顺地低下头，“刚刚我一不留神，打碎了一只贵重的盘子。”

王夫人略略一愣，目光扫向绿衣侍女，沉声道：“绿初，这是怎么回事？”

绿初连忙低下头道：“刚刚公子让我给唐姑娘送点心，我想着唐姑娘是家里的贵客，便选了只琉璃盘给她装点心，哪知道被唐姑娘打碎了……”

说到这里，她小心翼翼地看着王夫人，一副颇为委屈的模样：“虽然咱们府里不缺几个盘子，但这盘子这样贵，总不能说摔了就摔了吧……”

看到这里，王夫人和唐娇哪还能不明白？

敢情这姑娘是自作主张演了这么一出戏，意图是为主分忧，以摔破了盘子为借口，逼得唐娇卖身还债……

可这事也做得太着痕迹了吧！

王夫人艰难地转过头，对唐娇强笑道：“不过就是只盘子而已，摔便摔了吧，唐姑娘无须在意。”

她倒是很想找个借口把唐娇留下来，可不能是这种理由！若是被旁人知道，就因为客人摔了一只盘子，就得到她家卖身还债，大家风度还要不要？百年清誉还要不要？最重要的是以后还有谁敢登她家的门，做她家的客？

“夫人如此菩萨心肠，更令小女子于心难安啊！”唐娇看透了她的心思，连忙往自己身上抹黑，“要知道那可不是什么玉盘……之前听这位绿初姐姐说了，那是一只琉璃盘，是公子最喜欢的。”

王夫人刚要开口，便听见身后咳嗽一声。

“绿初，”水墨画白绫帐子里，慢慢飘出一个温柔的声音，“自打外公将潜龙出渊琉璃盘送我，我便一直将它陈列在八宝阁里……你为什

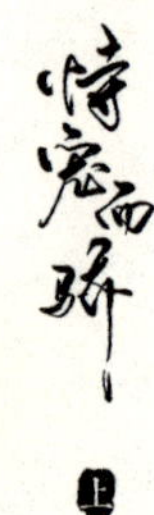

么别的盘子不选，偏偏要选它？”

听了这话，唐娇还没反应过来，王夫人已经瞪大眼睛，怒视绿初，眼睛里的火焰几乎要将她烧成灰烬。

绿初垂首静立，模样犹如临水的拂柳般惹人怜爱，尤其是两眼汪着的泪珠子，更像柳树叶子上的两颗水珠。

可王夫人只觉得她面目可憎。

若她只是设计唐娇，即便最后没能成功，王夫人也会念她的苦劳，觉得她虽然脑子笨了些，手段粗鄙了些，但终究是一心为主，以后说不准会更加亲信她、重用她。

但若是想要一石二鸟，算计到主子头上，那便留她不得了。

“绿初姐姐虽有错，但我的错更甚。”唐娇拼命吸引众人的注意力，她就差原地蹦跶，然后对他们喊“看我啊，快看我啊”了，“若是夫人不嫌弃我，我愿意签份长约，在府上伺候夫人和少爷。”

长约是工，卖身是奴，唐娇终究是不想为了这么场闹剧卖身的，日后若有什么变故，做工的还能连夜逃走，没人计较，做奴的一逃就成了逃奴。

“唐姑娘真有这心，便不要谈什么工啊奴的了。”王夫人忍着立刻烧死绿初的念头，转头对唐娇微微一笑，“我儿缠绵病榻，缺个人给他解闷，姑娘若是愿意，可以客居于此，不用做别的，只需每日抽些时间过来，陪他说会子话就好。”

这已经是最好的结局了，唐娇立刻便答应了下来：“那我便当自己是公子的侍女，日日前来服侍他吧。”

王夫人笑着点头，心道以雕栏画栋养之，以锦衣华服裹之，以珍馐玉食喂之，定能将这没见过世面的小姑娘养成一只笼中雀，最后不怕她会飞出这笼子。

至于另外一个人……

王夫人狠狠瞪向绿初，冷冷道：“随我来。”

绿初含着眼泪跟她走了，一步三回头，目光几乎要钻进白绫帐子里，扑在暮蟾宫怀里撒娇。

但白绫帐子里再没发出过半点儿声音，直至她离开，暮蟾宫才微微一叹道：“绿初是我乳母的女儿，从小跟我一块长大，说是侍女，其实跟小姐差不多。”

……是在讽刺对方丫鬟身子小姐心吗？唐娇不知怎么忽然生出一种古怪的感觉，她觉得眼前这名少年，虽然时刻都在微笑着，虽然说出的话比任何人都温柔，但骨子里似乎也比任何人都要冷酷傲慢……

是天才当得太久了，所以瞧不起凡人了吗？

“其实我不怪她，看她的眼神，就知道她是为谁做出这一切。”唐娇笑道，“如果这世上多些像她这样的人，那该多好啊。”

如果每个人都像绿初一样没脑子，那世界将变得多美好啊。

“想不到唐姑娘是如此温柔善良，连蓄意害你之人都可以轻易放过。”暮蟾宫温柔道，“以姑娘的人品气度，定会好人当到底，帮绿初逃过家法处置吧。”

这是在讽刺她一副伪善嘴脸，说是一套，做是一套吗？

“唉，我到底是个外人，怎能插手贵府家事？”唐娇连连摆手道，“况且现在能在夫人面前说上话的，只有公子您了，您一言可让她死，自然可以一言让她生。”

“哦，这就不必了。”暮蟾宫立刻说，“受点小惩也是好事，叫她知道自己的身份，还有什么东西能拿，什么东西不能拿。”

说到底还是恨啊……

虽然他完全没有表示出来，但唐娇猜他肯定很喜欢那只盘子……以至于听说盘子碎了，一下子气得他连本性都暴露出来了。

或许是被唐娇怜悯的眼神刺激到了，暮蟾宫忽然不自在地辗转几下，忽然微笑着问道：“话又说回来，你就这么想留在我身边？”

是说她死不要脸一定要借盘子的事，留在县令府里的事吧？

抑或是在试探她留下来的真正意图？

“哎呀，瞧您说的，明明是公子希望人家留在你身边啊！”唐娇抽出小手帕在嘴里叼着，扭扭捏捏道，“府上人都说，你看到人家，连饭都多吃了一碗呢……”

暮蟾宫："呵呵……"

唐娇："呵呵……"

"呵呵"完，两人一起转过头去，在心里呸了一声。

虚伪！

而唐娇被王夫人留在府邸里的消息传出去，负责《三更话本》案子的衙役虽有怨言，但人毕竟已经在羁候所里审过了，嫌疑又不是很大，就睁一只眼闭一只眼了。

唐娇就此客居西厢。

但除了睡觉在西厢，其他时候多半是留在东厢陪伴暮蟾宫。

王夫人和家丁路过窗外的时候，看见的情景是这样的。

白绫帐子轻如雪，病弱的少爷斜躺在帐后，闭目假寐，侧耳倾听。美貌少女抱着琵琶坐在帐外，素手拨弦，歌声婉转，偶尔拨错了一个调子，帐子里的人便无奈地睁开眼，抬手招她过来，嘴唇隔着如烟似雾的纱帐，指出她的错误……

实际情况却是这样的。

"唐姑娘，我突然发现一件事。"暮蟾宫隔着纱帐说道，"《三更话本》一案中，其他人都是受害者，只有你……是受益者。"

"哎呀，说得人家好像幕后黑手一样。"唐娇柔声道，"可人家又没得多少好处，至多挣了几个钱，最后还不是跟其他人一样，遭了牢狱之灾吗？"

"你怎会有牢狱之灾呢？"暮蟾宫摇摇头，"谁都知道犯人是个男人，就算是想栽赃到你头上，也栽赃不了啊……哎，也不知道真栽赃在你头上，那个人会不会挺身而出，前来救你。"

"若是这法子能成，小女子何惜此身？"唐娇掩唇一笑，"只是，公子可是即将三元及第、名留青史之人，若是众目睽睽之下，对小女子做出栽赃陷害这种事，只怕要受天下人诟病呢。"

"唐姑娘真是处处为我着想……"暮蟾宫笑道。

"哪里比得上公子对小女子的一往情深啊？"唐娇犹抱琵琶半遮面，娇羞道，"若不是公子仗义执言，只怕小女子现在早就为那个琉璃盘卖身还债了。”

“我不过施一次援手，哪里比得上那人次次相助呢？”暮蟾宫微微一叹，“简直让人怀疑，他是否对你怀有倾慕之心。”

“哪里的话？公子也一直在帮我啊。”唐娇笑眯眯道，“生怕我再被旁人欺负陷害，索性将我放在眼皮底下，日日相陪伴，直到夜里才放我离开……公子此举，该不会也是出自于倾慕之心吧？”

暮蟾宫：“呵呵……”

唐娇：“呵呵……”

某个路过窗外的丫鬟听见笑声，侧首往屋子里张望，脸上艳羡至极，心中忍不住感叹，少爷和唐姑娘真是郎情妾意，瞧他们笑得多开心啊。

外人纯看热闹，他俩的痛苦只有他俩自己知道。

言辞交锋这种事，原本是暮蟾宫的强项，奈何……他现在病得都快入土为安了，怎能跟精力充沛的小姑娘比持久？

唐娇胜在体力旺盛，但是……也只有这个优点了，比脑子比心智，她完全不是暮蟾宫的对手，在他的连番逼供之下，她终于艰难地摸索出一个应对的办法，即对方跟她谈案子，她就跟对方谈感情，无论对方逼问她什么，她都要反问一句，你这么关心我，是不是喜欢我？如此鸡同鸭讲之下，最后自然是谁也奈何不了谁。

这样高强度的战斗之下，两人都不免筋疲力尽，进而胃口大开……

到了午饭的时候，暮蟾宫吃了整整一碗银耳粥，而唐娇……吃了一脸盆面。

闻此喜讯，王夫人脸上简直要笑出朵花来，看唐娇的目光也越来越和蔼，前几天还当她是十全大补丸呢，现在看她的眼神像在看人参精……

之后，让她嫁进门做妾的话题又重新提起，身边的人或明示或暗示，或唱红脸或唱白脸。对此，唐娇只能低着头装傻，心里头哀号道，你家公子缺的只是解药，而不是什么冲喜小妾……

虽说府上还有一名小公子，但那是庶出的儿子，加上无论长相天资

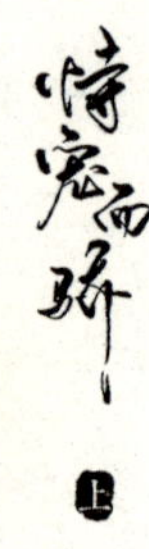

抑或是未来的前程，都比不上大公子，所以见暮蟾宫渐渐好转，暮府的人都满脸喜色。

不过也有人例外，比如绿初。

隔天下午，唐娇仍留在暮蟾宫房里，今日的唇枪舌剑告一段落，两人都有些乏了，正有一搭没一搭地说着话，忽然听见一阵啼哭声，随后一名绿衣女子便冲进门来。

“少爷！”她一进门，就扑通一声跪在地上，膝行至床前，哭得肝肠寸断，“夫人就要把我配给来福家的侄子了，求你替我说说话吧！”

“绿初，你年纪已经不小了。”暮蟾宫仿佛刚刚从假寐中惊醒，声音有些慵懒低哑道，“况且来福家的侄子质朴能干，你又有什么不满意的呢？”

“少爷，我们两个是一块长大的，我对你的心思，你难道还不明白吗？”绿初一边哭，一边将抱在怀里的琉璃盘子慢慢举起，“之前是我的错，我不该拿这样珍贵的琉璃盘子待客，但是摔破盘子的人毕竟不是我啊！求你看在我陪了你这么多年的分儿上，原谅我这次，让我继续留在你身边吧……”

唐娇冷眼旁观，目光扫过那个盘子，被阳光一照，那个琉璃盘更显得流光四溢，里头的那只潜龙仿佛要飞腾而出，驾云气而入长空，只可惜无数的裂缝布满盘身，即便用胶补过了，但这盘子已经从绝品变成了次品，再难登大雅之堂。

暮蟾宫隔着白绫帐看着她，却久久没有伸出手去接这个盘子。

“少爷，你为何这么狠心！”绿初急得大哭道，“你一向宠着我的，前年我说喜欢听撕扇子的声音，你就把你的扇子都给我撕，那些山水画扇、洒金绢扇加起来，难道还比不上一个盘子吗？当日对我千般宠爱，为何今日却要弃之如敝屣呢？”

暮蟾宫叹了一声，伸手出帐，接过那个盘子。

绿初眼中闪过一丝喜色。

她也是被暮家人宠坏了，她娘是暮蟾宫的乳母，她奶奶又是王夫人的乳母，这层关系下来，使得绿初跟别人都不同，不但打小留在暮蟾宫跟前，陪他一块儿长大，而且眉眼长开，刚刚晓事的时候，就被王夫人点着鼻子，说是喜她长得玉雪可爱，要她将来嫁给自己儿子做妾。

这不过是当日大人们的一句戏言，但绿初就以为得了诺，从此越发不把自己当奴婢，在王夫人和暮蟾宫面前还能节制些，到了小丫鬟面前，就要摆出一副姨娘的派头，支使人家做这做那，还不给好脸。

等到暮蟾宫病了，也没见她收敛，她总以为凭借自己奶奶跟王夫人的情分，就算不能嫁给大公子做妾，至少也能嫁给小公子做妾吧？这可是王夫人当年亲口承诺过的。

直到唐娇出现，暮蟾宫的病情也跟着好转起来，绿初的心思便又跟着不同。

比起小公子，终究还是大公子前程更为远大。绿初想到这里，便看唐娇不顺眼，觉得对方夺走了暮蟾宫对自己的宠爱，威胁到了自己的地位，可是无论是王夫人还是暮蟾宫都希望唐娇能嫁进来当妾，她不能违了主子的意思，自然只能在私底下弄些小手段，好叫她失宠得快些。

于是她从八宝阁里将潜龙入渊琉璃盘拿了出来。

这不但是暮蟾宫最喜欢的盘子，同时还是王夫人的父亲王宰相送他的礼物，预祝他能三元及第，潜龙出渊。如今尚未及第就打碎了盘子，已是不祥，日后若是暮蟾宫进京殿试，总是要去他府上一叙的，到时候若是大少爷三元及第了还好，若是没能三元及第，再被人提起这盘子，以及这盘子被某个侍妾打碎了的事……

绿初觉得自己的计划天衣无缝，奈何中途便被暮蟾宫看破，不但看破，还出言提醒了王夫人。

王夫人想明白之后，立刻就要发落她。可是绿初心比天高了那么多年，哪里肯就这么顺着她的意思，嫁给一个大字不识的粗鄙汉子？于是她求到暮蟾宫面前，也不敢再在他面前使小计谋，只想用过去的旧情打动他……

现在看来，这招果然有效，大少爷的心肠果然还是软的，他果然还是念着她宠着她的……

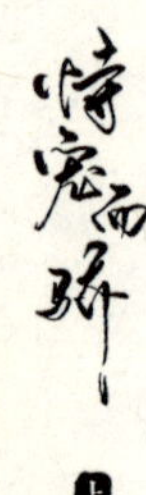

胜利在握，绿初脸上浮现出一丝微笑，然后这笑容僵住了。

暮蟾宫这几天身子已经好了不少，虽不能站，但至少还能坐，只见他慢慢撑起上半身，端正地侧坐床上，乌黑的头发披在脑后，一段白色的袖子从帐子里伸出来，修长的指尖，似坠非坠地拎着那只刚刚修复的琉璃盘。

“绿初，你还是没懂。”他说完，松开了手。

琉璃盘坠在地上，摔了个粉碎，这一次，只怕再难重圆。

绿初愣愣地看着地上的碎片，她压根就想不明白，为什么琉璃盘会落得这个结局，就像她不知道为什么自己会落得这个结局一样。

倒是唐娇旁观者清，看懂了一些。

恐怕暮蟾宫的意思是：我给你的东西，你可以接着，随便你怎么折腾怎么玩，比如那些扇子，但是我没给你的东西，你不可自取，比如这琉璃盘。

其实这一点，王夫人也是一样的，她可以选择把绿初嫁给哪位公子当妾，但不会允许绿初自己来选。

绿初不懂，还过度恃宠而骄，于是犯了忌讳。不一会儿，外面就冲进来两个妇人，任她大哭大闹也不理，一人一边将她给拖走了。她们走后，又来了个小侍女，把地上的盘子碎片给扫走了。

“可惜了这琉璃盘。”她打扫的时候，忍不住嘟囔了一声，“好不容易修好的，怎么又被打碎了？”

待她走后，暮蟾宫轻轻摇摇头，随口问道：“唐姑娘也这么觉得吗？”

“其实也没什么可惜的。”唐娇也是随口一答，“既然没能保存好它，至少要亲手毁了它，留下绝世美名，总好过让它歪歪扭扭浑身是缝地留在世上。”

暮蟾宫微微一愣，然后忍不住笑出声来。

他的笑声非常动听，犹如银瓶乍破，犹如珠滚玉盘，犹如飞瀑流泉，犹如云龙低吟……屋子里的乐器那么多，但没有任何一件能比得上他的音色。

好不容易才笑够，他抬手示意唐娇过去。

唐娇简直被他笑得莫名其妙，满头雾水地走上前去，刚刚坐下，就看见一只苍白的手朝她伸来，灵巧的手指卷起她一缕鬓发，牵进白绫帐子里。

白衣黑发的少年端坐在帐后，犹如莲台上面容模糊的神祇，低下头，细嗅指尖缠绕的那缕发丝。

唐娇的心顿时提到嗓子眼儿了。

他该不会是发现了吧……

解药……就抹在她的头发上啊！

“唐姑娘，”暮蟾宫柔声道，“我们开诚布公吧。”

唐娇心中一凛：“暮公子有何指教？”

“我身上这不是病，”暮蟾宫道，“而是中了毒。”

唐娇心跳骤然加快。

“时间大约是半年前，我从京城归来，养精蓄锐，温故知新，打算为来年的殿试做准备。”暮蟾宫玩弄着指尖那缕发丝，淡淡道，“期间，却发现家里有一名下人，行为非常古怪。”

“怎么个古怪法？”唐娇问道。

“他找到机会就往书房里钻。”暮蟾宫道，“起初，我以为他是心中向往孔孟之道，富贵自向书中求。后来发现，他对科考要用到的那些书，根本碰都不碰。相反，对家父的《暮园随笔》以及一些文书档案兴趣极大。”

说到这里，他随口解释了一句：“《暮园随笔》是家父即兴之作，非诗非赋，而是记录每天发生的事情，有时候会记录一宗奇案，有时候只会记录中午吃了什么，就文采与作用来说，纯属自娱，对旁人没有太大作用。若是有心读书，不会选这本随笔看，若是有心讨好家父，也有许多其他选择，为什么偏偏钟情于这部随笔？”

“有人爱诗，有人爱赋，或许这世上就是有人喜欢看……观察记录吧？”唐娇好不容易才把“流水账”三个字吞了下去。

“我觉得此事蹊跷，所以开始观察他。”暮蟾宫笑道，“但他立刻

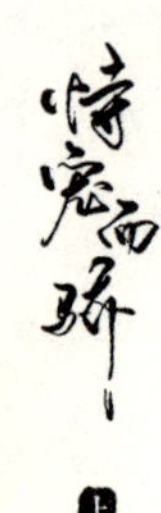

就发现了。”

“然后呢？”唐娇有些好奇地问道。

“然后，他就先下手为强了。”暮蟾宫一想到那天的事，就想叹气，“他趁夜而来，往我嘴里塞了一粒毒药。”

“……天底下居然会有如此凶残的下人。”唐娇已经基本确定对方的身份了，这么凶残可怕还总是随身携带毒药的人，翻遍平安县也找不出第二个来，“公子，你为何不喊人将他拿下，顺便逼他拿出解药？”

这建议提了也白提，看暮蟾宫现在这副病入膏肓的样子，就知道他当日根本就没能奈何跟踪狂。

“秀才遇上兵，有理说不清，更何况对方是个比江洋大盗还凶残的歹徒。”暮蟾宫淡淡道，“不过还好，他没有立刻杀了我，而是留我一命，让我背诵最近二十年来的籍账。”

“……”唐娇不知为何想起那几个被跟踪狂割腕放血的江洋大盗，忍不住嘴角抽搐道，“这是一种酷刑吗？”

对她来说，背诵任何一样她不喜欢的东西，那都是酷刑。

更何况是籍账这种枯燥无味的东西，而且一背还是二十年的。

“我倒应该感激户籍三年一造，县衙里的户曹又粗心，往年的籍账常常被他搞丢。”暮蟾宫自嘲一笑，“否则，当日他或许就不会留下我的命来。”

“那你……真的背出来了？”唐娇有些敬畏地看着他，这是何等非人的记忆力啊。

“嗯，背出来了。”差一点就三元及第之人，必有其过人之处，背诵几百本籍账对暮蟾宫来说根本就是件不值一提的事情，他看过，自然就能背出来，“我背完之后，就被他打晕了，解药也没给我。”

“……”唐娇忽然觉得他有点可怜，这简直就是无妄之灾啊，而且还是因为脑子太好引来的无妄之灾，忍不住怜悯道，“你没找大夫吗？”

“找了。”暮蟾宫无奈地摇头，“结果每个人都说我是突发恶疾……根本没有人发现我其实是中毒。”

“……公子，真是苦了你了。”唐娇的眼神更加怜悯。

“嗯，没事。”暮蟾宫轻描淡写地道，“反正他留下的线索也已经够多了，我把一堆线索总结起来，不难发现他其实在找一个人……一个女人。”

唐娇沉默了下来。

“胭脂镇，唐娇。”暮蟾宫玩弄着她的头发，就像抓住了一条重要的线索，胸有成竹地笑道，“……就是他在寻找的人。”

唐娇看着他，说不出话来。

“我尚有余愿未了，现在还不能死，所以我必须抓到他。”暮蟾宫说到这里，抬起一根指头，指着唐娇道，“抓不到他，至少也要抓住你……”

珍珠般零散的线索透过他这一句话，连成了线，唐娇脱口而出：“所以，你才说要我给你殉葬……”

“他们果然去找你了。”暮蟾宫温柔一笑，“是谁帮你处置了他们几个的？我想想……你幼年丧母，前年丧父，跟王家人之间仇大于恩，身边又没有可靠的亲戚朋友，还有谁，会为你出头，对付那几个穷凶极恶的江洋大盗呢？”

唐娇看了他许久，淡淡道：“这些终究是公子猜测的，而不是亲眼看见的。”

意思是没凭没据，你少在那儿哄人！

“就算没有证据，我仍然可以随意左右你的性命。”暮蟾宫说到这里，抬起一只拳头，抵在唇边重重咳嗽了几声。咳完，他似乎有些累了，于是身子向左边一歪，重新倒回床上，有些虚弱无力地喘着气道：“……我只是不想这么做罢了。”

虽然他看起来这么羸弱可怜，但唐娇却不敢掉以轻心，谁知道这里头是不是有什么陷阱？想想那天差点儿被江洋大盗干掉的惨况，想想连日来的倒霉事……究其源头，还不就是因为他嘛！

暮蟾宫又在床上喘了一会儿，转头看着她，虚弱道：“我已经没有

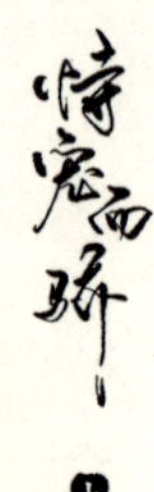

时间了……唐姑娘，我们能不能不要再互相试探下去了？”

“是公子一直在试探我。”唐娇轻轻摇头道，“非是我纠缠公子啊。”

“我也是迫于无奈，才出此下策。”暮蟾宫无奈一笑，“需要我跟你道歉吗？”

“这个……”唐娇倒是想，但想想他为了一个盘子，就敢变得那么丧心病狂，最后还是叹了口气道，“算了，咱们扯平吧。”

反正双方都坑了对方一把，而且照结果来看……快要入土为安的暮蟾宫明显被坑得更惨。

“唐姑娘果然是个良善之人。”暮蟾宫立刻顺着竿子往上爬，“还请你好人当到底，帮我给他传句话。”

“别！”唐娇连忙说，“我真的不认识他！”

“能传便传。”暮蟾宫笑眯眯地说，“传不到，你听听也好。”

“好好好，你说你说。”唐娇现在看见他笑，心里就觉得烦，真不知道为什么下面的小丫鬟会形容他的笑容犹如海上明月共潮生……要她说，分明是海上有妖怪，大家快点跑才是！

“请帮我转达一声……我已经知道他想要什么了。”暮蟾宫的表情忽然变得很严肃，他淡淡道，“三日之内，将解药给我，我会达成他的心愿……否则，便玉石俱焚。”

唐娇身躯一震，对他幽幽道：“焚的是谁？”

暮蟾宫看着她，笑而不语。

如果手边有把柴，唐娇真能一把火把他给烧了。

此等妖孽，怎能留他继续活在世上！

至于先前对他那点愧疚……现在早就不知道丢到哪里去了，她只恨当时跟踪狂下手不彻底，你看看这货，只留下一口气都能这么折腾人，要是真解了他身上的毒，这个世界上的人还有活路吗？

两人又皮笑肉不笑地朝对方“呵呵”了一阵，暮蟾宫终于有些乏了，闭上眼睛沉沉睡过去。唐娇可没兴趣继续留在这儿欣赏他那张面目可憎的脸，转头就回了西厢，暮蟾宫和王夫人没派人来喊她，她索性连门都不出了，吃过饭就躺在床上，盯着帐子上的牡丹纹发呆。

三天之内，给他解药……

她摸摸一直贴身放着的那盒兰膏，心里有些忧愁地想……不知道把这玩意儿兑水里给他灌下去，会不会有用。

若是没用，短短三天之内，她去哪里寻找跟踪狂的踪迹？

辗转反侧，入夜难眠，直到月上中宵，被王夫人派来伺候唐娇的侍女也在外头睡着了，时有时无的鼾声，在寂静的夜里轻轻响起，犹如蛐蛐儿的叫声，此起彼伏。

一个黑影无声无息地出现在侍女身边，将一块轻纱捂在她的鼻子上，没要她的命，只是让她睡得更熟一些。

如此三番，让三名侍女都沉沉入睡之后，黑影犹如夜风般，吹进了闺房内。

唐娇背对着房门，枕着胳膊正在出神，冷不丁一只手从她身后伸出，盖在她的眼上。

那令她铭刻至骨的声音在她耳边响起："别回头。"

唐娇愣了一下，然后猛然转过头来。

猝不及防，对方根本来不及躲，只好伸手一揽，将她小小的身子整个揽进怀里，眼睛、鼻子、嘴都压在他结实的胸膛上，另一只手抽下她扎头发的白色发带，轻车熟路地绑在她的眼睛上。

"你今天怎么了？"做完这一切，他扶正她的肩膀，关切地问。

唐娇推了他一把，低着头不说话。

没想到自己会被推开，他显然愣住了，半晌，小心翼翼地讨好她："善后的事情，我已经做好了。"

唐娇："……"

他："很快就能还你母亲清白。"

唐娇："……"

他："被王家夺走的那些东西，都会回到你手上。"

唐娇："……"

他："……说句话吧。"

"……为什么所有的事情，我都是最后才知道的。"唐娇深吸一口气道，"你半年前就在找我，为什么？找到我，然后把我送到你仇人面前，为什么？"

"我所做的一切。"他异常诚恳地低下头，"都是为了你。"

"一切都是为了我。"唐娇面无表情地说，"我却不能知道为什么吗？"

"总有一天会告诉你一切的。"他承诺道。

唐娇觉得心头起火，可却又无可奈何，就像他说的那样，他所做的一切，的确都是为了她——至少在表面上看起来如此。他为她做了这么多，她还要对他发火，这样似乎说不过去。可是……一直被蒙在鼓里，一直被蒙着眼睛，走在一条看不见前程的道路上，她觉得又是恼怒又是无奈，心里不禁生出一股撕掉眼睛上的带子，不顾一切回头看他的冲动。

好不容易把心头的怒火按捺下去，唐娇硬邦邦地说："你不肯说，那也可以。"

他似乎松了一口气。

下一刻，唐娇拉着他的手，放在自己唇上，半是负气半是认真道："想要我继续不闻不问，可以，亲亲我吧。"

跟踪狂整个人僵在原地。

"亲吻我。"唐娇笑出两颗小虎牙，对他一字一句道，"然后，我就不问你原因，不问你来意，照你说的去做。"

跟踪狂看了唐娇很久。

就在她以为自己要被拒绝的时候，一个吻，轻轻地落在她的唇上。

一碰即退，跟踪狂就像什么都没发生过一样，直起身子，仍旧单膝点地跪在床边，一脸严肃地说："来谈谈你最近的状况吧。"

唐娇根本没听见他在说什么，两只手捂着嘴，好半天才如梦方醒般"啊"了一声，张口道："再来一次吧。"

跟踪狂："……"

"刚刚速度太快了。"唐娇昂着头，红扑扑的小脸呈现出一副邀请的姿态，“再来一次吧。”

跟踪狂：“……”

“要不这样吧。”见三言两语没法打动他，唐娇舔舔嘴，正色道，“我会回答你的问题，不管你问我最近的状况，还是其他什么事，但作为奖励……你得亲亲我。”

“……”跟踪狂简直像笼子里的困兽，低着头，发出低沉压抑的声音，“请别这样……”

“反正已经亲过了，再亲一次又不会怀孕。”唐娇伸手去摸他的脸，纤细的手指抚摸着他的脸颊，笑着鼓励道，“而且这里只有我们，又没人会看见，无论你对我做什么，都只有天知地知，你知我知。”

她的样子简直就像笼子外面的驯兽人，脸上挂着温柔甜美的笑容，手里提着食物和项圈。

跟踪狂不能反抗，也不能推开她，他只用一双漆黑的眼眸，无可奈何地望着她，叹了一口气，有些懊恼地喃喃自语：“为什么会这样……这个家里的人，到底教了你什么？”

“他们什么都没教我。”想起跟踪狂送她来此的初衷，唐娇忍不住嘻嘻一笑，“无论是世家风范，还是内宅之斗，我统统没碰上过……因为打从我进了这家的门，暮蟾宫就把我锁在他的眼皮底下。”

想起这些天的斗智斗勇，唐娇就不禁有些心有余悸。

“睁眼是他，闭眼是他，我这段时间的全部精力，都用在对付他身上了，压根就没时间想其他事情。”唐娇抱着脑袋，苦恼地说，“硬说学到了什么……估计我只学会厚脸皮跟说谎了！”

跟踪狂歪着头看她，想了想，拍拍她的脑袋，奖励一句：“干得不错。”

“我不喜欢厚脸皮……可脸皮不厚，根本没法在暮蟾宫面前存活，一旦被他发现破绽，他就能张口把我吃掉。”唐娇朝跟踪狂伸出两条细细的胳膊，眼睛湿漉漉的，满脸委屈讨好，“我也不喜欢说谎，可我必须这么做……我要保护我自己……我要保护你。”

跟踪狂有一瞬间的动容，沉默片刻，伸手把她抱进怀里。

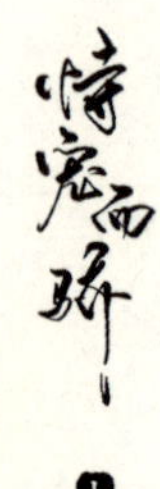

落地的黑色披风，宽阔的胸膛，有力的胳膊，将小小的唐娇完全笼罩。唐娇抱着他的脖子，然后顺势抬起头来，嘴唇贴在他的唇上，趁着他吸气的空当，深深吸了一口。

跟踪狂吓得松了手，唐娇刚刚跌落在地上，他又立刻走上前去，打横把她抱到床上。

“……下次不可如此。”他的嘴唇略略发着抖，甚至连肩膀都在轻轻发抖，以至于一直以来平静无波的声音，此刻听来都像是另外一个人。

唐娇平躺在床上，伸出丁香小舌舔了舔嘴：“下次的事情下次再说。”

若是跟踪狂打从一开始就严词拒绝还好，可现在，她已经尝到了得寸进尺的甜头，想叫她从此以后再规规矩矩的，只怕很难。

跟踪狂转头看着窗外，看着暮蟾宫所在的东厢的方向，表情有些阴森压抑。或许在他看来，唐娇之所以会变成这副模样，一定是因为近朱者赤、近墨者黑，被那厮给带坏了。

早知如此，他绝不会将自己最珍视的人送到这个地方来。

“我该善后了。”他眼睛里流动着血丝，喃喃自语道。

“嗯，善后吧。”唐娇仍在回味着刚刚那个吻，心里有一种别样的情愫，一半是恋情的甜美，一半是占有的快感。她翻过身来，抱着跟踪狂的胳膊撒娇磨蹭：“快点带我走吧……暮蟾宫已经发现不对头了。”

他默默抽回手，低沉道：“他发现了什么？”

唐娇毫不在意，枕着自己的胳膊道：“他让我转一句话给你……”

说完，她便复述了一遍暮蟾宫要她传达的话。

当然，重点是那句玉石俱焚。

“我留在这里已经不安全了。”她一脸严肃道，“你什么时候带我走？”

“半个月后吧。”跟踪狂想了想，终于给了她一个确定的答复，“万事俱备，就让我们来结束这一切吧。”

虽然一个月以上时间更为稳妥，但是他已经不想再把唐娇留在这里了。

看着她脸上毫不掩饰的爱欲与占有欲，跟踪狂情不自禁地朝她伸出手去，却在碰触到她的脸蛋之前，就收拢手指，缩了回来。

“这里不能留了，我要尽快把你带离他身边。”跟踪狂在心里默默地说，“为了你，也为了我……”

是夜守着唐娇入睡之后，跟踪狂才悄悄离去，犹如一片影子般闪进暮蟾宫的卧房。

水墨画白绫帐子在月色下轻轻摇晃，帐子上画的墨竹仿佛活了过来，叶子惟妙惟肖地晃动。

暮蟾宫躺在一片竹影后，在他踏进房间的那一瞬间，睁开了眼睛。

“《三更话本》，说白了其实就是一本证据。”他转过头，看着站在床边的那人，眯着眼睛笑道，“你把人证物证都推到我面前来，是想让我为唐姑娘的母亲讨回一个公道吧。”

跟踪狂居高临下地俯视他，双眼在夜色中流动着冰冷的光。

被这样的目光打量着，暮蟾宫却凛然不惧，因为他知道，对方当初既然没有杀他，那么现在更不会杀他，他还有利用价值。

“你还真是喜欢她。”暮蟾宫微微一笑，他思来想去，最后得出这个答案，半是打趣半是试探道，“居然能为她做到这一步……而她似乎根本不知道有你这个人。”

“这不是你需要考虑的事情。”跟踪狂平静地说，“做你该做的吧。”

暮蟾宫眯起双眼，月光在他脸上流动，就仿佛覆上了一张白色的狐狸面具。他并不喜欢对方居高临下的语气，但脸上的笑容却丝毫不减。

“这已经是七年前的旧案了。”他有些为难地说，“而且官场的规矩，是民不举，官不办，我用什么理由来查这桩案子。”

“因为你需要解药。”跟踪狂淡淡道，“如果这个月身体再不好，你就赶不上两个月后的殿试了。”

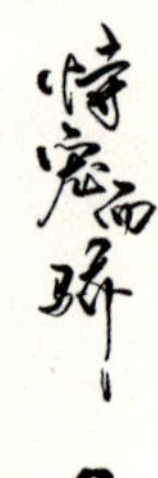

“呵呵，你算计得真好。”这的确是暮蟾宫最关心的问题，是否能夺得三元及第的名声就此一举，他不容许自己有半点差池。若是因为生病，再次失去殿试的资格，他绝不会甘心，于是淡淡笑道：“行，给我解药，我就帮你。”

“解药已经送到你身边了。”跟踪狂平静道，“你难道没有发现，你的身体已经在渐渐好转了。”

暮蟾宫被他一提醒，立刻醒悟过来。

“你是说唐娇？”他若有所思道，“是她身上的香气吗……难怪了，我闻到别的气味就觉得胸闷，只有她身上的味道能让我觉得好受……”

想到这里，他不禁拿眼睛去瞟跟踪狂。

算计了那么多，谋划了那么久，居然不是为了自己，而是为了一个小姑娘。

虽然怨恨对方给自己带来的麻烦，但暮蟾宫心里还是不得不感叹一句，这可真是江洋大盗中的一颗痴情种子……

“既然如此，就让她继续留在我身边吧。”暮蟾宫在心里琢磨了一番，温和笑道，“直到我的身子彻底好转。”

有这么个人质在手，他便不怕跟踪狂再出什么幺蛾子。

另外，他心里还有一个更深的想法。

虽然这次遭了一场大难，但私心里，暮蟾宫非常欣赏跟踪狂，无论是对方的阴谋武功，或者是心智手段，都可以算得上是生平罕见，这种人就像一条见血封喉的毒蛇，又或者是一把开了血槽的刀子，一般来说，这样的人是非常难以收服的，就算能收服也不敢用，就怕一个不留意被他反噬。

暮蟾宫原本也打算解药到手，就想办法解决掉对方。

但现在，他觉得自己大可不必这么做。

因为掌握了唐娇，或许就能掌握这个男人。

跟踪狂隔着帐子，静静打量了他一会儿，兜帽罩得太低，没人看得见他脸上的表情，没人猜得透他心里在想什么。

良久，他才缓缓开口："好吧。"

暮蟾宫笑容温柔，心想野兽入笼了……

岂料他下一句话却是："把她放你身边也可以，但你得教她些东西。"

这是什么鬼要求？暮蟾宫想破了头，也想不通对方到底有何目的，只好眯着眼问："你希望我教她什么？"

跟踪狂："教你擅长的那些。"

"……"暮蟾宫觉得这个范围实在太广了，身为天下闻名的奇才，他擅长的东西实在太多了，天文地理，诗词歌赋，乃至各种乐器，他可谓无所不精，无所不会……

可对方为什么提出这样的要求？

让一个小姑娘学会这么多东西，对他来说，有什么好处？

不等暮蟾宫想出个所以然来，跟踪狂又加了一个要求。

"对了，"跟踪狂严肃道，"不要教她奇怪的东西。"

暮蟾宫："……"

……什么叫作奇怪的东西？

不知为何，天下闻名的天才少年暮蟾宫，心里有一种淡淡的被侮辱感……

那么，究竟要教她些什么好呢？

暮蟾宫斟酌半夜，最后，决定直接询问唐娇本人。

"你有想学的东西吗？"隔着白绫帐，暮蟾宫温声道，"告诉我，我手把手地教你。"

唐娇满脸怀疑地看着他，浑身的毛都快竖起来了。

"或者，我可以让你跟着唐管事，她会教你怎么打理账务，管理下人，这样等她年纪大了以后，你就可以接她的班。"暮蟾宫笑容柔和，"如果想要轻松一些的话，就一直留在我身边，为我研墨弹琴便好，我不会亏待你的……"

唐娇抓住了最后两个字，略一琢磨，就明白了他的心思。

登时一股怒意就从心底喷涌而出，唐娇低着头，觉得呼出的每口气

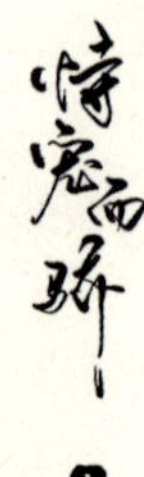

都带着几颗火星，对面，暮蟾宫的嘴巴还在开开合合，可具体说了些什么，她完全没听清楚，心里头就只有一句话在愤怒叫嚣着……

休想跟我抢男人！

无论对手是男是女，是老是少，凡是想跟她抢跟踪狂的都是敌人！

“谢公子好意，但这些东西，小女子都不感兴趣。”唐娇笑容满面地抬起头，“小女子只想学一样东西，还请公子教我。”

“哦？是什么？”暮蟾宫温柔笑道。

“取悦别人。”唐娇道。

“……”暮蟾宫顿了顿，才重新笑道，“这有什么可学的……”

“公子该不会是不会吧？”唐娇以袖掩面，一副恍然大悟状，“哎呀，既然这样就不要夸下海口嘛，还说什么手把手地教导人家，害得人家好生期待呢！还以为天下闻名的暮公子，真的无所不知，无所不会呢！”

暮蟾宫嘴角抽了抽，然后咬牙切齿地笑道：“唐姑娘说得对，这世上怎会有我不懂的东西呢……”

“真的吗？”唐娇马上用一根指头指着自己，一脸天真地笑道：“那来取悦我看看。”

“……”暮蟾宫嘴角又抽了一下，“这样不好吧。”

“公子做个示范吧。”唐娇求知若渴，“不是说好了，要手把手地教导我如何取悦他人吗？”

“……”暮蟾宫面上笑得深沉，心里不停回荡着“我做不到啊，我做不到啊……”

生来高贵，一路顶着天才光环走到今天的暮蟾宫，真的从来没取悦过任何人……尤其是女人……

所幸午饭时间到了，王夫人让人端着药膳过来给他进补，算是给他解了燃眉之急。可是暮蟾宫长出一口气的同时，不小心瞥见了唐娇看他的眼神……

那种眼神，他一辈子都忘不掉。

为了洗刷心中淡淡的耻辱感，暮蟾宫觉得自己必须教会她什么叫作取悦。

于是，这天夜里，约莫五更天的时候，唐娇被人从床上拖起来。

“你要干什么？”唐娇睡眼惺忪地看着来人。

“唐姑娘，请您快点劝劝公子！”来人是暮蟾宫的贴身侍女红菱。

那货又出什么幺蛾子了？唐娇只好一边打着呵欠，一边满脸不情愿地穿戴整齐，跟着红菱往幽篁馆去，到了馆外，远远便看见里头一片灯火通明。

“奴婢就不跟着过去了。”红菱将手里的牡丹灯笼交给唐娇，小心翼翼地说，“姑娘，你可一定要劝劝公子，公子现在身子还没好，怎么能这样折磨自己……我说了他又不听，这要是传到夫人耳里……”

说着说着，她捂着嘴快要哭了出来。

“没事没事，我去看看他。”吃人嘴短，客居暮府的这段日子，红菱经常送吃的给她，这种小忙自然不能不帮，再说暮蟾宫与跟踪狂之间还有交易，在结清余款之前，他还不能死呢！于是唐娇提着牡丹灯笼就朝幽篁馆走去。

推开房门，只见里头点满了蜡烛，无数烛火犹如夜花，将屋子照得亮如白昼。

“……你怎么来了？”暮蟾宫坐在白绫帐里，转头见是她，一边淡定自若地问着，一边悄无声息地将一本册子塞到枕头底下。

“凉风有性，秋月无边，没想到公子也半夜三更睡不着，跟我一样四处扰人清梦啊！”唐娇反手把门关上，笑容满面地说着讽刺他的话。

“原来唐姑娘也睡不着啊。”暮蟾宫装出一副听不懂的样子，仍旧一副温柔温润的模样道，“那刚好，我正想跟你说说何谓取悦之道呢……”

“哦？”唐娇眉头一挑，“愿闻其详。”

“取悦之道，最重相知。”暮蟾宫侃侃而谈道，“只要彼此兴趣相投，性格相合，加之志向相同，那即便是仇敌也能转变为情侣……”

“《双剑记》。”唐娇面无表情地说道。

"……"

"刚刚这一段是话本《双剑记》里头的引子，故事讲的是齐国女将与匈奴王子相知相守，最后化干戈为玉帛的爱情故事……"唐娇一脸无辜地看着他，"暮公子，说是不是这样？"

"咳，不错。"暮蟾宫掩饰性地咳嗽一声，"既然引子你已经看过了，那我们就进入正题吧……取悦之道，就像艳丽之花才能吸引蝴蝶，女人想要吸引男人，必须让自己像花朵般绽放……"

"《诱僧记》。"唐娇面无表情道。

"……"

"刚刚这一段似乎是《诱僧记》里的片段啊……"唐娇有些无语地看着他，"蝶妖诱惑高僧破戒……暮公子，你半夜不睡觉，就是在看这个？"

"……咳。"就算隔着帐子，暮蟾宫脸上的红色都已经隐约可见了，"刚刚纯属口误……"

"下一本是什么？"唐娇天真地看着他，"《飞天记》《玉楼春》《游园之梦》，还是《红袖招》？"

"……"暮蟾宫沉默了许久，才用微不可闻的音量问道，"……你为什么会知道？"

"……虽然不知道你为什么会选这些话本当教材，"唐娇有些不好意思地说，"不过你选之前，肯定没看过作者名吧？不好意思……小女子笔名娇娘子，正是《双剑记》与《诱僧记》的作者……"

"……"

两人大眼瞪小眼了一会儿，最后是唐娇咳嗽了一声，和颜悦色地对他说："时候不早了，公子，早些睡吧。"

"嗯……"暮蟾宫的回答显得有气无力。

唐娇便走到桌子边，一盏一盏吹灭桌子上的蜡烛，最后屋子里的光源只剩下她带来的那盏灯笼，她才向暮蟾宫道了个别，提起灯笼，回转身去，推门而出的时候，忽然转过头来，笑容狡黠美丽得让满屋的烛火都黯然失色。

“想不到公子深更半夜不睡觉，居然是为了爬起来看我写的书。”唐娇手提牡丹灯笼，笑眯眯地对他说，“公子……你已经成功取悦到我了。”

目送唐娇离开，暮蟾宫坐在帐子里，久久不发一语。

直到确定唐娇已经彻底离开之后，他才猛然把枕头底下的话本抽出来，啪啪啪啪地抽在被子上……

“唯小人与女子难养也……”泄愤之后，暮蟾宫才单手扶额，咬牙切齿道，“我怎会被她给绕进去了……呵，取悦，待你见识过何为权之力，何为势之力，再看是谁取悦谁。”

第二天，县衙开庭，公审《三更话本》一案。

嫌疑人、受害人、证人，以及看热闹的人齐聚一堂。

与此同时，暮蟾宫的房间内，则开始私审另一桩案子。

一桩湮灭于历史、不为人知的冤案。

而当它真正浮出水面，却会不可阻挡地影响许多人的人生，甚至影响历史。

但此时此刻，在场之人，却没有一个知道这件案子所代表的真正含义，主导此案的暮蟾宫仅仅将这案子当作昭显自己手段的一样工具，王富贵甚至不知道自己害死的究竟是什么人……而唐娇，则被人系上一条黑色的眼带，一路走到这里，直到某人解下她眼睛上带子的那一刻，她都不知道自己将要面对什么。

而知道的人，却冷眼旁观着这一切。

然后，将纸条上的墨汁吹干，慢慢卷成一个小筒，放进猎鹰腿上的信筒内。

“去吧！”他展臂一扬，猎鹰展翅高飞，渐渐化为天际一个小小的墨点，飞向那即将风起云涌的方向。

信筒内，只有寥寥八字。

凤归梧桐，计划开始。

第五章 长恨明月不可留

王富贵已经喝了三杯茶。

第一杯茶下肚时，他心里还存了些不切实际的期待，目光时不时瞥向唐娇。

第二杯茶下肚时，他开始觉得有些忐忑不安，唐娇看他的眼神，实在不像是要认祖归宗，而暮蟾宫……一直坐在帐子里翻书，压根儿就没抬头看他一眼。

手里握着第三杯茶，王富贵心里隐隐有了些不妙的感觉，正打算随便找个借口告辞，就看见门外进来一个人，衙役打扮，手捧书卷，恭恭敬敬地递向暮蟾宫，道："公子，薛婆子已经在庭上招供，这是她这些年来坑害的那些人的名单……"

听了这话，王富贵再也坐不住了。

不好，这是要拿他开刀了！

"公子别听信谣言！"王富贵狠狠瞪了唐娇一眼，然后转头看向暮蟾宫，一脸恭敬道，“您可是文曲星下凡，未来的栋梁之臣，怎能因为一个女人的谗言，设立私刑审问她的父亲，您就不怕落人口实，日后受天下人耻笑吗？”

“是不是谗言，你说了不算。”暮蟾宫一边说，一边舒展书卷，一副慢条斯理的模样道，“我亦没有对你动刑，只不过是要告诉你一声……县衙里头，家父刚刚审讯了薛婆子，他怀疑此案是有人寻仇，薛婆子就把自己得罪过的那些人统统说了出来，其中……似乎有个女人名叫周氏。”

“那又如何？我和薛婆子虽骗了周氏，但周氏也骗了我！”王富贵看了唐娇一眼，你以为找了公子给你撑腰，就能随意拿捏我吗？待我往你们母女身上泼几盆子脏水，看你拿什么在公子面前邀宠，“好叫公子知道，那周氏原就是个不守妇道的女人，她来历不明，问她家住何处，家里有什么人，一概支支吾吾说不清楚，偏身边带着一笔丰厚的嫁妆，旁人都猜她是青楼里出来的，或者是富商家里的逃妾。我好心好意娶了她，不问她的出身过去，她不知感恩，还背着我跟镇上的唐瞎子私通！”

覆水难收，更何况是污水，王富贵话音刚落，外头忽然进来一个人，照旧是衙役打扮，手里捧着记录衙门里案子审讯进度的书卷。

书卷递来，暮蟾宫没有接，而是挥手扬了扬，淡淡道：“念。”

衙役洋洋洒洒说了一大串，最后道：“王家婆子与李氏作证，道周氏不守妇道，她的死，属于罪有应得。”

“你看你看！”王富贵拍着大腿叫了起来。

“但是严方跳出来反对。”衙役紧接着说，“说当年，周氏是开着大门跟唐瞎子聊天的，身边还有王家婆子与侍女李氏作陪，道她们二人作了伪证！”

“严方算什么狗东西？”王富贵瞪着眼睛骂道，“我家里的事，他管得着吗？”

“他管不着，我总管得着吧？”暮蟾宫温柔一笑。

照理来说，暮蟾宫并非官身，是管不了他的事的。但如果他真要

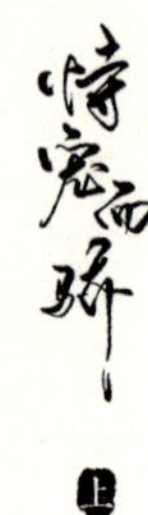

管，平安县这地界上，有谁能阻止他？暮县令还是王夫人？乡绅刘家还是大户裴家？就算这几位能阻止，又凭什么要为一个泥腿子王富贵出头？

“您这不公平啊！”想清楚之后，王富贵开始示弱，肥墩墩的脸上开始流下眼泪，“您瞧瞧，我老母亲和李氏都说了，那个周氏就是因为明目张胆地偷人，老天都看不过去了，才罚她暴毙而亡，这就是真相，可您不信！你一定帮着我家那个蛇蝎心肠的不孝女，把真的变成假的，把假的变成真的啊！老天爷啊！您睁开眼睛看看啊！这世上还讲道理吗？”

暮蟾宫却不跟他胡搅蛮缠，他只问了一句：“真的是暴毙吗？”

这么多年了，就算他把尸体挖出来，也看不出什么了，于是王富贵斩钉截铁地道：“不错！就是暴毙！”

暮蟾宫笑而不语，看了看唐娇。

唐娇立刻读懂了他的意思，于是提起细颈杏花茶壶，往杯子里注满茶水，给他端了过去。修长手指自白绫帐内伸出，接过茶杯，慢慢啜饮，直到第三个衙役出现在房门口，带来新的进展。

“王兰和王福招供。”衙役道，“王家贪图周氏带来的嫁妆，诬她偷人，然后将她家法处置了。”

这下子王富贵彻底慌了。

“这怎么可能？这怎么可能……”他看着来人，眼睛都红了起来，心里来来回回只有一句话在回荡。

他们怎么可能说出来？

他们怎么可以说出来！

这是他们王家发家的秘密！这是他们王家一夜之间从泥腿子变成镇上首屈一指的大户的秘密！母亲也好，大哥也好，小妹也好，还有家里请来的侍女李氏也好，大伙儿不是已经说好了吗？拿了钱以后，就把这件事烂在肚子里头，带到棺材里去，死也不会说出来！

“你以为你不说，其他人就不会说吗？”暮蟾宫的声音从他身后传来，他坐在水墨画白绫帐后，手里提着杯盖，轻轻在杯沿划拉，氤氲而起的白色茶烟朦胧了他的面孔，使他看起来仿佛画中谪仙，“进了衙门，别说是人，就算是鬼，也能撬开你的嘴，让你说实话。”

王富贵看着他，就像在看一只地狱里的恶鬼，披上了人皮，戴上了微笑的面具。

“不，我不信……”他兀自挣扎着，“这可是杀人重罪，承认了是死，不承认还能活，我不信他们会自寻死路！”

“要死的又不是他们，”暮蟾宫好笑地看着他，温柔地说，“是你。”

王富贵的嗓子顿时一哑。

“他们都已经招供了。”暮蟾宫扬了扬手里的几本书卷，平心静气地对他说道，“当年你们一家人垂涎周氏的嫁妆，可惜你在娶她之前，就已经约法三章，白纸黑字写着，这笔嫁妆全归她们母女所有，除非她们肯自己拿出来，否则王家的人不许动用半分。”

王富贵身上开始冒汗，如果那几个人都在，他还可以跟对方对峙，但是现在他们都不在，在这里的只有暮蟾宫手里的书卷，以及书卷里头句句是真的口供记录，于是他不禁开始怀疑起来……他们是不是真的说了？他们是不是背着他在后面有了什么协议？他们是不是想要把所有罪都推到他身上？

就像是看透了他心中所想一样，暮蟾宫脸上挂着温柔如满月的笑容，慢慢道：“为了顺理成章地拿到这笔钱，你们想到了一个万全之策……既然周氏活着的时候，你们拿不到半分钱，那只要她死了，你们不就能拿到钱了吗？”

王富贵抬起头来，死死盯着他。

“正好周氏与唐拨弦交好，她可怜这个盲眼说书人满腹才华，但日子过得清苦，于是主动提出，由他来口述话本，她来记录成书，然后送到书局出版，但为了避嫌，每次抄书的时候，她都会打开大门，并让你母亲以及贴身侍女李氏作陪。”暮蟾宫一边翻着手里的书卷，一边温声念道，“然后，你的母亲和李氏背叛了她……她们指责她偷人，然后，你就借着这个杀了周氏……”

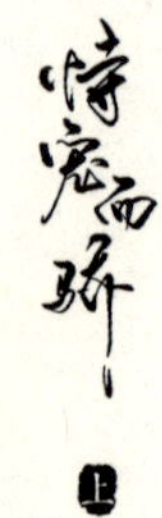

“我……”王富贵忽然反应过来，指着自己的鼻子说，“我？”

“不错，就是你。”暮蟾宫居高临下看着他，淡淡笑道，“你的母亲、你的哥哥、你的妹妹、你家里的侍女……他们都已经招了，亲手杀死周氏的人是你，他们只是在一旁看着，顺便分了一笔钱而已。”

说到这里，暮蟾宫轻轻摇了摇头，极温柔地笑起来，就像仙人俯视世间丑恶，发出一声感叹道：“杀人者人恒杀之，害人者人恒害之……杀人偿命，死的人只会是你。至于他们……当年他们分了周氏的财产，现在他们来分你的财产了。”

唐娇隐隐听出有些不对，但她只是看了暮蟾宫一眼，便不说话了。

王富贵却快要疯了。

他为了钱，可以把老婆杀了，这种人怎么能看着别人来分他的钱？

“他们真敢这样做？”王富贵心想，“不……他们有什么不敢的？反正现在死的人是我，等我死了以后，他们自然可以名正言顺地分我的钱，哈！不愧是我的好母亲、好哥哥、好妹妹……”

“姓暮的会不会在诓我？”他又想道，“不……他有什么好诓我的？他想弄死我，用不着搞这么复杂……随便往我身上栽些罪名，就够我死上个十次八次，何必一定要费尽心思查这七年前的旧事！这么说……真是那几个人招供了？否则的话，七年前的事情，他怎会知道得这么清楚？”

“好哇！你们想让我当替死鬼！”王富贵越想越气，“想让我顶了全部的罪，你们好分了我的钱，快快活活地过日子！别说门了，窗户都没有！”

利令智昏，在钱财得失面前，王富贵终于失去了理智，他心里翻来覆去想的，都是另外几个人如何勾结在一起，如何想着法子害他，如何在害死他之后，如野狗般分食他的财产……

“公子……”想到最后，王富贵满眼血红地抬起头来，对暮蟾宫道，“我要招供！”

暮蟾宫微笑着打了个响指，自有唐娇在一旁提笔记录。

王富贵看了她一眼，心中恨之入骨，只怪自己当年心软，没送她跟周氏一块儿上路，难怪旁人常说斩草要除根，否则春风吹又生。

但他更恨的还是那帮亲戚。

“这杀人夺产的事情，是我老娘提出来的。”王富贵冷笑道，“她老人家啊……家里就算有一把盐，她都恨不得能抓在手里，哪里能容忍周氏占了所有钱财，代替她当这个家？”

看不得她，却又不能休了她，一家老小全都指着周氏那点嫁妆吃饭，若是把人赶跑了，他们就要打回原形，变回原来的泥腿子。于是王家婆子思来想去，最后出了这么个主意，还逼着儿子照办，否则她老婆子就要撞死在墙上，让他担上逼死母亲的恶名。

“我老娘以死相逼，让我把周氏杀了，我这个当儿子的能怎么办？”王富贵吐出一口浊气，“那个时候，我哥跟我妹子都在，但他们都不肯阻止我老娘，因为他们晓得，周氏死了，他们就能得一份好处。”

毕竟王富贵是家里头的老二，上头有哥哥，下面有妹妹，夹在中间两面不受宠，王老婆子疼老大，爱老小，却只有在缺钱的时候会想起他这个老二。看到王富贵娶了个有钱老婆，她立刻躺在他家门口，哎哟哎哟地叫唤，让他们把她给抬进去供起来，之后王富贵的哥哥妹妹就借口上门看老母亲，总是赖在他家里，张口闭口，都是问他借钱。

“我承认，溺死周氏的事，我是有份儿。”想到这里，王富贵眼前隐约浮现出那个在水缸里上下起伏的绿色身影，他不禁眼角一抽，沉声道，“但是，这件事人人有份儿！我老娘自不必说，我妹子跟侍女李氏都诬陷周氏偷人，这才给了我借口动用家法，还有我哥！处理尸体、散播消息的事情全是他干的！难道这些人就是无辜的吗？”

他绝不甘心！

明明这件事大家都有份儿，凭什么担责的只有他一个？

暮蟾宫轻轻摇了摇头，对唐娇道：“都记好了吗？”

唐娇点点头，犹豫了一下，忽然说：“公子，可以让我问他一句话吗？”

暮蟾宫“嗯”了一声，唐娇这才搁下笔，慢慢走到王富贵身前。

王富贵“呼哧呼哧”地喘着气，大脑里的血气渐渐退了下去，终于开始担心起自己的小命来了，他扑通一声跪了下来，抱住唐娇的腿，流着泪说：“女儿，女儿……阿爹真不是有心的，都是他们逼我的，你看在你母亲的分儿上，替我说说情，只要你肯开口，公子一定会听你的……”

“我只问你一句话，”唐娇俯视着他，含泪问，“你为什么不告诉我娘？”

如果真的不想杀死周氏，那为什么不偷偷把这件事告诉她？

王富贵哑口无言。

“你要是真的不想让她死，起码有一百种法子。”唐娇哆嗦着唇，冷冷道，“你若想要她死，就只有一个法子。”

若真心想要周氏活命，王富贵可以选择告诉她实情，然后跟她商量对策，又或者是警告她有危险，让她出门避一避，甚至于可以直接拒绝家里那堆亲戚……他明明有这么多的选择，最后，却选择了守口如瓶，眼睁睁地看着周氏踏入陷阱，最终死去。

“我……我……”王富贵结巴了半天，终于说出一句话，“但我终究是你父亲啊，你真的敢大义灭亲，对我下狠手？”

“我的父亲是唐拨弦。”唐娇挥开他的手，冷冷道，“不是某个灭绝人性、杀妻求财的人！”

王富贵被她拨倒在地，面色黯然。

暮蟾宫静静看着此幕，抬了抬手。

两个衙役上前，一左一右，提着王富贵的胳膊，要将他提起来带走。

“……你以为这又怪得了谁？”王富贵被人提着，忽然抬起头来，朝唐娇大吼道，“你以为周氏自己就没有责任吗？”

唐娇一愣，不明就里地看着他。

“你压根儿没注意到吧……她看我的那种眼神……”王富贵被愤怒憋得满脸通红，“她看不起我，她看我的时候，就像在看什么脏东西一样……”

那不堪回首的过往，那看不见希望的倾慕，那个被他埋藏在心底多年、以为最后要带进棺材里的秘密，最后从他自己的嘴里吐露了出来。

“我曾经……是真的想跟她在一起，好好过日子的……”王富贵吼着吼着，忽然流下眼泪来，“翠花连她一根头发丝都比不上，我为什么还要跟翠花在一起？还不是因为……只有跟翠花在一起的时候，我才会觉得自己是个男人！”

从没想过会得到这个答案，唐娇愣在原地看着他。

“你娘她……一直在等一个人。”流下这一滴泪水之后，王富贵骤然老了许多，他盯着唐娇，疲惫不堪地说，“我不知道她在等谁，但她迟早会跟别人跑了的……倒不如让我亲手杀了她，这样她就算生不是我的人，死也是我的鬼！”

说完这句话，王富贵就闭上了嘴巴，任凭衙役们把他给提走。

待他的身影消失在视野尽头，暮蟾宫才慢慢转过头，看着唐娇。

他本来应该开口施恩，又或者暗示她记得要还今天的人情债，可是看着她默默流泪的脸，居然一句话都说不出来，最后酝酿了半天，才轻叹一声：“你娘……一定长得很美吧。”

否则的话，也不会把王富贵折腾成现在这副模样。

贪嗔痴，求不得，怨憎会，爱离别……感情这种事情，暮蟾宫原以为自己很懂，但现在又突然间觉得不懂了。不过想想王富贵那张脸，他又觉得自己还是不懂的好……

“……我不记得了。”唐娇沉默一会儿，眼泪越流越多，串串如珠，从脸颊上滚落下来，她转过头，将这张脸对着暮蟾宫，笑道，“不过我们是母女，应该长得很像的，公子，你觉得我好看吗？”

暮蟾宫盯着她的脸……老实说，他已经很久没看过真正的眼泪了，世上尔虞我诈的事情太多，有些人忘记了怎么流泪，有些人则学会了让眼泪收放自如。或许正因为如此，他才会觉得眼前的泪水有些珍贵……

因为觉得难得一见，他甚至希望唐娇能多哭些时间，好让他多欣赏一会儿她漂亮的哭脸。

不错……暮蟾宫觉得她哭泣的模样很美，比平时那副口不对心的模

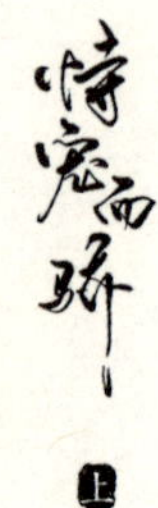

样顺眼多了。以至于唐娇好不容易止住泪，暮蟾宫立刻温柔地对她说：“嗯，好看，你娘活着的时候……一定是个美目盼兮的美人。”

唐娇抽抽鼻子，又哭了起来。

“别哭了。”暮蟾宫口不对心地说，苍白修长的手指从帐子里伸出来，温柔地拭去她脸颊上的泪水，“来，给我说说你娘的事。”

……一般人都会劝对方不要想伤心事，也只有这位暮公子才会让人不停地回忆难过的事情。

唐娇没察觉到他心里的那点变化，坐在床沿，一边哭，一边说着小时候的事。

暮蟾宫偶尔“嗯”几声，表示自己在听，但实际上压根就没在意她说话的内容，他笑眯眯地看着她，微笑的面具底下，渐渐绽放真正的笑容……一种跟温柔完全无关的笑容。

最后唐娇哭累了，红肿着眼睛，对他说：“公子……谢谢你陪我。”

虽然她真心道谢的模样也不错，但暮蟾宫眯起眼睛想了想，觉得自己还是更喜欢看她哭泣的模样，不过来日方长，也不用急于一时，于是暮蟾宫温柔道：“不必客气，对了，往后你有什么打算？”

唐娇沉默了半晌：“待我回去想想吧。”

“我实话实说，你生在这样的家庭，若是无人庇护，往后的日子会很难过。”暮蟾宫话尽于此，余下的唐娇自己便能想到。

王富贵已经招供，但无论审不审他，唐娇的处境都会很难办。

周氏的事情还只是捕风捉影，她就已经找不到好人家结亲了，若是王富贵的事情抖出去，一开始镇子上的人或许会同情她，但从此以后，所有人都会用看异类的眼神看她，小孩子甚至会天真无邪地指着她喊，你是杀人犯的女儿……

“若没地方可去，就留下来吧。”暮蟾宫的声音适时响起，温柔得就像港湾里的海浪声。

……这的确是最好的选择，可唐娇实在不想跟他平分跟踪狂啊！

“让我想想吧。”不好当面拒绝，她只好敷衍了一句。

“嗯，我等你答复。”暮蟾宫笑着回答，实际上已经开始琢磨怎么软硬兼施让她留下。

虽然跟踪狂是不错，不过这个小姑娘也挺有意思。

目送唐娇离开房间，暮蟾宫将大拇指送到唇边，慢条斯理地舔去了指尖那滴泪水，喉头一滚，咽入肚中，然后绽放出一个与温柔无关的……暴虐的笑容。

“嗯……该怎么办好呢？”他喃喃自语道。

该怎样让她哭泣才好呢？

该怎样……才能抑制住这种暴虐的心思呢？

而另一边，衙役取了王富贵的口供与画押之后，回到了衙门。

县衙内，审讯还在继续，王家婆子、王家兄妹以及李氏原本还在死鸭子嘴硬，但是王富贵的口供送来之后，他们就没有再坚持下去的理由了，纷纷竹筒倒豆子似的，把知道的事都给吐了出来，引得外头观看的百姓一阵唏嘘。

一时间议论纷纷，谁也没发现有一个男人偷偷挤出人群，朝停在街对面的一辆马车跑去。

马车里下来一个妇人，穿着一身白色锦衣，长得又高又瘦，远远看过去就像一根针，正是王富贵的妻子翠花。来人将县衙里发生的事情说给她听后，她叹息一声，从袖子里掏出十几枚铜板交给他，算是赏钱。

“娘……”一个柔弱的声音从马车里响起。

蓝布车帘被一只白嫩的小手掀开一点，露出半张楚楚可怜的脸。

虽然唐娇也是镇子上出名的美人，但是车里的这个少女显然更符合当下的审美观，但见她双目含哀，眉头微蹙，脸蛋纯净得犹如莲花瓣，活似菩萨跟前修行的玉女，有一种出尘之美。

“玉儿，回车里说话。”翠花一边往马车里钻，一边催促车夫快走。

“娘，”王玉珠握着她的手，满脸忧愁地说，“我们这是要去哪儿？爹爹和奶奶都在县衙里啊……”

“咱们保不住他们了。”翠花握紧她的手，“现在至少得保住咱们

娘儿俩！”

车子里放满了大大小小的箱子，有放衣服的有放吃食的，但最重要的一只小箱子就揣在玉珠怀里，里头存放的，都是周氏留下来的各种首饰，其中最珍贵的就是一对夜明珠的耳坠……那本是周氏给唐娇准备的成年礼物。

“姓王的一家犯了事，现在全被抓起来了，就算不死也要发配三千里，家产说不定还要被抄光……可这跟咱们娘儿俩有什么关系？咱们又没做什么伤天害理的事，凭什么要因为他们几个，从此在镇上抬不起头来？”翠花拍了拍女儿的手，怜爱道，“要是只有娘一个，忍忍还能过下去，但你怎么办？”

“娘，我不怕吃苦的。”玉珠哭着说。

“你没有吃过苦，所以才敢这么说。”翠花笑了起来，“娘是挨过饿的人，那种滋味……真是再也不想尝试了。”

玉珠本就是个没主见的人，打小又被王富贵与翠花娇惯坏了，是个衣来伸手、饭来张口的娇小姐，恨不得样样事情都有旁人替她拿主意，或者直接替她做好，听了翠花的话，立刻动摇起来，咬着唇瓣道：“那我们怎么办？留在县里要吃苦，可是出了县……我们又没亲戚可投靠。”

“一个人有钱，还怕没有亲戚朋友吗？”翠花见说服了女儿，心里也松了一口气。她虽然尖酸刻薄，对其他人都很坏，但对这个如花似玉的女儿，却是打心眼儿里疼。如果玉珠执意要留下来，车里这些钱，说不定就真要拿出来打点县衙里的人了……

玉珠乖顺地倚在翠花的怀里，手指头一下一下梳理着怀里的红木盒子，柔柔道：“那我们去京城好不好？女儿常听人家说京城的好，反正我们去哪儿都一样，干脆就去京城吧。”

什么叫作去哪儿都一样，光是地价就不一样，在胭脂镇买一栋房子的钱，恐怕还不够在京城里买一根柱子，但是女儿开了口，翠花也不愿逆了她的意思，抱着女儿，拍着她的背，温柔道：“好，咱们就去京城，我的玉儿这般青春美貌，也只有京城里的老爷才能配得上。”

“嗯。”玉珠娇羞道，“玉儿日后一定要嫁个大官，比县令的官更大，然后让他给爹爹奶奶伸冤。”

“好女儿，还是你有孝心。”翠花叹了一声，“世上无难事，只怕有心人，连唐娇那个小贱人都能爬上县令公子的床，更何况是你……好好好，你一定要嫁个大官儿，当个诰命夫人，然后回来给王家平反……这样，你爹爹奶奶便是死也瞑目了。”

王富贵和王家的其他人是不是真的能死而瞑目？

不，他们根本就不想死。

一群人待在牢里，眼巴巴地不停往门口张望，等待着翠花进来，告诉他们，相公、婆婆、大伯、小姑子，你们没事了，虽然费了些钱财，但我已经全部打点好了……

只可惜，他们这辈子是等不到了。

与此同时，西厢房内，粉白色的绣花鞋踱到镜边，唐娇慢慢拿起桌子上的黑色绸带，绕过眼睛，打了个结。

“出来。”她说。

一个身影默默出现在她身后。

“谢谢你。”唐娇叹道，“为我母亲洗刷了不白之冤。”

“为了你。”他平静无波地回道。

唐娇笑了笑，然后笑容渐渐从唇边散去。

“我母亲一直在等一个人。”她说，“现在你告诉我，她等的人，是不是你？”

“不是。”他平静回道，“是我的父亲。”

听了这句话，唐娇脚一软，跌倒在地上。

他赶紧伸手去扶，唐娇却攀着他的胳膊，嘤嘤地哭了起来。

“你……你爹该不会是我爹吧？”她抱着他的胳膊不放，哭着喊，“我娘该不会是世家之女，结果爱上了自己的侍卫，珠胎暗结之后不得不私奔出来，结果路上失散了。乱世之中，一个女人家带着孩子活不下去，只好找个老实可靠的男人嫁了，但心里一直在等着对方找到她……”

唐娇越说越苦，最后慢慢抬起头来，绝望地哭道："你，你该不会是我哥吧？"

"……"跟踪狂沉默了好久，才无可奈何地说，"你想得太多。"

"是我想太多就好，是我想太多就好。"唐娇按着胸口，心有余悸道，"那你究竟是什么人？你爹又是什么人？我娘为什么要等他……他，为什么一直不来？"

"早就想来了，可是一直找不到你们。"跟踪狂抬手擦了擦她脸上的眼泪，用一种极为平淡的声音说，"起先约好了，要在平安县会合，可是过了时间，周氏一直都没有出现，我们只好一个镇一个镇找，一个乡一个乡找，一家家找，后来我爹病死了，就留下我一个人继续找。"

唐娇听得痴了，开口问道："最后你是怎么找到我的？"

"我先是去衙门里偷籍账，结果发现管理籍账的是个糊涂官，用不着的东西就乱丢乱放，我帮他整理了一个月资料……结果还是没找到我需要的东西。"跟踪狂淡淡道，"后来我听说县令喜欢写流水账，记录每天发生的事情，我就混进他们家当家丁，虽然没能找到有用的东西，但正好暮蟾宫回来了，我就逼他背诵二十年来的籍账……然后发现周氏死了，你还活着。"

说到这里，他低下头，有一种尘埃落定般的语气对唐娇说："我找到你了，我再也不会离开你。"

唐娇的心脏剧烈一跳，眼眶顿时一热，她抿了抿嘴，良久才半哭半笑道："我也不会离开你。"

跟踪狂愣了愣，然后，双手情不自禁地朝她伸去。

伸到一半，却又折了回来。

他将双手紧紧禁锢在袖底，垂下头，语气里带着一丝恭敬道："不，您错了，你我的感情是不一样的。"

唐娇微微一愣。

"你，你想不负责任？"半晌，她一跺脚，气恼道，"你亲也亲了，摸也摸了……还逼着我把你也摸了，现在你还想怎样？逼着我去庙里当尼姑吗？"

"……您可以把我看作一样物品。"他沉默半晌，道，"一样只属于您的物品。"

"我不要。"唐娇说完，上前一步，抱住他的脖子，将自己的嘴唇贴上去。

跟踪狂连忙将脸别开，避过了她这个吻。

"你为什么要拒绝我？"唐娇立刻委屈起来，"你又不是我哥，我们为什么不能在一起？"

"我……我应该是一件物品。"他被她闹得头晕眼花，但又不能推她不能骂她，只能好言相劝，绞尽脑汁地解释道，"身为物品，我不应该有多余的感情，更不能对您这样尊贵的人有非分之想。"

"我不过是个说书人，父母双亡，名声也臭了，我有什么尊贵的？"唐娇冷笑一声，踮起脚，将脸蛋贴在他胸口，整个人往他怀里钻，一边钻一边娇嗔道，"什么物品会这么烫、这么热，还黏糊糊的啊？"

黏糊糊……那是因为跟踪狂已经被她闹得汗都出来了。

"请别这样。"他不得不伸出手，像座牢笼般把唐娇抱紧，声音压抑道，"我真的不能这么做……"

他如果不理她还好，他忽然这样可怜地示弱，唐娇便忍不住心软了，她不再闹腾，就任由他这么抱着，良久，双手小心翼翼地抬起来，抱住他的腰，小声哭道："为什么不可以？"

跟踪狂叹息一声，凑在她耳边说："是时候了，您该知道真相了。"

"仔细想想，发生在您身上的事情，跟发生在您父亲身上的事情，简直如出一辙。"跟踪狂沉声道，"都是一大笔钱被别人给盯上了。"

"我的父亲？"唐娇愣了愣，然后反应过来，"你是说……我的亲生父亲？他是谁？他在哪儿？"

"主人……已经不在了。"跟踪狂沉默片刻，回道，"害死他老人家、夺取他财富的那些人，也是他名义上的亲戚。"

唐娇沉默了下来。

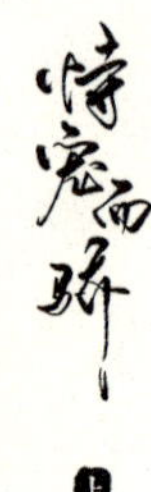

若是如此，那发生在她父亲身上的事情，跟她还真是如出一辙，都是身边至亲之人谋财害命，狠下毒手。

“还好主人早有防备，提前找好了五个托孤之人。”跟踪狂道，“第一个就是您的母亲周明月，她原本是侍奉主人的贴身侍女，孤高不群，才华洋溢，加上对主人忠心耿耿，所以主人才选了她当你的养母，借口出门拜佛，偷偷带您离开，到平安县避祸。”

唐娇觉得头上被人打了一下，昏沉沉道：“我娘……她不是我的亲生母亲？”

“您的母亲早已仙逝，当年主人正是以祭拜您的生母为借口，让周明月带您离开的。”跟踪狂说到这里，稍微犹豫了一下，最后还是淡淡道，“原本按照计划，周明月应该带您到平安县，嫁一户老实人家，彻底隐于民间，然后照顾您、教导您，让您掌握您所应该掌握的一切知识，等时候到了，再出来与我们碰头，但是……”

说到这里，跟踪狂的声音似乎冷了一些。

“她辜负了主人对她的期望。”

唐娇深吸一口气，抬起手，轻轻在他脸颊上拍了一下。

“不许你这么说她。”她含着泪，认真地说，“娘她已经很努力了……但是，鹤立鸡群并不是一件简单的事。”

周明月最大的优点是孤高不群，所以她绝不会被人用钱收买。

但是她最大的缺点同样也是太过孤高，就像梳翎的仙鹤一样，自视甚高，就算勉强自己待在鸡笼里，也不会容忍自己变成他们当中的一员。

如果她能稍微圆滑一点，如果她能对王富贵低下自己高傲的头颅，说不定她就不用死了。但是如果周明月真的肯在现实面前低头，或许早就把唐娇献给胜利者了，而不是在这个小镇子里苦苦煎熬，日复一日、年复一年为旧主尽忠。

“……她和我一样，在主人下令的那一刻起，我们就是您的私有物。”跟踪狂一动不动地站在原地，看着她，平静无波地说，“我们不应该有多余的感情，如果是为了您的话，我可以跪下来磕头，她为什么不可以？”

唐娇眼眶一热，上前抱住他，哇哇哭了起来。

“……请不要为我们哭泣。”跟踪狂低下头，怜爱的眼神藏在阴森森的兜帽里，淡淡道，“为您而生，为您而死，这就是我们的宿命。”

“娘已经死了，你也要离开我吗？”唐娇呜呜哭着，肝肠寸断。

“就算我死了，还有其他人。”跟踪狂伸手抚了抚她的头发，低声说，“我的父亲是第二个托孤者，他的任务是混淆视听，隐瞒您还存在于世的消息，等时机到了，再到平安县来接您，把您送到另外三人那里，继承您父亲留给您的一切……他死了，还有我，我死前，一定会把您送到另外三个人那里。”

唐娇起初并不是真哭，只是想让他可怜她，现在她是真的哭了起来，因为她听得出来，跟踪狂说出的每句话都是肺腑之言，他是真的打算把命给她了。

可是她哭得肝肠寸断，他却完全不打算回心转意。

最后，唐娇不得不擦干眼泪，退后一步，一边抽泣一边看着他，看起来就像被打湿的小猫一样，异常可怜。

跟踪狂看着她，眼神充满怜爱，嘴上却不发一言。

她总要习惯的，习惯身边的人离她而去，习惯自己一个人承担一切，最后拥有一切……他不能任性妄为，犯下跟周明月一样的错误。

“你是属于我的私有物，对吗？”唐娇忽然对他说。

“是的。”跟踪狂单膝点地，朝她跪了下来，黑色的披风在身后展开落下，犹如合拢的鸦色羽翼。

“告诉我，”唐娇抽了抽鼻子，“你的名字。”

这一次，跟踪狂没有任何迟疑，薄薄的唇里吐出两个字：“天机。”

“天机。”唐娇一边擦着眼泪，一边呼唤他的名字，然后对他下了人生中第一道命令，“现在我命令你……陪我一块儿活下去！”

同生共死吗……

天机闭上眼，叹了一声：“像我这样的人还有很多……您……实在

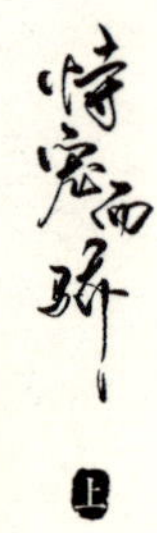

不应该如此珍惜我。”

“答应我啊！”唐娇朝他喊道，“你不是我的私有物吗？”

天机睁开眼，深深看着她。

就算眼睛上覆着黑色绸带，却也掩盖不住她脸上的爱欲与占有欲，过于激烈的感情简直像是火焰般，从她的鲜血与骨髓中渗透而出，烧得她整个人灿烂夺目。

她总是用这样的表情看着他。

而他……又是用什么样的眼神在看着她呢？

天机慢慢低下头，从胸腔里呼出一个字：“是。”

灰色的飞蛾，遇见了色泽鲜红的烈火。

他想，我已经不需要特地去看自己的表情了。

得到他的答复，唐娇笑了起来。

可是下一刻，一种极度的空虚与不满就在心中蔓延开来。

她已经拥有了这个人……但还不够，完全不够，她还想要更多，她还想要占有更多，想要他总是平静无波的声音为她而起伏，想要他冰冷似霜的身体为她而火热，想要这个人从身体到眼神，从心灵到神智全部都属于她……

父亲死了，母亲死了，所谓的遗产也都是些看不见摸不着的东西，所谓的托孤者也都是些不知面不知心的人……只有他，她现在只有他了，无论如何，她一定要把他抓在手心里。

纵横的思绪，汹涌的感情填满了唐娇的整个身体，她胸脯起伏，半晌才冷静下来，张开口的时候，声音兀自有些沙哑。

“现在，”她一边解下眼睛上的黑色绸带，一边说，“让我看看你的脸吧。”

白皙的手指拎着黑色绸带，然后放手，任它从指间滑落。

天机的目光从黑色绸带，一路移到她的脸上。

然后，他抬起双手，将罩住容颜的黑色兜帽向后掀开。

与此同时，幽篁馆内，两鬓斑白的大夫收了针，对王夫人拱手道：“恭喜夫人，公子已经大好了，再调养几日，便可下床走路了。”

王夫人闻言大喜，给大夫封了一个厚厚的红包，然后令贴身侍女送他离开，自己则坐在床边，一边擦泪，一边对暮蟾宫道：“好好好……这下你的相思病算是彻底好了。”

暮蟾宫愣了愣，慢慢转过头来：“……相思病？”

“是啊。”王夫人唏嘘道，“看不见唐姑娘，你就要死要活的，人家一来，你就什么病都好了，这不是相思病是什么？哎，你若是真的非她不娶，可以跟娘说啊，何必吓唬娘呢？下次可不许这样了，你这一病，把娘半条命都吓没了。”

暮蟾宫抬头看着头顶上的帐子，半晌无语，最后还是没想到更合理的解释，只好打落牙齿吞进肚，微微一笑，算是默认了此事。

结果王夫人下一句就是：“那你打算何时纳她进门？”

“……”暮蟾宫都快无法维持脸上的笑容了，他斟酌言辞，试图打消母亲这可怕的念头，“母亲有所不知，其实，唐姑娘已经心有所属，君子不夺人所好，我既……对她有意，又怎能强迫她嫁给自己不喜欢的人呢？”

他可不想洞房花烛夜的时候，被人倒吊起来喂上十几二十碗毒药。

王夫人看他面色不悦，还以为是戳到了他的伤心处，心中一凛，生怕儿子又要相思成疾，连忙道：“有什么关系，男未娶，女未嫁，你便是出手追求她，也不算违了礼法。”

“我……”暮蟾宫想说，他不怕违了礼法，只怕没命啊……

“况且这县里头，还有比我们家更好的归属，还有比你更好的男人吗？”王夫人试图激励他，“别的不说，就说这《三更话本》的案子吧，其他人都对这位唐姑娘落井下石，也没见哪个男人出手相助，最后还不是你助她出淤泥，放在身边体贴照顾着。”

“我……”暮蟾宫想说，他完全没有体贴照顾她，他把她放在眼皮底下，只是为了方便监视她，审问她罢了啊……

“你对她也算是情深意重了。”王夫人越说越感动，忍不住叹着气道，“绿初是打小陪着你一块长大的，你待她也一直温柔体贴。可是为了唐姑娘，你二话不说就把绿初给逐出去了，娘这才晓得，在你心里，

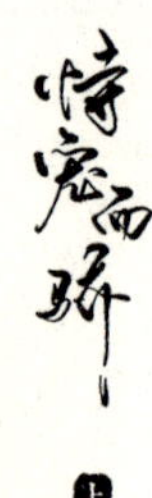

恐怕只有唐姑娘与别人不同。”

“我……”暮蟾宫想说，她们当然不同，绿初是他的丫鬟，而唐娇是他的人质啊！他怎能为了一个丫鬟，伤害重要的人质呢……

王夫人本就是诗礼簪缨之家出生，“关关雎鸠，在河之洲”更是读得通透，如今她把事情从头到尾地顺了一遍，不由得在心里感叹，别看儿子平时对谁都笑，其实心里对谁都冷，她一度以为儿子不会喜欢上任何人……结果现在看来，他只不过是没遇上喜欢的人。

“情不知所起，一往而深，令生者可以死，死者可以生。”王夫人忍不住吟了一句话本里的句子，然后对暮蟾宫叹息道，“娘不会再拦着你了，那姑娘出身不好，性子不好，娘都忍了，你若喜欢，就纳了她吧。”

暮蟾宫呻吟一声，倒回床上：“娘，不行，真的不行……”

情之一字，是不是能让生者死，死者生，他不知道，但他知道，如果自己真听了母亲的话，纳唐娇为妾，那他就真的死定了……

第二卷

美人话本

第六章 以身入局识天机

唐娇看着眼前俊美的男子。

他单膝点地，温顺地跪在她面前，腰背笔直，犹如利剑插在地上，鬓角落下两束黑直的鬓发，犹如剑上的穗尾。

唐娇走到他跟前，伸手捧着他的脸，迫他抬起头看着自己。

指下的肌肤呈现一种硬朗的古铜色，他的面孔棱角分明，薄薄的嘴唇尤为美丽，细细抿成一线，带着一股禁欲的魅力。

唐娇看了他一会儿，低下头，将嘴唇凑了过去。

天机轻轻别过脸，避开了她的吻。

“我们来谈笔交易吧。”唐娇将嘴唇贴在他的耳边，低声说，“我对钱、地位、遗产，都不是很感兴趣，过去从来没有拥有过，所以丢掉也不会觉得可惜……”

“大小姐……”天机转过脸来，刚要说话，唐娇便将一根手指覆在他的唇上。

“但我对你很感兴趣。”她笑道，笑容娇嗔可爱，却令天机忍不住绷紧了背脊，“这样吧……我可以照你说的去做，无论是跟那些占了遗产的人厮杀到底，还是当个贤良淑德、仪态端庄的世家小姐，你让我做什么，我就做什么，让我去哪儿，我就去哪儿，但是……”

“但是什么？”天机问道。

“但是……每当我做好了一件事，你就要给我一点儿奖励。”唐娇收回那根手指，点了点自己的嘴唇，“比如这一次……你想要我跟你走的话，就亲我一下吧。”

“大小姐……”天机无奈地看着她，脸上的表情非常痛苦。

唐娇看着他，忽然流下一滴眼泪，她哭起来的模样尤为美丽。旁人哭起来的时候，一不小心就会眼泪鼻涕纵横满脸，但她哭起来的时候，永远是一滴晶莹剔透的泪珠，不碎不破，笔直滑下脸颊，宛然若画，也难怪暮蟾宫一见难忘。

“给人家一点奖励嘛。”唐娇哭着说，“真的也好，假的也好，稍微给人家一点爱啊，只要一点点就够了，只要一点点……我就能继续在这条路上走下去了。”

天机静静看了她半晌，默默站直身子。

“……恕属下直言，”他居高临下俯视着唐娇，落下的影子犹如牢笼般将她锁在怀中，声音平静低缓，“这是一个很愚蠢的决定。”

“给我。”唐娇回答道。

“……闭上眼睛。”天机无奈地叹息了一声。

唐娇闭上眼睛，半晌，感觉有一只有力的手箍住了她的腰，轻而易举地将她托了起来。

薄薄的唇吻在她的唇上，没有深入，也不带任何香艳滋味，就宛若细雨落在唇瓣，清风刮过唇角，一个干净至极的吻……

天机垂下眼眸，看着近在咫尺的她，眼睛里的肃杀与血腥味，似乎被细雨与清风洗去，剩下的只有一种干净至极的感情……

唇分，他迅速地低下头去，将所有外露的感情收敛至眼底，于是唐娇睁开眼睛，看见的仍是他冷漠平静的面孔，就仿佛刚刚啃的不是一个

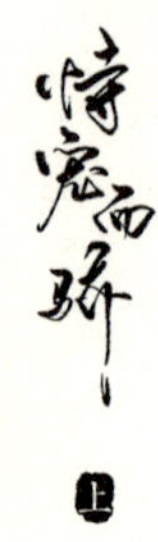

女孩子的唇，而是一只苹果、梨子之类的东西。

没有看见他吻她时的表情，唐娇永远也不会知道他心底深藏的感情。

此时此刻，她只觉得对方心冷如铁，心里的委屈烧得她浑身难受，唐娇抽泣一声，伸手抱住对方，将脸颊深深埋在对方的胸口，闷声道："好，我跟你走。"

天机俯视怀里娇小玲珑的少女，嗯了一声，伸手将她抱紧，小心翼翼地犹如抱着世上最珍贵的宝物，眼睛里再度流露出那种干净的感情……

唐娇正把自己埋在对方怀里，一边流泪，一边在心里闪过一个冷酷的念头……

真的也好，假的也罢，如果不能拥有他的心，至少要拥有他的身体……

无论付出什么代价，都要让他永远留在她身边。

两人达成共识后，此地便不必久留，唐娇待自己心情平复之后，便来到暮蟾宫房内，递出装着解药的盒子，然后开口跟他道别。

暮蟾宫此刻正为纳妾之事焦头烂额，听她开口道别，微微一愣，然后立刻反应过来，这恐怕是解决所有问题的最好方法。

只是……这法子由她嘴里提出来，不知为何，他心里头总觉得有些不痛快。

于是他也不急着接盒子，坐在白绫帐内，对她微笑道："唐姑娘为何要急着离开，那王富贵等人的判决结果还没出来呢。"

"此事已了。"唐娇摇摇头，"我相信公子会给我一个满意答复的。"

暮蟾宫眯着眼睛看她，笑道："你倒是信我。"

其实两人心里都清楚，没什么信不信的，无论是《三更话本》，还是审讯王家人，最重要的目的就是还周氏一个清白，其余皆是次要的，王家人是生是死是抄家还是流放，两人其实都不怎么在意……反正，真相既已大白，王家人会得到自己应有的报应。

“你们想好去哪儿了？”暮蟾宫还是有些不死心，开口试探道，“江湖虽好，却非久留之地，北雁南飞，终需一个安稳的巢穴。”

“此心安处，便是吾家。”唐娇压根不肯给他空子钻，直接将装解药的盒子放在床边，用三根手指按在盒子上，慢慢朝他推了过去，“无论他想去哪儿，我都会跟着去。”

暮蟾宫单眉一挑，心中更不痛快，但他情绪从不外露，脸上仍旧保持温柔的笑容，伸手拎起盒子，温声道：“生死相依……这份感情，可真叫我羡慕。”

生死相依……唐娇又想哭了。

暮蟾宫何等敏锐之人，自然没有错过她这丝感情变化，指尖把玩着小盒，若有所思地问道：“对了，两位何时成亲？这些日子以来，蒙唐姑娘精心照顾，我才能好得这样快。作为报答，唐姑娘的这份嫁妆就由我来出吧，还请不要拒绝。”

成亲……这下唐娇真的坚持不住了，一汪眼泪在眼眶里滚成泪珠，最后断线似的落下脸颊，楚楚可怜，美不胜收。

眼见这一幕，暮蟾宫觉得自己的心猛然跳了一下，一种抑制不住的兴奋之情犹如血液，流遍全身，让他觉得浑身都烫了起来。

“……你怎么了？”他的声音变得有些低哑，修长苍白的手指伸出帐，抚向她的脸颊，“怎么哭起来了，莫不是被他欺负了吧？”

眼看着那只手就要触到唐娇的脸颊，电光石火间，一只古铜色的大手从她身后伸出，钳住了对方的手腕。

暮蟾宫皱眉望去，只见一个高大的身影静静地立在唐娇身后，身上笼着一件黑色披风，质地古怪，竟像是能吸收四周所有的光一般，让他所在之处，都受他影响，变得阴森昏暗起来。

同时被吸走的，还有凡人的目光。

但是暮蟾宫并非凡夫俗子，一开始他的目光的确被这件古怪披风吸引了去，但是很快便回过神来，目光开始打量他全身，然后陆续发现了一些有趣的东西……

比如他腰间隐隐露出的几把匕首，有道是一寸短一寸险，更何况这

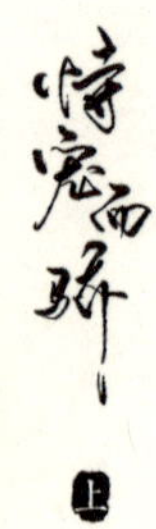

几把匕首显然都淬了毒，那更是险中之险……堪称阴险。

还有他脚上的靴子，虽然样式普通，但是料子却是北方产的，南方根本买不到，就算买得到，价钱也不是一般百姓所能承担的。

诡异莫测的身手，寻常大夫看不出根脚的毒药，以及身上这副行头……暮蟾宫回过神来，眼前这名男子绝不是一般的武林人士，能训练出这样一个人的地方，只怕非同寻常……

只是这样一个人，为什么会出现在唐娇身边呢？

又为什么会对她这样死心塌地呢？

难不成，真是因为爱情？

兜帽落得很低，天机将自己的面孔藏在一片阴影里，只露出薄薄的嘴唇，淡淡道："……把你的脏手拿开。"

"呵呵……"暮蟾宫半是试探半是恶意道，"弄哭她的人可不是我，我只是可怜她，想要安慰她一下罢了。"

"没这个必要。"天机拂去他的手，冷冷道。

唐娇夹在他们两个中间，不得不站起来劝阻。

"暮公子，日后有缘，必能再见。"对暮蟾宫随便敷衍了一句，她转过头，温情款款地看着天机，伸出纤细的手指，握住他的手，"我们走吧。"

暮蟾宫冷眼旁观，又觉得此幕碍眼。

直到他二人离开，他才狠狠一抛，将手里的盒子掷在墙上，盒子落地，盖子弹开，露出里头的兰膏，散发出暮蟾宫所熟悉的……唐娇头发上的香气。

"走得好。"暮蟾宫看着二人消失的方向，咬牙切齿道。

这两个来历不明的家伙，一个威胁他的生命，一个威胁他的婚姻，早点消失，对他来说只有好处没有坏处。

现在他们真的走了，为什么他心里却感到这么不舒服呢？

最后，暮蟾宫将此归结于好奇心。

"总有一天，我会解开你们身上的谜题。"他眯起眼睛，朝着窗外烟雨风光立誓。

烟锁江南，雨打花落，离了暮府，天机抱着唐娇飞檐走壁，来到一处荒郊野岭，然后对着远方吹了一个长口哨。不久，一匹黑马就昂扬长嘶，从远处跑了过来，亲昵地用脑袋蹭着天机的脸。

“来。”天机单手托着唐娇上了马，然后翻身坐在她身后，目光阴森如蛇，望向通往京城的方向，沉声道，“时候差不多了……让我们去处理最后两个漏网之鱼。”

事情的起因是一支簪子。

王玉珠是个娇生惯养的小姑娘，尤其喜欢漂亮。

奔赴京城的路上，她百无聊赖，每日除了吃了睡、睡了吃，就是打开怀里的红木盒子，把里面的首饰挑出来把玩。

翠花说了她几次，她都没有听进去，也压根儿不懂得什么叫作财不外露。这日马车停在溪水边，她洗过脸之后，对着溪水搔首弄姿了一会儿，总觉得身上少了些什么，于是转身回了车里，拿了一支红石榴缠枝簪，以水为镜，斜插在发髻里。

日头底下，簪子上头三朵石榴花惟妙惟肖，开得艳丽夺目，晃花了车夫的眼。

“这簪子可真漂亮。”车夫笑着凑过来，有意无意地试探道，“恐怕要值三两银子吧。”

玉珠想都没想，便随口答道：“哪能呢！我娘说了，这簪子起码值三百两，小县城里压根儿就当不掉，还得去京城那样的大地方找当铺……”

“说什么鬼话呢！”翠花连忙堵住她的嘴，半是掩饰半是警惕地对车夫说，“小孩子不懂事，随便乱说的，这簪子哪里值那么多的钱呢？去去，回车里去！”

玉珠不知道自己犯了什么样的忌讳，“哦”了一声，便回了车里。

左右无事，她又犯起困来，恍恍惚惚睡醒的时候，发现母亲跟车夫正在外头吵架，车夫似乎不肯收银子了，一定要母亲用她头上的石榴簪子当车钱，还口口声声地喊：“反正车钱也是三两，你这簪子也是三两，老子不管，要是不给我簪子，我就把你们娘儿俩丢下车，你们另外

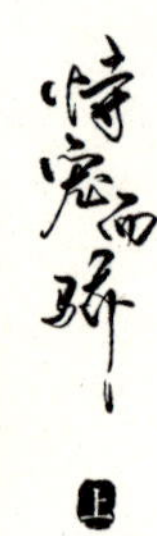

找车坐吧！”

荒郊野岭的，去哪儿找别的马车，翠花没了底气，只得跟对方妥协，伸手把玉珠头上的簪子拔了下来，反手丢给车夫。

“娘！那是我最喜欢的！”玉珠连忙摇着她的胳膊，不满地喊道，“你怎么随便拿人家的东西送人！”

翠花本就在心里窝了一把闷火，听她这样说，再也忍耐不住，抬手在她脸上抽了一下，怒道：“老娘还没死呢，东西怎么就成你的了！”

玉珠被她抽得歪倒在车里，也不肯起来，趴在车厢内，呜呜呜地哭了起来。

翠花见女儿哭得泪人似的，心里有些心疼，但最终还是狠下心肠没去理她，好叫她记住这次的教训，以后不要再犯一样的错误。毕竟周氏留下来的钱财虽多，但终有花完的一日，她们娘儿俩又不会挣钱，更要想着怎样省钱。

只可惜，她想法虽好，老天却不给她这个机会。

几天之后，翠花夜里惊醒，发现车夫趴在车厢内，偷偷摸摸地扯玉珠怀里的盒子，立刻大叫一声，跳了起来。

车夫见她醒了，登时不管三七二十一，扯过盒子就要往车下跳。

“杀千刀的，把东西还给我！”翠花扑过去抱住他的腿，大叫道，“玉儿！玉儿快起来！”

玉珠早就醒了，但没敢上前帮忙，一声不吭地缩在角落里，瑟瑟发抖地看着他们，模样像一只无辜的羔羊。

“滚开，死老婆子！”车夫一脚把翠花蹬开，抱着盒子跳下车去。

那一脚踢在翠花脸上，她的右眼登时就看不见东西了，在地上翻滚哀号了一会儿，翠花挣扎着爬起来，哆嗦道：“玉儿，快，快扶我去追他！没了那笔钱，我们娘儿俩就得去要饭啊！”

此刻车夫已经跑远，玉珠心里的恐惧稍微平息了一些，连忙爬过来扶起翠花，两人互相搀扶着，朝车夫逃跑的方向追去，拨开树丛的时候，两人心中都是沉甸甸的绝望……

结果，却看见车夫趴在地上，一副生死不知的模样。

一名高大男子站在他身边，全身上下都笼在一件黑色披风里，缓缓转过身来，面容隐藏在兜帽下，只露出弧度优美的薄唇。

玉珠盯着他的脸，而翠花盯着他手里的那只盒子。

“壮士！”翠花一只手按着血淋淋的右眼，摇摇晃晃地跪在他面前，乞讨般伸出一只手，指着他手里的盒子道，“谢壮士仗义出手，帮我们母女两个夺回了财物……我在这里给您磕个头，谢谢，谢谢！”

她只说谢谢，却绝口不提酬谢。

男子慢慢勾起唇，举起手里的盒子，声音低沉：“这是你的东西？”

“对！是我的！”翠花斩钉截铁道，“是我老母亲传给我，让我一代一代传下去的，盒子……里头……里头的东西虽然不值钱，但都是我母亲的旧物，求壮士还我。”

男子笑了一声，笑声阴森可怕，透出毫不掩饰的嘲讽。

翠花的心提到了嗓子眼儿，心道别是前面走了狼，后面又来了虎……

所幸男子只是静静俯视她们母女片刻，便将手里的盒子掷了过去，然后转身离开，夜风掀起他的披风，犹如滚滚而动的乌云。他的声音，随着夜风而来，一个字一个字刻在翠花心底。

“钱财虽好，也得有命享受。”

翠花看着他消失的方向，心里琢磨不透他的意思。

至于玉珠，看着他的背影，就像看着话本故事里的英雄豪杰一样，眼神烂漫，脸蛋通红，芳心可可，随君而去。

直到完全看不见对方，翠花才松了一口气，一边抽出手帕捂眼，一边喊着玉儿。玉珠这才收回目光，扶着她的胳膊道：“娘，咱们两个女人，远赴京城多难啊，为什么不留下他？”

“留下他干吗？把今天晚上这事重演一次？”翠花现在是一朝被蛇咬，十年怕井绳，咬牙切齿道，“不要外人了，就咱们母女两个上路！”

可没了车夫，她们两个又不会赶车，就只能轮流牵着马走。

按理来说，翠花伤得重，这事应该由玉珠来做。可玉珠娇生惯养，或者说是好吃懒做惯了，起初还说要尽孝道，由她来牵马，结果在日头底下晒了一个时辰，就借口休息回了车里，背对着翠花躺下后，便一动不动，任凭翠花如何喊她骂她，她就是不起来，动手扯她，她就哭着说自己中暑了。

翠花无可奈何，只好搜了块干净的绢布出来，撕成条，绑在右眼上，忍着剧痛，下车牵马。

玉珠半卧在车内，睁开一只眼看她，见母亲的背影踉踉跄跄的，眼睛里闪过一丝内疚，但内疚归内疚，她还是不愿意到日头下面暴晒，怕晒坏了自己身上的细皮嫩肉，于是索性翻了个身，眼不见，也就心不烦了。

如此反复，几日过后，因为得不到及时治疗，翠花渐渐觉得身体越来越不舒服，整个人瘦了下去，在太阳底下牵马的时候，摇摇晃晃，昏昏沉沉的，有苍蝇逐血而来，趴在她右眼的血布上吮吸，她也没有力气去赶。

这样下去不是办法，翠花只好爬回车里，跟玉珠软磨硬泡，见还是说不动，干脆几个巴掌打过去，玉珠这才哭着下了马车，一脸怨愤地牵起马来。

而这一幕，皆被披着黑斗篷的男子看在眼里。

病重、折磨、隔阂、痛苦……

“时候差不多了。”他低不可闻地说道，然后身形如影般，消失在林子里。

过了一会儿，一群衣衫褴褛，却手持棍棒刀子的强盗就冲了出来，大喊大叫着，朝前头的马车追去。

玉珠远远见了，吓得尖叫起来：“娘！娘！有强盗！”

翠花刚刚歇下，便被她叫了起来，掀开车帘，看见这一幕，登时吓得魂飞魄散，伸手把玉珠拉上马，然后不管不顾地将鞭子抽在马背上。

老马吃疼，嘶叫一声，飞奔起来。

马车里，各种东西翻来滚去，但是翠花紧紧抱住了玉珠，用自己的身子护着她，以免她被磕着碰着；而玉珠，则理所当然地缩在母亲怀里，哭哭啼啼。

人腿哪里跑得过马腿，眼看着两人就要把那群强盗甩开，岂料老马脚一歪，摔在地上，连累整辆马车都翻了过来。

翠花跟玉珠滚出马车，所幸旁边是个泥潭，两人摔进一池泥泞里，虽然吃了几口泥水，但终究没死。

“快，快起来。”翠花眼睛上的绢布早就不知道哪里去了，一边流血，一边流脓，她却恍若不知，只拼了命地从泥泞里爬起来，一只手抱着盒子，另一只手扯着女儿的胳膊。

“娘！”玉珠跪在地上，死死抱着她的胳膊，哭喊道，“我的腿软了！”

翠花叹了一声，使出浑身力气把她提起来，背在背上，像头忠心耿耿的老牛一样，粗粗喘着气，朝前方跑去，一路上，眼上、身上、腿上，滴下来的血在她身后蜿蜒成一条血线。

所幸，她远远看见了炊烟。

定是有商队在官道边上宿营！

只要跑过去，她们母女俩就有救了！

“快，快下来跑！”翠花一口气拼到现在，已经是油尽灯枯，眼睛阵阵发黑，两腿微微发抖，她不得不把玉珠放下来，扶着她喊，“跑过去，咱们就有救了！”

玉珠也看见了那炊火，眼睛里闪过一丝希望的光。

她回头看了母亲一眼，漂亮的双眸里，倒映着母亲憔悴难看的面容。

稍微犹豫了一下，她朝翠花伸出手。

翠花以为她要搀扶自己，便将右手伸了过去。

岂料，玉珠避开她的右手，一把夺过她左手拎着的那只红木盒子，然后头也不回地朝前面跑去。

翠花愣了一下，朝着她的背影尖叫道：“玉儿！”

王玉珠听见了，但没有回头。

强盗就快追来了，她不敢回头。

母亲身上的伤太重了，扶着她跑，怎样也跑不过强盗的，所以她不想回头。

她还年轻，还这么漂亮，她还有灿烂的未来，她不能死在这里，所以她不要回头。

“娘，对不起。”玉珠一边哭，一边在心里说，“如果我能活下来，我一定用这笔钱，雇人把那些强盗都杀光，一定不会让你死不瞑目的。”

强盗冲上来，将翠花乱刀砍死。

听见身后的惨叫声，玉珠吓得腿都软了，她抱着盒子拼命跑，结果一把刀子从后面抛了过来，扎进她的腿里。

玉珠惨叫一声，跌在地上，盒子脱手而出，滚落在地，里头的金簪步摇、耳坠、手镯撒了出来，犹如天上坠下的星星似的，即便在这样的深夜里，也能兀自散发出璀璨夺目的光芒。

强盗们见了这一幕，登时连喊打喊杀都忘记了，一个个抽着气，举着刀，目光死死地盯着那堆宝贝。

以至于连背后多了一个人，都没有发现……

“别杀我，别杀我！”玉珠抱着受伤的腿，像待宰的猪一样号着，“东西我不要了！你们拿吧，你们拿吧……拿完放我一条生路吧！”

一袭黑色披风犹如树影，从她身边一晃而过。

玉珠泪眼蒙眬间，看见一双石青靴子从她身边走过，然后一只骨节分明的手垂下来，仔细将地上的首饰收回盒子里。

“是你！”玉珠的眼睛顿时亮了起来。

对方速度很快，拾完珠宝后，默默将盒子盖上，将弓着的身子重新直起来，那一刻晚风猎猎吹起他的披风，一轮弯月挂在他身后，他居高临下地俯视着玉珠，右手反握一柄短匕，匕首边缘滚下一滴血，殷红刺目。

玉珠这才反应过来，她回头一看，只见刚刚追着她而来的强盗，已经全部倒在地上，每个人的脖子上都有一条红线，正往外头溢着血。

恐惧过后，就是一种难以言喻的心安，玉珠转过头，用掺杂着崇拜与爱慕的眼神望着眼前的黑衣男子，又哭又笑道："恩公，你又救了小女子一命……"

对方沉默不语，反握匕首，朝她缓步走来。

玉珠连忙对他露出自己最美的笑容，只是她似乎忘记了，现在她那张脸蛋上满是泥泞与泪水，彼此纵横交错，将她的面孔涂抹得丑恶又肮脏，不笑倒罢，一笑反似恶鬼。

"小女子、小女子的腿受伤了……"她献媚讨好道，"恩公，你能背我去镇子上找大夫吗？"

对方一言不发，右手缓缓提起，眼看着那柄匕首就要抹上她的脖子，留下一条红线，却不想，身后忽然传来嘈杂的声音。

他猛然回头，兜帽底下的眉头微微一蹙，迅速将匕首插回腰间，然后解下腰间挂着的一只圆形坠子，手一抹，坠子就拉直成了一只小筒，小筒顶端是一片疑似琉璃的镜片，他将小筒放在眼前，远处的景色立刻被拉近到他眼前，他登时面容一变。

憎恶、仇恨、冰冷……他的面色变了几变，就仿佛看见了一颗世上最肮脏的毒瘤、一汪最污秽的脏水、一个最卑鄙的人。

迅速将小筒收好，他转身看着玉珠，电光石火间做出了决定。

他翻开盒子，迅速从里面挑出一对簪子、一只玉镯、一根步摇，最后是那对夜明珠耳环，其余的一样未动，随手掷回玉珠怀中。

玉珠不明就里，又不敢出言阻止他，只能又惊又敬、又疑又爱地看着他，直到看他要离开，才惊叫一声，挣扎着爬过去，牵着他披风的边角，楚楚可怜地说："恩公，你要去哪里？求你不要抛下玉珠啊！"

对方回过头，却没有看她，而是看了远方一眼，然后低下头来，俯视她。

"你记清楚了。"他淡淡道，"如果你想活命，待会儿有人问起你娘来的时候，你就说她姓周。"

说完，他回转身去，犹如一只夜隼般穿林跃树，瞬息之间便消失不见。

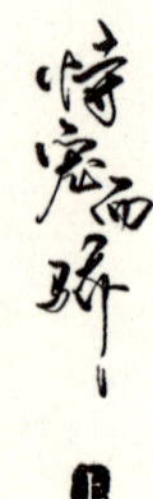

他走后没多久，马蹄声便由远至近。

玉珠抱着盒子，看着来人。

那显然是在前头扎营的商队，只是观其装扮气度，完全不带一丝铜臭气，马背上的骑士个个身穿白衣，腰佩长剑，容貌俊美，举止高贵，看她的眼神……就像看泥巴里的蚯蚓，充满厌恶，指指点点。

玉珠被他们看得连心里最后一丝底气都消失了。

她刚跟翠花出县城的时候，还踌躇满志，觉得以自己的容貌姿色，一定能在外面出人头地，就算当不成国公夫人，起码也能嫁个大官，结果现实太过残酷了，在她的花容月貌面前，车夫照样抢劫，强盗照样杀人，谁都没有因为她漂亮就心慈手软……而今，眼前好不容易出现了一群世家公子，也都坐在高头大马上，却都对她指指点点，没有任何人肯下来，拉她一把。

就在玉珠沮丧得快要哭出来的时候，一名白衣少年忽然咦了一声，指着她喊道："把你怀里的盒子交出来。"

玉珠一愣，反将盒子抱得更紧，哭着对他说："不，不，这都是我娘留给我的东西……"

对方才不理她，翻身下马，将盒子夺到手里，打开一看，先是被里面的珠光宝气震得两眼一花，随即皱眉道："这是……你刚刚说这些东西是哪儿来的？"

"是我娘留给我的！"玉珠哭着喊道。

对方深深打量了她一眼，丢下一句："在这儿等着！"

之后，他便抱着盒子转身离开，玉珠挣扎着想要抱住他的腿，结果没成功，只好趴在地上哭得撕心裂肺。

直到一个声音响起，喊的是："公子来了！"

那声音犹如抽刀断水，将白衣少年们分作两股，留出中间一条笔直大道，然后，一名俊美青年策白马而来。

玉珠抬头望着他，那一刻，疑是平地吹起漫天风雪，在她眼前铸起一个冰人。

那马通体上下无一杂色，白得似雪，那马上的人也浑身上下尽着白色，只余下一双眼睛、一头长发是黑色的。饶是如此，玉珠看着他的眼睛的时候，仍是忍不住心头打了个寒战。

他的眼睛虽是黑的，却比雪还要冷。

“就是这个人。”先前那名白衣少年指着玉珠，眼睛里充满怀疑，“盒子里的珠宝都是宫中制品，绝不会外流，也不知道她从哪里得来的。”

这是将她当贼了？

玉珠刚要解释，那白衣公子已经骑在马上，冷冷问她：“盒子是你的？”

“……是，是。”玉珠匍匐在他脚下，望着一尘不染的他，有些自惭形秽。

“这东西是你长辈留给你的，还是你从别处得到的？”白衣公子又问道。

“是我娘留给我的。”玉珠立刻红了眼圈。

“哦？”白衣公子目光一闪，“小姑娘，你娘姓什么？”

玉珠刚要说实话，黑衣人的嘱咐就从她心头闪过，她张了张嘴，最后干涩地说：“我娘姓周。”

白衣公子得了这个答案，双眼一眯，仔细盯了她片刻，然后沉声问道：“你娘现在在哪里？”

玉珠已经觉出不对，但开弓没有回头箭，事到如今，她只能将唐娇的身世硬搬到自己身上，于是低着头，不安地搓着手指头道：“我娘七年前就死了，我是义父养大的……不过前些年义父也死了，临死前嘱咐我上京，投奔我娘的亲戚。”

白衣公子又问了她几个问题，包括她的岁数、周明月的相貌等，玉珠能答的就答，答不出来的就说年头太久，自己记不住了……

“我明白了。”几个问题问罢，白衣公子闭了一会儿眼睛，再次睁开眼的时候，对地上的玉珠说，“周姑娘，不瞒你说，我家亦在京城，你若愿意，我可以送你一程……”

“愿意，愿意！”玉珠连忙答道。

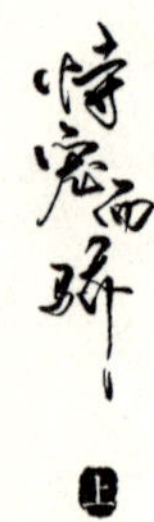

“那好。”白衣公子点点头，唤道，“鸣琴，鼓瑟。”

两名白衣侍女立刻从马车里下来，赫然一对双胞胎，容貌之娇美，远胜玉珠无数，但都青衣双髻，一身侍女打扮。白衣公子吩咐她们两个伺候玉珠，她们笑着应了，然后一左一右搀扶着玉珠，将她往马车上送去，其中一个机灵些的指着后头问道：“小姐，那是你什么人？”

玉珠正沉浸在得救的喜悦中，听了她的话，微微一愣，转过头去。

身后，翠花的尸体已冷，但仍瞪大眼睛看着她。

玉珠打了个哆嗦，转过身，低头喃喃道：“那、那是我家的忠仆，一路护着我过来的，你们……你们能帮我把她埋了吗？”

“这要问过公子。”侍女皱了皱眉，低声说，“只是……公子现在有要事在身，只怕不好多做停留……”

“那、那就算了吧。”玉珠生怕他们把她抛下，立刻就放弃了，低下头，自我安慰般地说道，“我这也是迫不得已……她那么疼我，一定不会怪我的。”

于是，一群人渐行渐远，留下强盗和翠花的尸体，招来了乌鸦与野狗。

罩着斗篷的男子远远听见了狗吠声，心里不禁有些担忧，忍不住加快脚步，很快就回到了扎营的地方。

地上的篝火明亮温暖，唐娇裹着毯子，蜷在火堆边睡得正香，脸蛋红扑扑的，似乎并未被犬吠声吓醒。

看见这一幕，天机将兜帽拉下来，松了一口气，走上前去，拍了拍守在唐娇身边的黑马，然后解下马背上的酒囊，拔开塞子，递给它喝。

黑马高兴地打了个响鼻，然后将嘴伸过去，让天机把酒倒进它嘴里。

“一匹马，居然这么爱喝酒。”唐娇忽然睁开眼睛，对他娇娇一笑，“也难怪你给它取名字叫阿酒。”

“你醒了。”天机收起酒囊，温柔地看着她。

唐娇依然蜷在火堆边，指了指酒囊道：“我也要喝。”

“这酒太烈了。”天机摇摇头，“等到了京城，我带你去我朋友那儿，他酿的桂花酿闻名天下，很适合女孩子喝。”

“不行。”唐娇想都不想就拒绝了，“我已经照你说的去做了，按照咱俩的约定，你现在得奖励我。”

天机立刻头大如斗。

先前他去追猎翠花母女，唐娇吵着要一块儿去，但他实在怕中间有所闪失，只好跟她约定好了，若她肯乖乖睡觉，回来他就奖励她。

他不怕杀人，也不怕被杀，但现在……却有点怕她火热的眼神。

“要不这样吧……我就尝尝味道，尝完就吐出来。”唐娇像蛇一样，从毯子里慢慢爬出来，“但我吐出来的酒，你得喝下去，怎样？”

天机为难地看着她，良久才狠下心来：“好吧。”

他一边说，一边解了另一只新酒囊下来，在阿酒不满的响鼻声中，递了过去。

唐娇接过酒囊，拔开盖子，嗅着里面呛鼻的液体，皱了皱眉，小心翼翼地喝了一小口，然后整张小脸都皱成了一团。

“吐出来。”天机将手掌伸过去。

唐娇摇摇头，一边嘟着嘴，一边伸出一根手指头朝他勾勾。

“怎么了，大小姐？”天机不明就里，单膝点地，凑了过去。

唐娇立刻像捕猎的花猫一样，扑进他怀里，两条柔软雪白的胳膊绕过他的脖子，然后将娇美鲜甜的唇递了过去，贴在他的唇上，烈酒顺着两人的唇角，慢慢溢出，化作一条白线，凝在下巴尖。

身旁的篝火发出噼里啪啦的声响，天机扶着她娇小的身躯，浑身僵硬似铁。

唇分，唐娇夺过他手里的酒囊，斜睨着他道：“你没喝下去……所以，我们再来一次。”

说完，她举起酒囊，再饮一口。

天机为难地看着她，见她一副无论如何都不肯改变主意的模样，只好一咬牙，伸手按住她的后脑勺，将薄唇贴了过去。

唇齿交缠，他饮尽她口中烈酒。

“……可以了吧，大小姐。”唇分，他以手背擦着嘴角残余的酒

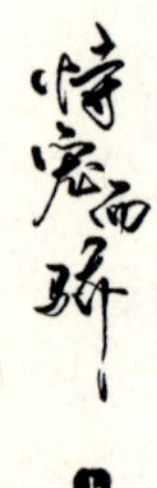

水，声音低哑。

唐娇舔了舔嘴角，颇为不满地看着他："为什么这副表情？亲吻我……让你觉得这么难受吗？"

"……不是的。"天机垂眸，把真正的心意藏在眼底，低声道，"大小姐，我知道您想要什么。"

唐娇戏谑地盯着他，用眼神示意他说下去。

"但是你我的身份……注定了我们永远不可能在一起。"天机抬起头，语重心长地对她说，"如果被人发现，他们会看轻你，笑话你……"

"我不在乎。"唐娇坐在他腿上，歪着脑袋，笑容有些狡猾，"怎么你在乎？那到底是我重要，还是旁人重要，你宁可在乎他们的感受，也不肯在乎我的感受了吗？"

许是跟暮蟾宫处久了吧，她变得愈加舌尖嘴利，难缠得紧。

天机深深看她一眼，无可奈何地对她妥协："这样吧，大小姐……在私底下，你想怎样亲我都可以，但是不可以更进一步，也不能在别人面前这么做。"

唐娇依旧戏谑地盯着他，但眼神渐渐变得哀伤起来。

因为这一次，他死守底线，无论如何都不肯跟她妥协。

"……如果我做到了，你会奖励我吗？"唐娇抿抿嘴，试探道，"你会一辈子陪着我吗？"

"可以。"这一次，天机没有丝毫犹豫，他像一条温驯的狼，对她低下高傲的头颅，"从今往后，我誓不娶妻，誓不生子，我之躯体，我之性命，我之下半生……全都属于您。"

唐娇沉默不语地看着他，过了一会儿，双手捧起他的脸，把脸凑了过去。

天机把这个吻当作是她的答复，于是闭上眼睛，温柔地回应了这个吻。

如此便好……他在心里对自己说，只要表面功夫做得好，私底下又不踏破最后一道防线，那便无人可以当面指责她。而于他而言，也有了一直留在她身边的借口，从此往后，他便可以默默看着她、守着她、疼惜她，直到她厌倦为止。至于其他人……他们最好闭嘴，不闭嘴，他有的是办法让他们闭嘴。

唐娇自是听不见他心中所想。

若是听见了，她便会知道，她早已经得到了自己最想要的东西。

而现在，她只感到悲伤、痛苦、甜蜜，以及强烈的不满足。

她都做了些什么啊？唐娇在心底质问自己，明知道他不喜欢自己，还一而再、再而三地迫使他亲吻自己，逼他立誓不娶，逼他立誓无后……如果她不是他的大小姐，估计早就被他乱刀分尸了吧？不过可惜了，这世上没有如果，她是他的大小姐，他必须听她的话，就算被他憎恨也无所谓，她一定要把他绑在身边，大不了以后她也不嫁，也不生子，红尘人间碧落黄泉，她既当他的大小姐，也当他的妻子跟女儿，好叫他此生不会感到孤单寂寞……或许有朝一日，精诚所至，金石为开，他肯转过身，给她一点爱。

怀着这样的心思，唐娇结束了这个甜蜜又悲伤的吻，之后不肯起来，就坐在他腿上，脸蛋枕在他怀里，有一句没一句地跟他聊天，直到困意袭来，就在他怀里入睡。

天机轻手轻脚地把她放在篝火旁，抬手扯过毯子，盖在她身上，确认她已经完全熟睡之后，伸手擦了擦她嘴角的口水，然后俯身吻了她一下。

除了身旁将熄未熄的篝火，谁也看不到他此刻的表情。

第二天，两人草草洗漱片刻，便上马赶路。

天机并未特地避过昨夜留下的痕迹，于是马蹄碎步踏过官道，唐娇一低头，便看见了官道上横陈的尸体，有几具只剩下森森白骨，其余大部分已经残缺不全。几条野狗正在埋首进食，听到马蹄声，其中一只回过头来，嘴里还叼着血肉。

唐娇没忍住，转过头，呕吐起来。

天机便停下马，随手在枝头上摘下几片叶子，射向野狗，待它们哀嚎逃走，才扶唐娇下马。见她吐得难受，心里不禁感到有些后悔，一边

拍着她的背脊，一边解下水囊递过去：“漱漱口……我们绕路走。”

唐娇接过水囊，匆匆喝了几口，深吸一口气，转头看他：“我没事了。”

说完，她心有余悸地回过头，目光望向一堆花花绿绿的碎衣服，以及里面残存的尸骸，问道：“那是翠花吗？”

“嗯。”天机淡淡应了一声。

唐娇昨夜跟他聊天的时候，便从他嘴里知道了一切，晓得他只收回了一部分珍贵珠宝，其余不甚重要的，则用来算计一个人。也晓得翠花为玉珠付出了一切，最后却被她抛弃。

钱不钱的，唐娇倒不是特别在乎，有了娘最喜欢的几件首饰，她已经很满足，更何况天机已经向她保证，这些东西迟早会一样不少地回到她手里。至于翠花……她摇摇头，指着那堆白骨道：“算了，把她埋了吧。”

“您要原谅她吗？”天机淡淡道，虽然表情没有变化，但目光里有一点失望。

唐娇几乎立刻就感到后悔了，她何必为了一个仇人让他失望，可是想了想，最后还是坚持己见，因为她心里头有一种预感，如果她立刻就反悔，他也许会更加失望。

“不，我没有原谅她。”她摇摇头道，“但是一命偿一命，她现在已经死了，我也没有必要再恨她了。”

说完，她忍着身体的不适，以及心里的恐惧与呕吐感，走到翠花的骨头边上，两腿有些发软地蹲下身，捡了把强盗留下的刀子，在地上刨坑。

“如果一个人为了自己的爱憎而不择手段，就会变得越来越卑鄙，比如翠花。”她一边刨坑一边说，“如果一个人的心里只有自己，心就会变得越来越小，小到只能容纳她自己，比如玉珠……”

挖好坑之后，唐娇用刀子把翠花的骨头扫进坑里，用土填好，然后直起腰来。

“不择手段的下场，我已经看见了……”她微微有些喘，低声喃喃道，“我现在亲手埋了她，好叫自己记得清楚些……以免日后步了她的后尘。”

天机一直没有帮她，只是静静地站在一旁看她，失望早已消退，留下的只有赞许。

只有唐娇自己心里知道自己有多绝望。

翠花不择手段对一个人好，最后却落得这个下场。

那她呢？只顾自己的意愿，不管旁人意见，不择手段地想把一个男人留在身边，她的结局会是怎样呢？

唐娇不想承认自己是错的，也不想放弃，但是心里头开始觉得有些迷茫了，以至于接下来的路途上，都显得浑浑噩噩的，心里头百转千回，都找不到一个两全其美的法子。

天机自是不知她心里在想什么，只以为她被死人给吓坏了，见她近日来沉默寡言，吃得越来越少，以至于小脸迅速瘦成一个尖尖儿，不禁有些后悔自己的莽撞行为。他们跟一支商队擦肩而过的时候，他特地追过去，带回来一袋子松子糖。

“马上就到京城了。”他骑在马背上，将手里的一颗松子糖，递到唐娇嘴边，“再坚持一下。”

唐娇舌头一舔，把松子糖从他指尖舔进嘴里，因为走神，完全没注意到对方手指的颤抖，一副有气无力的模样问道：“到时候，就能见到其他托孤者了吗？”

天机正在感受指尖那种奇怪的酥麻感，稍微走了一会儿神，才回道：“不，先去我故友家。”

他一边说，一边又递了颗松子糖过去。

唐娇依旧恍然不觉，歪着脑袋舔糖果，对方这次捻得有些紧，她一次没舔进嘴，索性舌头卷着他的手指多舔了几下，然后一边咬着到嘴的糖，一边好奇地问：“你朋友？是个什么样的人？”

“……一个很有用的人。”天机迅速拿起第三颗糖递过去，嘴上随口道，“只要他肯帮你的忙，你的事就成了一半。”

唐娇其实不是很喜欢吃松子糖，再加上天气这么热，吃太甜

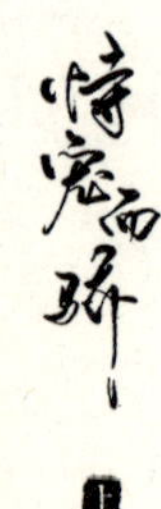

的东西，嘴里会觉得有些腻，于是伸手推了回去：“你吃吧，我不吃了……”

“哦……”天机的声音一如既往地平静。他收回手，毫不犹豫地将那颗松子糖递进嘴里。

两人一前一后地坐在马上，唐娇在前，自然看不见他俯视自己的眼神，更没看见，他正一下一下舔着自己的手指……那刚刚被她舔舐过的地方。

若不是天色转阴，隐隐有雷声传来，恐怕他能舔到天荒地老。

仰头看着天生乌云，感受着刮过面颊的凉风，天机有些遗憾地放下手，沉声道：“抱紧我。”

唐娇反手抱住他精壮的腰。

而后，天机策马扬鞭，黑马长嘶一声，犹如平地起了一朵乌云，与天上的乌云你争我夺，终于抢在下雨前，跑到了京城门前。

京城之繁华，自非平安县那样的小县城能够比拟。纵使天上已经阴云密布，但是西市的街道上依旧热闹非凡，小摊贩们着急地收着摊上的货物；茶楼酒家则派人倚门吆喝，招呼路上的行人进门避雨，顺便点一壶茶，喝一杯酒；匆匆来往的行人除了黑眼睛、黄皮肤的本地人，还有高鼻深目的大食商人、面覆轻纱的波斯舞姬、白衣金发的传教士，等等。

天机勒了勒缰绳，停在一家胡姬酒肆前。

门前立刻迎上来两名绿眼胡姬，一个笑着为他牵马，一个用音调有些怪异的汉话招呼他进门。

时值傍晚，酒肆里的人还不多，即便有客人，也都各自搂着一名胡姬，没人会自己带女人来这种地方，故而天机与唐娇一路走来，无论是客人还是胡姬都多看他们一眼。

天机找了一个最角落的位置坐下，虽然僻静阴暗，但是坐在这里，一抬头就能将整个大厅收入眼底，是最好的观察点。

唐娇第一次进这种地方，难免有些坐立不安，扯了扯天机的袖子，低声说：“我们来这儿干吗？”

“等人。”天机把胡姬送来的果盘推到唐娇面前，“吃，不然惹人怀疑。”

带着个姑娘来胡姬酒肆，他已经很显眼了，若是什么东西都不吃，什么酒都不喝，那就更显得别有用心，与这地方格格不入。

为了配合他，唐娇开始吃水果……三盘水果啃完，她打了个饱嗝，转头对天机说：“你让我干点别的吧，我什么都愿意干，只求不吃。”

“……”天机无语地看了她一眼，“那你帮我注意一个人。”

“谁？”唐娇问。

“容貌俊美，行为举止有些浪荡轻浮。”天机说，“但是不讨人厌，男人女人都很喜欢他，走到哪里，都很受欢迎。总而言之，他长着一张能吃百家饭的脸……”

“你说他吗？”唐娇指着门口走进来的人。

那是一名人高马大的男子，但并不显得魁梧，只显得修长而醒目，身上披着一件白底牡丹纹的袍子，修长指尖端着一根白玉烟枪。屋外有雨，湿了他的脸颊衣裳，他缓缓抬手，将脸上的雨水和碎发一同朝脑后抹去，露出一张性感到极致的面孔，左眼下泪痣分明，笑容浪荡不羁。

“温侯！”一名商人递了杯酒过去，“来，先喝一杯，暖暖身子！”

“温侯是什么人，你居然请他喝这样的劣酒！不厚道，你太不厚道了。”另一名酒客挤开他，伸手扯住对方的袖子，“来来，温少来我这儿，我请你喝好酒！”

“谁都别和我抢，今天我跟温侯不醉不归！”又有人过来争着请客。

刚刚还安安静静的酒肆顿时变得热闹起来，酒客、胡姬，犹如飞蛾扑火般朝那人拥去。他仿佛是一轮太阳，熊熊燃烧，光芒万丈。

看着这一幕，唐娇“嗯”了一声，转头对天机说：“你说得没错，他的确长了一张能吃百家饭的脸。”

天机盯着温侯，没说话，也没凑上去，他等对方上楼之后，抬手招来一名胡姬，掏出一张纸放在她的托盘里，然后在上面压了一锭银子。

“帮我转交给温侯。”他说。

胡姬收起银子，朝他抛了个媚眼，然后扭着纤腰离去。

不久之后，她从楼上下来，来到天机桌子边，恭恭敬敬地说：“温侯请您上去喝酒。”

天机起身，带着唐娇走上楼去，被胡姬一路领到雅间里。

雅间充满异域风情，地上铺着昂贵的波斯地毯，上面描绘着太阳和玫瑰的图纹，踩上去的时候就像踩在一堆羊毛上，细嫩柔软。有一整面墙壁上挂满了水烟壶和各式烟斗，旁边还累放着各种口味的烟膏。一名蒙着面纱的胡姬跪在水烟壶墙边，碧眼温柔，细腰纤纤，随时准备为客人封箔烧炭。

白袍男子半枕在她的膝盖上，指尖捏着一张纸，慢条斯理地朝天机看来。

“我记得我们已经割袍断义了。”他懒怠道，“你为什么还来找我？”

“你虽不把我当朋友，但我却把你当朋友。”天机在他面前坐下，淡淡道，“所以我给你送来了消息，一个可以帮你大忙的消息。”

白袍男子静静凝视他，半晌，忽然笑道：“我可不想欠你人情……天机，你最近缺钱吗？”

“温良辰，我不要你的钱。”天机也笑了。

“那你想要什么？”温良辰说完，立刻抬手止住天机的话头，“不，我不想听。你的那些事情，我不想掺和进去……嗯，这样吧，无论你这次回到京城想做什么，都得有个落脚的地方，我送你一座宅子，僻静、安全。”

“谢谢你的好意，但我还是租房子住吧。”天机摇头，“至少锅碗瓢盆都是现成的。”

“记下。”温良辰转头对身旁的胡姬说，“明天给这人送一套锅碗瓢盆过去。”

“锅碗瓢盆是有了，但缺人做饭啊……”天机道。

“你是来打土豪的吧？”温良辰转头盯着他，“我送你个宅子，是不是还要给你把园丁、侍女、家丁、管家都配齐啊？”

“呵呵，那怎么好意思？”天机笑着起身，“时候不早了，我先去客栈歇息了，你若有事，可到悦来客栈天字房来找我。”

说完，天机便领着唐娇离开。

两人出了胡姬酒肆，唐娇忍不住开口道：“你是不是早就算计好了，要敲诈人家一个宅子？”

“被你看出来了？”天机牵着马，与她肩并肩走着，“没事，他穷得只剩钱了，你要让他送你便宜的，他会当你是侮辱他。”

这要看不出来，她的脑子就是被狗啃了。唐娇支吾半晌道：“这样不好吧，你们不是朋友吗？”

“早就已经割袍断义，各走各路了。”天机淡淡道，“更何况我给他的消息，值这个价，他要是利用得好，一百个宅子也能敲诈回来。”

“那你还给他？”唐娇顿时恨铁不成钢，“一百个宅子啊！”

“这消息对我们来说没用，我们也用不了……好，到了。”天机在悦来客栈门口停下，侧着头对唐娇道，“累了吧，今天好好休息，过几天还得搬家呢。”

连日奔波，露宿野外，唐娇的确感到非常疲惫，但夜里洗漱过后，她蜷在干净的被子里，翻来覆去就是睡不着，终于忍不住坐起身，看着陌生的房间出神。

陌生的房间、陌生的世界、陌生的未来，唐娇原本以为每天有肉吃就是幸福的人生，现在人家突然告诉她，她有一笔巨大的家产要去争夺、继承，如果成功的话，她每顿饭都有肉吃，还能吃一块吐一块。

这是幸福吗？唐娇却只觉得茫然和惶恐。天上不会掉馅饼，想要得到就先付出，为了得到这笔巨额家产，她肯定要付出很大代价……这不是她最大的困扰，她现在最大的困扰是，迄今为止，她都不知道自己应该做什么，以及怎么做。

“唉。”唐娇叹了口气，轻轻敲了敲墙壁，天机就住在她隔壁，她低声问道，“你睡了吗？”

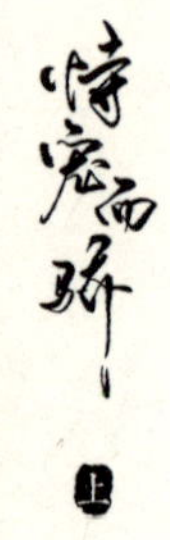

“没有。”平板无波的声线在她身后响起。

唐娇吓得叫了一声，转过头，看着几乎跟夜色融为一体的天机道：“你怎么在这里？”

“你已经在床上辗转反复了半个时辰，外加一炷香时间。”天机平静问道，“是认床了吗，还是水土不服？或者是枕头太高，被子太厚？”

唐娇不好意思跟他说实话，都已经答应过他，要跟他一起夺回家业了，这个时候才说自己迷茫怯场，那也太矫情了些，但又不想让他离开，随便什么都好，她想跟他聊聊天，听他说说话，借此度过这难熬的长夜。

于是唐娇问道：“你给温良辰的那张纸上，到底写了什么？”

天机想了想，问道：“你就是因为这个而失眠？”

“是啊。”唐娇睁着眼睛说瞎话。

“告诉你答案的话，你就能睡着吗？”天机严肃地问。

“当然可以。”其实唐娇自己也不大确定。

“那好吧。”天机点点头，“你还记得玉珠吗？”

唐娇愣了愣：“你提她做什么？”

“我用了一些小手段，让某些人以为她就是你。”天机平静道，“现在她作为你的替身，被送到了某位托孤者手里。”

“为什么要这么做呢？”唐娇觉得很疑惑，“还有，既然我生父已经安排了托孤者，为什么我们不去投靠他们，反而要去找温良辰帮忙……他跟你之间的感情又不是很好。”

“五位托孤者，其中一死一伤，皆是有人泄密的缘故。”天机淡淡道，“剩下的三个人当中，必定有一个叛徒……运气不好的话，有可能三个人都是叛徒。”

“所以你要拿玉珠来试探他们？”唐娇觉得自己想明白了，又觉得自己没想明白，“但这跟温良辰有什么关系？他是托孤者之一吗？”

“不是。”天机道，“但他跟托孤者之一有仇，可谓一方有难，另一方立刻就会落井下石。现在我将托孤者收留玉珠的消息告诉温良辰，他肯定要拖一车石头去砸人……他可以心情爽快，我也可以顺便看看，那三人对玉珠究竟是杀是保，是出面维护还是避而不见。”

唐娇点点头。她一点儿也不可怜玉珠，对一个和自己母亲都下得去狠手的人，没什么可同情的。

“事情就是这样。”天机将被子给她盖好，“好了，睡吧。”

“等下！”唐娇连忙扯住他的袖子，嘟囔了一会儿，实话实说道，“别走啊，跟我说说话吧，随便说什么都行……我就是想听见你的声音。”

天机一言不发，握住她的手，轻轻塞回被子里。

苍凉如月光、平静若流风的声音在唐娇耳畔响起，他说：“我陪着你，睡吧。”

一切纷乱的心思，诸如对陌生环境的迷茫、对未来的恐惧，以及对自己无能的自责，都如心上尘埃，被他的声音轻拂了去，唐娇觉得自己的心灵突然平静了下来，犹如心照明月，了无尘埃。

“要一直陪着我。”她说完，闭上眼睛。

天机静静陪着她，直到确定她睡着，才俯下身，亲了亲她的额头，轻轻道：“我也希望自己……能够一直陪伴你。”

温良辰果然很守信用。

又也许是天机的消息果然取悦了他。

几天之后，一辆马车停在悦来客栈门口接人。

天机与唐娇上了马车，之后车轮滚滚，马车一路将他们载入永安胡同，停在一处四合院门口。

门前一棵枣树，门内放着一个荷花缸，缸内飘着一朵莲花，几片莲叶，叶底游着一尾鲤鱼，叶绿鲤红，涟漪点点。除此之外，四周还种着石榴、海棠、菊花、芍药等，春可赏花，夏可纳凉，秋可结果，可谓春华秋实，自成一片小天地。

“真是土豪啊。”唐娇在院子里转了一圈，不禁叹气道，“我不吃不喝三十年，攒下来的钱估计就够买个茅厕。”

天机站在井边，正麻利地用井水清洗米缸，顺口纠正她的错误：

"半间。"

"好吧，只够买半间茅厕。"唐娇颓然，"买房的话题太沉重了，咱们换个话题吧……天机，你不用去打探一下玉珠的近况吗？"

"不需要。"米缸洗完了，天机扛起大米倒进去，"温良辰是个耐不住寂寞的人，他要是成功了，一定会四处找人分享他的喜悦，我们等就行了。"

"……噢。"唐娇走过来，伸手抱着米袋，"我来帮你吧。"

"大小姐，"天机抱着米袋不放，很认真地看着她，"粗活由我来干。"

唐娇盯着他半晌，忽然严肃道："脱衣服。"

"……"天机凝视她，"给个理由。"

唐娇差点泪奔："粗活还有脑力活全都被你干了，我只好洗衣服了！"

天机看着她那副逗趣模样，摇摇头，不由自主地微笑起来。

"脏活也归我。"平时虽然不苟言笑，但此时此刻，他的笑容非常温暖，"外面热，你去屋里吧，顺便点点东西，看看缺了什么，我们回头去买。"

好歹是个活吧，有的干就干吧。唐娇点点头，走进屋里，清点一番之后，发现温良辰做事很是周到，锅碗瓢盆、床椅板凳等一样不缺，厨房里还给他们留好了足够吃上三天的蔬菜和肉，连油盐酱醋都给配齐了，唐娇甚至还在一间屋子里发现了婴儿襁褓，以及几件小衣小鞋……他是把十年后的东西都给准备好了吗？

"是直接买的旧宅吧。"天机的声音冷不丁从她身后传来，"宅子的主人直接搬走，把宅子和家具留下来给我们用……嗯，前任主人有孩子，一岁大。家里的女眷可能是从苏州嫁过来的，襁褓和衣服上的花纹都是苏绣……"

唐娇狠狠盯着他：为什么你的眼睛只能发现真相，却不能发现我眼中的憧憬？

"怎么了？"天机分析完毕，低头看着唐娇。

“……算了，没什么。”她脸皮虽厚，但也没城墙那么厚，总不好当面跟人家说，她想给他生个孩子……

“大小姐，”天机只看出她有心事，却没看出她的“龌龊”用心，关切地问道，“你有任何烦恼，都可以跟我说，我来帮你解决。”

“还是不要了。”唐娇心想，你要是知道我心里在想什么，你就不敢夸这样的海口了。

“请相信我。”天机认真起来，“我有这份决心，我有这个能力。”

唐娇被他逼得没办法，只好说：“好吧，这是你让我说的。”

天机洗耳恭听中。

唐娇扭捏了一下，揉着衣角道：“现在咱们有房子有米缸，有襁褓还有小鞋小衣……就差一个孩子了。”

天机闻之犹如五雷轰顶，手足无措，汗流浃背，眼神游移。

“恭喜两位乔迁之喜啊。”一个懒怠的声音由远而近，随后，温良辰的身影出现在门外，他仍旧披着一件花色极艳的袍子，腰间别着一杆白玉烟枪，手中托着一只礼盒，不紧不慢地朝两人走来。

天机和唐娇同时松了口气，看救星一样看着他：“来得好，来得好。”

温良辰脚步一顿，有些不明就里地看着他们。他们为什么会这么高兴？他跟他们的关系有这么好吗？是不是有阴谋在等着他？天机是不是又想打土豪了？聪明人就是想得多，温良辰陷入阴谋论中难以自拔……

虽然两人早已割袍断义，但是今时今刻，天机真的很高兴自己有他这个朋友，要不然他真的不知道该怎么拒绝唐娇……为了感激对方前来解围，他顺手搬了张凳子过来：“请坐。”

温良辰恨不得把凳子拆开来检查，看里面是不是装了钉子或者鞭炮。

“……不必了，我还有事，很快就要走了。”最终，他还是没有勇气坐下，随手将礼盒放在凳子上，对天机笑道，“我这次过来，除了恭

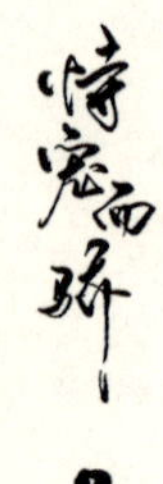

贺你们二位乔迁之喜，还有就是来谢你一句……你给我的消息很有用，帮了我大忙，呵呵呵……以后有类似的消息，你尽管送来给我，我不会亏待你。”

“好啊。”天机点了一下头，“对了，王渊之下场如何？”

温良辰顿时眼前一亮，正如天机所说，他是个耐不住寂寞的男人，坑死仇家的事情值得他大说特说。

“胆敢收留那个人的孩子，他的胆子也真够肥的。”温良辰颇得意地笑道，“我已经将这事告诉了他家主子，不管他收留的这个人是真是假，反正我就当她是真的！呵呵，王渊之现在已经被喊去问话了，结果怎样，我也不知。”

“简而言之，栽赃陷害，先下手为强。”天机淡淡道，“的确是你的风格。”

“明明是直言敢谏，尽忠职守。”温良辰笑着纠正道，表情戏谑，眼神却充满探究，“不过话又说回来，我原以为就算所有人都背叛了，至少还有你对那个人忠心耿耿。想不到啊，想不到……最后就连你都叛变了，拿着那份消息，跟我换了这座宅子。”

“我也是个有家的男人了。”面对他的试探，天机不为所动，淡淡道，“我总得对我的妻子，以及未来的孩子负责。”

天机无论表情还是言辞，都显得天衣无缝，完全就是一个金盆洗手、养家糊口的好男人。但温良辰压根儿不信他的鬼话，他盯了天机一会儿，然后目光一移，扫向他身后站着的少女……突然间觉得有点信了。

温良辰浪迹花丛，赏尽风月，阅遍美人，一眼就看出唐娇对天机是情根深种，难以自拔。一个女人爱到了这个地步，是愿意为一个男人做很多事的，比如素手做羹汤，比如旧衣密密缝，又比如为之生儿育女……

温良辰虽然对男人心狠手辣，但是对女孩子，尤其是美貌的女孩子却很是心慈手软，当下转过头来，重重拍了拍天机的肩膀，语重心长道：“好吧，我信了。这世上居然有个女孩子这般爱你，你就不要做让她伤心的事情了，好好养家，好好做人，酬劳翻倍，有情报记得给我。”

说完，他又按了按天机的肩膀，然后转身离开。

天机目送他离去，眼神极为复杂。

他有点不敢回头，有点怕直视唐娇的眼睛。

情深意重，有时候是好事，有时候是一种巨大的负担。

天机闭上眼睛，强令自己平静下来，不要去想感情的事，不要直面唐娇的感情，更不要直面自己内心的感情。

“大小姐，我们要做好准备了。”他重新睁开眼睛，目光平静冰冷，犹如刀锋剪下的月光。

唐娇站在他身后，为他的言辞感到喜悦，又为他的态度感到失落，勉强打起精神道：“我们要做什么？”

“如果有托孤者决定保护玉珠，那很好。”天机道，“那意味着我们有了一到两位强大盟友，这对我们的计划将有很大好处。”

“如果没有任何人出面保护她呢？”唐娇问。

“那我们就孤军奋战。”天机淡淡笑道，“那时候，你要把所有人都当成敌人，不能有丝毫的懈怠和妇人之仁，不要轻易相信任何人。”

“除了你？”唐娇侧头问道。

天机沉默俯视她，半晌才道：“……除了我。”

唐娇便伸手抱住他的胳膊，小鸟依人地靠在他肩膀上。

无论是她发间的香气、安静的笑容，或者四合院中的静谧，对天机而言都是难以抵抗的诱惑，他几乎要产生一个错觉，几乎要以为自己已经有了家人，有了一个家。

他将右手情不自禁地抬起，想要揽住她的肩膀，却又无声无息地放下，将拥她入怀的心思沉沉地压回心底。

牡丹、芍药在院子里静静绽放，鲤鱼在莲花缸内吐着泡泡，枣树上已经开始结果，厨房内残留着米盐酱醋的气息，阳光照进窗栏内，落在襁褓和小衣上，上面的细细金线描绘着吉祥云纹。

天机与唐娇相依相偎着，看着眼前的如画风景，成为画中之人。

哪怕只有此时，哪怕只有此刻，让他沉耽于这柴米油盐酱醋茶的生活吧。

山雨欲来风满楼，唐娇知道天机正在酝酿一个计划。

但他不说，她就不问，两个人相安无事，继续享受着眼下的平凡生活。

唐娇的适应力很好，这几天已经习惯了早上去买菜，顺便跟街坊邻居侃大山的生活。这北方人跟南方人就是不一样，南方人吹牛喜欢吹孩子，她过去的街坊就爱讨论儿子女儿，这个的女儿貌美如花嫁入豪门，那个的儿子才华出众被县太爷看中；而北方人吹牛喜欢吹祖上，这些天她买菜的路上，已经认识了三个王爷的姑嫂、六个侯爷的叔伯、九个将军的同袍……

一开始唐娇还有些受宠若惊，后来就见怪不怪了。

"二十文？"肉贩子一刀剁在砧板上，顿时血肉横飞，他抖着满脸横肉道，"这要是在十年前，老子还在镇远将军身边做事的时候，你敢拿这个数字侮辱我，老子一刀就砍死你……六十文，不二价。"

"那算了。"唐娇转身就走，"我还是去对面买吧，人家老张头也是将军的部下，他家的肉只卖二十文……"

"等等！"肉贩子速度极快地剁下三两肉给她，然后一脸正气道，"他是武威将军的旧部，跟我家将军可不对付！算了，二十文卖你，以后要买肉来我家，支持我就是支持镇远将军！"

"屠夫李，我全听见了！"对面摊子的老张头挥舞着屠刀。

两人又开始争吵不休，唐娇收好了肉走人，买齐了今天要吃的菜之后，她就跟邻居莫家娘子一同回家了。

跟她家不同，莫家娘子虽然也住四合院，但却是四五家人并在一块儿住的，平日里十分热闹，各家女眷闲来无事就坐在一起洗衣服唠嗑，都对唐娇挺好奇的，觉得他们夫妻能买下这么大一间四合院，要么是土豪，要么是王爷侯爷或者将军的亲戚，还得是两代内的亲戚，简称二代。

唐娇可扯不出什么皇亲国戚来，于是转移话题：“我刚来京城，人生地不熟的，都不知道哪里有好吃的、好玩的，莫娘子你给我说说吧。”

莫娘子很乐意说这些，当下给她提了几个地方，比如东街李字小店的驴打滚和炸酱面、彩云缎铺的衣裳裙子，等等，吃的、穿的、玩的说完之后，就开始说人：“你可知京城当中，最有权势的女人是谁？”

“皇后？”唐娇猜测道。

“是万贵妃。”莫娘子笑道，“说起来，万家当年跟咱们莫家还是邻居呢，她的事情我最清楚不过……”

唐娇就听了一路八卦，虽不知是真是假，但是这万贵妃的确算得上是权势熏天，原因只有一个——三千宠爱在一身，六宫粉黛无颜色，后宫嫔妃那么多，可今上偏偏宠爱她一个，若她倾国倾城倒还罢了，偏偏这位万贵妃并非什么了不得的美人，只不过是一个姿色普通的女子，而且已经不年轻了，刚刚过了三十岁的寿辰……这就让外人不由得感到好奇，她究竟凭什么独宠那么多年？

唐娇其实也挺好奇的，身为一名话本先生，她对一切奇闻轶事都感兴趣，与莫娘子分手之后，脑子里还在不停回想这件事，琢磨着是不是能以这位万贵妃为原型，写上一部话本来卖，家里入不敷出，能赚一点是一点……

她心不在焉地回到家中，耳边冷不丁响起一声怒吼。

“天机，你坑我？”

唐娇回过神来，抬眼看去，只见温良辰一拳砸在树上，摇下落叶无数，而天机提着一只扫把，对他视而不见，扫着地上的落叶。

出什么事了？唐娇有点不敢上前，看温良辰一副怒不可遏的样子，她怕自己贸然走过去，是给对方送人质。

但温良辰已经瞧见了她，当下抬手一指，冷笑道：“唐娇？”

他从来没问过她的名字，如今突然用这样的口气唤起，让唐娇怀疑自己欠了他钱，小心翼翼地问道：“有事？”

天机抬手按住他的手指，将他的手稳稳压下，声音平静冷淡：“对

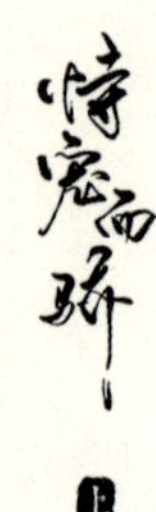

大小姐客气一点。”

“大小姐？”温良辰反应过来，“哈！原来如此，原来如此。我就知道，别人会背叛那个人，你是绝对不会背叛他的……”

“前几天不是还好好的吗？”唐娇决定劝架，倒不是怕温良辰气坏了身体，是怕他一怒之下，把宅子要回去，“今天怎么吵起来了？大家有话好好说啊。”

“我跟他还有什么话可说？”温良辰自嘲一声，“你也是，唐大小姐，你可真会演戏，居然把我都给蒙骗过去了，现在我可被你们两个害苦了。”

唐娇不明就里地看向天机。

“我只是将消息送到你手里，除此之外，我做了什么？说了什么？”天机淡淡道，“我什么都没有做，是你自己迫不及待地用这个消息去陷害王渊之。”

“但你给我的是假消息。”温良辰咬牙切齿道，“你对我说，王渊之收留了那个人的女儿……”

“呵呵，温侯，你已经是个成年人了。”天机缓缓笑道，“旁人给你吃的，你不验验有没有毒，就敢直接吃下肚？不错，我给你的的确是假消息，但只要你愿意的话，你是可以甄别出真假的，可你没有。消息是真的也好，消息是假的也无所谓，你只想趁着人还在王渊之手上，抓住机会对他栽赃陷害。”

温良辰听完这话，没有发怒，反而平静了下来，只是笑容颇有些无可奈何，摇着头道：“你还是跟以前一样，为达目的，不择手段。”

说完，他也不再多留，径自朝着门外走去，路过唐娇的时候，脚步一顿，侧首看着她，脸上似笑非笑，显得泪痣尤为动人：“大小姐，跟这种人在一起，你可得多加小心……别被他卖了，还帮他数钱。”

挑拨离间？唐娇不爽：“我一定记住今天，以免步你后尘。”

温良辰被噎住了，盯着唐娇好一会儿，才转头离开。

他一走，唐娇就转过身来，准备对天机严刑逼供……算了，打不赢，还是威逼利诱吧。

“玉珠已经全招了。”天机却已经自发地将事情真相说了个清楚，“非常遗憾，三名托孤者谁也没有帮助她的意思，毫不犹豫地将她舍弃了。眼见冒充你没有半点好处，反而要被人大卸八块，她很快就说出了真相……包括她的真实名字、真实出身、谁给她出的主意，最后，她还说出了你的事情。”

“那我现在是不是很危险？”唐娇忧心忡忡，“现在去少林寺报名学棍法，还来得及吗？”

“不必担心。”天机笑道，“你要是出事，温良辰也跑不掉，栽赃陷害的人是他，包庇我们的人是他，我们住的宅子还是他买的……为了自保，他一定会拼命掩饰你的存在，不让任何人发现你。”

“这样不好吧……”唐娇流汗，她终于明白温良辰为什么那么愤怒了，“这不是绑架吗？”

“绑架？嗯，这个词用得好。”天机拉了拉头上的兜帽，阴影覆盖脸颊，他的笑容一如既往地阴暗可怕，“托孤者已经不可靠了，我们需要拉些有用的人做帮手，温良辰是个很好的选择，但我直接找他帮忙，他一定不肯帮。现在不同了，他已经跟咱们绑在一起了，许多事情，他就算不想做，也必须得做。”

“我挺同情他的，但是仔细想想，如果不绑架他的话，我和你就有危险……只希望以后有机会能够补偿他。”唐娇叹了一声，“对了，你每天穿这么多，就不觉得热吗？现在可是七月了。”

天机拉兜帽的手顿了顿。

“……我的体质比较特殊，”话题转太快，天机沉默了一会儿，才重新接上话，“不容易出汗，体温也偏低。”

“冬暖夏凉啊？”唐娇眼前一亮，抓过他的手，将手背贴在自己脸上，皮肤接触的地方，果然一阵凉意，不由得幸福地眯起眼睛，“晚上可以一起睡吗？”

“不可以。”天机毫不犹豫地拒绝。

“我的意思是说，把咱们两个人的床搬到一起，这样我这边也能凉

得快一点。”唐娇解释道。

“孤男寡女怎能共处一室？不可以。”天机照样拒绝。

唐娇想了想：“只许州官放火，不许百姓点灯？你以前明明喜欢晚上不睡觉，整夜在床边盯着我，那时候你怎么不提不妥？”

“……”天机开始冥思苦想，试图为自己的行为找出一个合理的、上得了台面的解释……他有一个可怕的预感，如果他拿不出一个解释来，今天晚上唐娇就会把他的床打走。

第七章 美人话本始诞生

被绑上贼船之后，温良辰的苦日子就开始了。

玉珠的存在没有得到公开，但暗地里已经有人开始寻找唐娇的所在。

唐娇压根不知道自己的敌人有多可怕，天机知道，所以他要拉温良辰下水，温良辰也知道，所以他很想杀了唐娇，然后毁尸灭迹，以掩盖自己曾经接触过她的事实……但有杀人的行家陪着她，下毒、放冷箭就很难杀死她了，强攻或许能行，却会惊动很多人。

在无法杀死唐娇的情况下，温良辰只好保护她。

所以唐娇这几天买菜的时候，时常会有两三个人在她附近走动。

对门的浪荡子寻了个没人的时候，言语调戏了她几句，结果当天晚上喝花酒回来，就被两个人蒙住嘴，拖进巷子里，然后对之严刑逼供：“你是谁派来的？对方给了你多少钱？你有什么目的？”

次数多了，邻居越发怀疑唐娇在京城里有人……

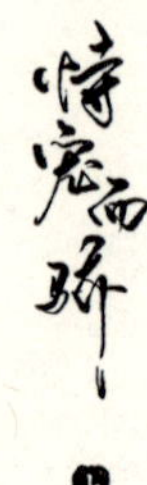

唐娇则觉得温良辰太过小题大做、草木皆兵，索性不出门了，买来些笔墨纸砚，在家准备写新话本。

“万贵妃？”天机靠在书架上，表情略有些惊诧，“你要写她？”

“是啊。”唐娇手持湖笔，蹙眉片刻，最后还是将笔搁回笔架上，“道听途说，终究难以下笔……”

天机垂眸，神色莫测，不知他在想什么。片刻之后，他抬眸道：“万贵妃，本名万楚楚，庆历三年生，今年三十二岁，五岁入宫，后被太监万亭收为义女，后万亭得罪司礼太监刘宝宝，父女二人都被拨到永春宫，伺候当时的三殿下，后三殿下弑君夺位，先封万楚楚为嫔，后又升其为贵妃……”

说完，他转眸望着唐娇：“还有什么想知道的吗？”

唐娇奇了：“你怎么知道得这样多？”

“大小姐，你忘了？”天机平静道，“主人就是京城人，我生在京城，长在京城，知道的自然比旁人多一些。”

隔壁的三姑六婆也是生在京城，长在京城，但知道的明显没他多。不过每个人身上都有秘密，唐娇也不会去太过深究，天机有时候的确有些神神秘秘的，但她相信他是不会害她的。

深深看了他一眼，唐娇道：“你是不是什么都知道？”

天机：“你问。”

唐娇挑了最感兴趣的一样问：“都说万贵妃长相一般般，可皇帝偏偏独宠她一个，你知道为什么吗？”

“问题不在她身上。”天机回答，“问题在于唐棣。”

“嗯？”唐娇洗耳恭听。

“唐棣的性格非常古怪。”天机淡淡道，“易怒，喜欢见血，八岁那年就将太子推下马，导致太子右腿残废，故被帝后所厌，将他软禁在永春宫，不许他离宫半步。宫人多是趋炎附势之徒，故唐棣幼年一直缺衣少食，过得很不如意，唯有万氏父女一直对他不离不弃，关爱照顾。”

“嗯，我的灵感涌出来了。”唐娇摸摸下巴，“你看我写个《病娇皇子俏宫女》怎样？”

“……”天机不发表意见。

“《我的夫君是暴君》《宫锁万贵妃》《步步成妃》？”唐娇一连吐了好几个名字，然后哈哈一笑道，“你别这副表情，名字虽俗，内容不俗啊！我打算写万贵妃和皇上患难见真情的故事。”

“患难见真情？也不见得。”天机终于开口，却是一副不以为然的态度，“人心难测，除了唐棣自己，恐怕谁也不知道他心里在想些什么。也许他在知恩图报，又也许只是疑心病犯了，害怕旁人要害自己，所以宁可将姿色不出众，但是头脑简单的万贵妃放在身边……”

“疑心病犯了的人是你吧……”唐娇摇摇头，“你把事情想得太复杂了。”

“是。”天机没有反驳的意思，立刻俯首认错，“抱歉，我妄言了。”

唐娇看着他，好一会儿没说话。

他究竟是故意的还是无意的，刚刚他字里行间，一直唤着当今圣上的本名，神态间看不见丝毫尊重。

他并非骄纵之人，却有这样的表现，难免让她深思。她猜想自己的生父也许是文坛清流，秉性颇为嫉恶如仇，重视理法，所以看不得弑君夺位之人，其态度影响到了身边的亲人以及属下。

又或者她的来头其实比她想象的还大，齐国历史悠久，世家力量强盛，有时候势头甚至能盖过皇权，故真正的世家大族，其族长跟国君几乎是平起平坐的。

“大小姐？”天机关切地看着她。

“……没什么。”唐娇在心里叹气，怎么她的疑心病也犯了，她抬头看着天机，忽然笑道，“今日阳光明媚，不要写字了，出去玩吧。”

说完，她拉着天机出了房门，让他在荷花缸边站好，然后道：“等着。”

唐娇回屋一趟，抱着宣纸笔墨而出，院子里放了一张下棋用的石桌，她将东西往上面一放，然后提笔对天机笑得狡黠：“站着别动，让

上

我描一幅丹青。”

天机果然没动，只是有些不大习惯。

唐娇迟迟不肯动笔，只拿一双亮晶晶的眼睛看着他，眼神妩媚得像黛笔一样，细细描绘着他的眉、他的眼、他的嘴唇。

天机情不自禁地将兜帽拉下来，遮住脸。

唐娇单手撑着脸，一言不发地对他微笑，眼神轻飘飘地落下，落在他的肩上、臂上、腰上……

天机突然咳嗽一声：“可以开始了吗？”

唐娇嘿嘿一声，低头作画，一边画，还一边啧啧道：“一笑销人魂，二笑勾人魄，三笑人间无颜色……哎呀，我的画技越发高超了，以后缺钱就把这画卖掉，咱们就能吃香的喝辣的，卤豆腐一次吃两块，骨头不熬汤专门拿去喂狗……”

一笑销魂，再笑勾魄……你画的是谁啊？

“其实我们不缺钱。”天机忽然道，“我还有些积蓄。”

“钱不嫌多。”唐娇笔如龙蛇，头也不抬道，“这衣服怎么这么难画，不画了，这裤子怎么这么难画，不画了，鞋子也挺难画的，算了不画了……”

“我的脸也挺难画的。”天机有些汗颜。

“放心吧，我最擅长画人脸了。”唐娇安慰道，“保证惟妙惟肖，拿去当通缉令贴，一天就能破案。”

“……”现在把脸蒙上还来得及吗？天机急忙出撒手锏，“咦？有什么东西煳了？哦，鸡丝粥……”

“怎么不早说！”唐娇立刻丢下笔，拼命朝厨房里跑去。

她一走，天机立刻以迅雷不及掩耳之势冲到桌子边，打算毁“尸”灭迹。

古铜色的手指拿起宣纸，他看着上面的图画，摇头笑了。

还好意思夸自己画技高超，纸上分明只有一只画工拙劣的猪头，旁边写了一行清秀小字：偷窥我者，罚吻三次。

“煳了，真煳了！”唐娇的哀号声从厨房里传来，“天机，勺子在哪儿？我要把没煳的那部分舀出来！”

“我马上过来。”天机迅速将纸折好，放进衣襟里，然后抬脚朝厨房走去。

事后唐娇怎么找，也找不着那张纸，问天机，他轻描淡写的一句：“风大，想必是被吹走了吧。”

“那你看了上面的字吗？”唐娇期待地问。

“没有。”天机表情不变。

唐娇颇为沮丧，有种好不容易搭了台，唱了戏，结果却是独角戏的郁闷感，心不在焉吃完饭，便化悲愤为动力，去写她的《病娇皇子俏宫女》去了。

连续数日足不出户，闭门造书，在邻居看来，这两人是过上了颠倒衣裳、没羞没臊的日子，但在温良辰看来，这俨然是暴风雨前的平静。

“山雨欲来风满楼啊。”温府之内，温良辰听完探子的回报，慢慢踱到床边，望着窗外的风雨低喃，“我不信他会安安静静地过日子，这里头肯定有阴谋……知道他们写的什么东西吗？”

“回侯爷，”探子单膝点地，回道，“似乎是有关万贵妃的故事。”

“万贵妃？”温良辰端着白玉烟枪，抽了一口，“说具体一些。”

“对方刚写完第一回。”探子回答，“写的是万贵妃刚刚当上宫女的旧事。”

吐出一口白烟，朦胧了温良辰俊美的面孔，他在窗前沉默思考片刻，头也不回道：“再探。”

探子点头，退了下去。

之后，第二回、第三回、第四回……经常是唐娇刚刚写完文，探子就偷偷潜入，将上头的内容强记下来，然后汇报给温良辰。但温良辰不满于听个大概，于是第五回开始，探子都是三人一组，一人放风，两人迅速抄录，以便将最新鲜最完整的内容呈现给温良辰。

倒不是因为他特别欣赏唐娇的文笔，也不是特别着迷于故事内容。温良辰这么做，归根结底还是疑心病重。

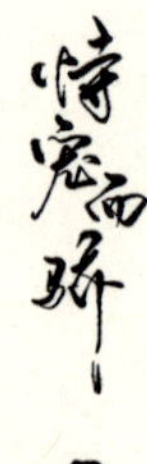

上

有道是一朝被蛇咬，十年怕井绳，他现在对天机充满忌惮。对方既然处心积虑地将他绑上贼船，就不可能轻易放过他，一定会将他利用得彻底。温良辰想要杀了他，以绝后患，但在杀了他之前，还当虚与委蛇，先搞清楚他究竟想做什么，有没有其他帮手。

千头万绪理不清，最后他决定从这部话本入手。

毕竟在他看来，天机此人是不会浪费时间，更不会去做毫无意义的事情的，既然他要弄出这部话本，那这部话本里一定藏有秘密。

温良辰开始研究话本。

自己研究不出来，就抓了众人一起研究。

第一天晚上。

文人墨客："回禀侯爷，我等已将全文通读一遍，并以回文、藏头等方式解读之，未果，接下来我们将再接再厉，从典故、通假字及方言角度入手，破解文中谜题的重任就交给我们文士吧。"

第二天晚上。

算术家："回禀侯爷，我等已测量了字与字之间的距离，并将同样偏旁、同样笔画的字体全部归类成库，已经初步找出蛛丝马迹，进度已经赶超那帮骚客，还请侯爷拭目以待，破解谜题的重任就靠我们精确的计算吧。"

第三天晚上。

风水大师："此地风水凶险，应兴建一座月湖，将这册子置于月湖中央，受天地灵气洗礼，九九八十一天之后，当中秘密自会显现……"

温良辰："来人把这骗子给我打出去。"

第四天、第五天、第六天……

半个月之后，大家全部瘦了一圈，看人都带重影，梦里都会咬牙切齿地喊着万贵妃的名字。

但最后，仍旧一无所获。

因为这部话本既没有用回文也没有用藏头，字与字之间的间距也不曾暗示什么，它就是一部《病娇皇子俏宫女》。

只不过最后在天机的反对之下，终是换了个名字，唤作《美人话本》。

话本写完之后，唐娇就开始找书局出版。

一开始找了家最好的书局，结果连老板的面都没见着，只有一个小伙计不耐烦地招待她，开口就问：“从前在京城出过书吗？销量上了一千册吗？加印过吗？有名人给你作序吗？什么都没有？哪儿凉快你去哪儿吧。”

唐娇灰头土脸地出了门，又试了另外几家有名气的书局，也是连连碰壁，无奈之下，只好造访几家小书局和黑书局，这次倒没人赶她走，让她蹲门口等，唐娇环顾四周，发现旁边还有七八个书生，有老有少，每个人手里都抱着一堆宣纸。

左边是个中年书生，唐娇探过头去，发现他宣纸的第一页写着：张三，庆历六年秀才，曾任顺侯府西席，出版过《论语注解》《百年乡试注解》《百年会试注解》《百年殿试注解》，等等。

唐娇差点哭了，您这资历还来小书局讨生活？别这样，给新人一点活路吧！

转头看右边，年轻书生手里的纸张质地一般，但一眼扫去，纸上密密麻麻：李四，已出版《红楼之梦》《橙楼之梦》《紫楼之梦》《黄楼之梦》《绿楼之梦》……

这都凑齐一套七彩之梦了！这是资历不够数量凑啊！

唐娇有些心灰意冷，京城真是卧虎藏龙，讨口饭吃不容易啊！她该怎么在这恶劣的竞争环境下杀出重围？

陆续有人被书局老板请进去，中年书生之后，就轮到唐娇。

书局老板是个笑容可掬的中年胖子，接过唐娇的话本看了一会儿，就开始赞不绝口，险些将她夸到天上去，唐娇却是越听心越凉。她做这行已久，晓得挑剔的店家，才是有心买货的店家，如眼前这书局老板般满口赞美的，却常常只是看客而已。

果然书局老板话锋一转，颇为遗憾道：“你这个话本写得很不错，但是不大符合我们书局的风格。你可以去其他地方试试，譬如枫华书斋，他们是专出才子佳人、风月故事的地方，可以称得上是风月话本界

的龙头老大，非常适合你。”

唐娇差点吐血。

枫华书局的确是最好的书局，也是她第一个拜访的书局，更是赶人赶得最快的书局，她连书局老板的面都见不着，怎么让人家看她的话本?

唐娇出了书局，心事重重地在路上走着，岂料迎面碰上个熟人。

“这不是唐大小姐吗？”温良辰从酒楼上走下来，显是刚刚酒足饭饱，对她懒怠笑道，“怎么一个人？”

“出门办点事。”唐娇随口答道。

“噢，接下来打算去哪儿？”温良辰也是随口一问，“需要我送你一程吗？”

唐娇本来想拒绝的，但突然眼前一亮，抬头对他笑道：“那就有劳温公子了，能送我去一趟枫华书局吗？”

温良辰愕然，多么厚的脸皮，多么会顺着竿子向上爬，他刚刚真的只是顺口一说，压根儿没打算跟这麻烦女人扯上关系，但话都已经说出口了，旁边还有认识自己的人在，怎好当着众人的面，当个言而无信的小人，只好强笑道：“那请吧。”

马车停在两人身旁，他们陆续上了车，车夫扬鞭，骏马拉着车子，稳稳朝枫华书局驶去。

温良辰在车内闭目养神，不给唐娇任何与自己攀谈的机会。

他怀疑唐娇是故意来酒楼门口堵他，接下来呢，又有什么阴谋在等着他?

结果他不说话，唐娇也不说话。眼看着枫华书局就快到了，温良辰忍不住睁开眼道：“唐大小姐，你今日找我，意欲何为？”

“只是碰巧遇到而已。”唐娇脸不红气不喘，看了眼车帘外的书局道，“多谢温公子相送。”

京城里的马车虽多，但温良辰的马车却很好认，尤其那两匹拉车的骏马，通身雪白，无一杂色，远远望去，犹如两堆白雪砌成白马的样子。

书局里的伙计笑容满面地迎了出来，但马车却不停留，放下唐娇之后，便自行离开了。

“您请，这边请。”这一次，伙计的态度有了天翻地覆的变化，亲自将唐娇领到了老板门前。

打开门的那一瞬间，唐娇就松了口气，知道事情成了一半。

书局老板搁下手里的狼毫，抬头对她微笑，身后挂着一块巨大牌匾，上面写着“宁静致远”，落款——温良辰。

有些事情，小人物做起来千难万难，而大人物只需要表一个态，出一个面，就能水到渠成。

唐娇走上前去，将手里写满字的纸放在他的桌子上。

“不好。”回去的路上，温良辰单手支着下巴，突然反应过来，有些苦恼有些无奈，“又被那对狗男女利用了。”

他冤枉了天机，唐娇虽然利用了他一把，但天机没有。

又或者说，对天机而言，现在还不到利用他的时候。

天色渐暗，太医令李溪川回到了家中，姣美动人的侍妾立刻迎了出来，为他除去官服帽子，手里的团扇对着他轻轻摇动：“老爷，瞧您热的，妾身这就让人打好洗澡水，您先沐浴一下，待会儿臣妾切几片冰西瓜来给您吃。”

李溪川也是热得受不了，立刻点头道：“好好，我先去洗掉这一身臭汗，再来听你唱小曲儿，吃西瓜。”

侍妾笑着拧了他一把，然后扭着腰走了。

家丁奴婢很快就准备好了浴桶，里面放满了清水，旁边放着一只铜脸盆，脸盆里有皂豆和香胰子，香气四溢，清美如兰。

侍婢伺候李溪川脱衣除鞋，然后扶着他坐进浴桶里，几双娇嫩的小手上上下下搓着他的身体，李溪川不由得眯起眼睛，享受起来。过了一会儿，他忽然皱起眉头，不悦道：“怎么停了？偷什么懒？”

“呵呵……”一个冷冽的笑声忽然响起，与此同时，同样冷冽的刀锋抵在了李溪川的喉咙上。

李溪川哆嗦了一下，缓缓睁开眼睛，待他看清眼前那人，眉毛嘴唇

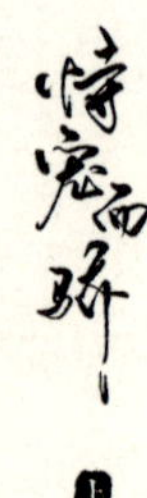

躯体便一块儿抖了起来："你……是你……怎么会是你？你不是已经死了吗？"

"李溪川，看起来你混得不错。"黑色兜帽遮去天机的容颜，他立在浴缸前，黑衣黑裤黑色披风，犹如一只合拢翅膀的黑色乌鸦，带着一种不祥的气息，令人感到入骨的畏惧，略略打量了一下四周，他淡淡道，"只是一个小小药童的你，居然混成了太医令，娶了世家出身的妻子，又纳了几个比你小十几二十几岁的侍妾，在京城里有七八处产业，过着富贵奢侈的日子……"

他转过头来，嘴唇缓缓向脸颊两边勾起，露出一个令李溪川感到心寒的笑容："能够爬到这一步，看来你是照着我的吩咐去做了。"

李溪川张大嘴，他很想否认，否认自己认识他，否认自己听了他的话，否认自己曾按照他的吩咐做事……

"你否认不了。"天机却似看穿了他的心思，平静而又冷酷地说，"你所拥有的一切都是我给的。我能让你上来，也能让你下去。"

李溪川闭上嘴，牙齿却在打战，老半天才开口道："你回来做什么？我……我给你钱，你想要多少，我都给。求你拿了钱以后，别再来找我。"

"我不需要钱。"天机平静道，"我只需要你替我做一件事。"

"大人，您就饶了小人吧！"李溪川快要哭了，"我知道您是干大事的人，我这样微不足道的小人物，实在是帮不上您的忙啊！太医我不当了，房子和铺子全都赠给您，只求您给小人留点路费，让小人带着妻儿告老还乡吧！"

面对他的苦苦哀求，天机完全不为所动。

"你既然得到了，就必须付出。"天机居高临下地俯视他，令人畏惧的面孔倒映在水面上，被一圈一圈涟漪所扭曲，"还是说在你看来，我是个蠢物，可以由你任意戏耍，而不必付出代价？"

李溪川连忙摇头。

"我再声明一遍。"天机用匕首划着他的脸颊，淡淡道，"我能让你上来，也能让你下去。你仔细想想吧，这些年来你造了多少孽，得罪了多少人，如果你从这个位置上下来，你觉得你还有活路吗？”

“这都是你吩咐我做的！”李溪川又害怕又愤怒。

“你可以选择不做的。”天机毫无怜悯，“但事实却是，你不但做了，还一直在做，借此换取更多的钱财、更多的女人和更多的权势……”

他笑了一声，犹如渡鸦俯视地上将死的猎物，残忍而又冷酷。

“你已得到一切。”他笑着说，“现在，到偿还一切的时候了。”

李溪川的眼神十分绝望。

过去，他还是个前途无“亮”的药童的时候，天机出现在他面前，给了他选择，他可以选择做与不做，前者代表飞黄腾达，后者代表一文不名。

现在，他已飞黄腾达，天机却再次来到他面前，给了他选择，他可以选择做与不做。前者意味着生，后者意味着死。

他又怎么舍得死？年纪越大越怕死，哪怕是苟延残喘，饮鸩止渴，他也想活着，于是李溪川低下头来，满脸疲惫地问道：“你要我做什么？”

天机满意地笑了。

他收起匕首，俯视他道：“别担心，我不会让你做超出你能力之外的事。”

李溪川听了，心中不由得生出一线希望，抬头看着他。

“若你乖乖照我的吩咐去做，你兴许可以再一次飞黄腾达，比现在更进一步。”自下而上，李溪川能够看见天机的眼睛，那一双总是藏在兜帽下面的渡鸦一样可怕的眼睛，他盯着李溪川，冷酷笑道，“这是一件小事……正适合你这样的小人物去做。”

深宫内院，李溪川跪在地上，双手托起一只药匣。

一名嬷嬷接过他手中的药匣，然后退到贵妃榻旁。

贵妃榻上歪着一名盛装妇人，穿着百花齐放大红宫装，飞仙髻上插着耀眼夺目的金色凤簪，一派雍容华贵，姿色却很普通，甚至可以算得上丑陋，其眼角嘴角已经生出细细皱纹，眉眼间更是含着一股戾气，看

人的时候，眼睛里像是有两把刀子，要夺眶而出，伤人性命。

第一眼看见她的人，很难相信眼前这中年妇人，会是宠冠后宫的万贵妃。

“崔嬷嬷，把药发下去。”她吩咐完，身旁那嬷嬷便捧着药匣退了出去，她又挥挥手，其他宫人也纷纷退了下去，顺手关上房门，留她与李溪川两人在屋内说话。

“娘娘可是有什么烦心事？”李溪川关切地问道。

“你起来，坐吧。”万贵妃单手支着脸颊，有些心不在焉道，“唉，这么多年了，皇上一个子嗣都没有，后宫死气沉沉的，有时候本宫会忍不住想，这些年来，本宫是不是做错了？”

李溪川心里冷笑，他伺候万贵妃很多年了，对她的了解已经深入骨髓，要是她真有悔意，就不会让他送避孕药过来，更不会让嬷嬷给宫里的得宠妃子人手一份送过去。

但这话说出来就是找死，于是李溪川连忙一副焦急的模样，劝道：“娘娘，既然已经走了这条路，就不能回头了啊，您不为自己想想，也要为小皇子想想，如果不是后宫那班妃子使手段，您又怎会没了小皇子？”

“……你说得不错。”万贵妃的脸色立刻阴沉下来，“我儿既然没福气继承王位，其他人也别想！那些贱人想生，本宫偏偏不让她们生，就让她们陪着本宫一起，在这宫里面老迈腐朽，最后无人送终！”

她当然可以这么说，也可以这么做，皇上独宠她，所以她做什么都行。后宫嫔妃也是冤枉，当年她的孩子是难产没的，此乃天意，并非人祸，但她硬要迁怒旁人，把气撒在别人头上，别人也不敢多说什么，只能受着、忍着、熬着。

而李溪川，则是她最大的帮凶。

他心里只有钱和权，没有丝毫医德，当年太医令石青山不肯开这缺德药，他肯开，他敢开，结果却被其他药童举报，院使令人毁了他的药，还要将他逐出太医院。万念俱灰之际，天机出现在他面前，给了他一只药匣，里面放着万贵妃想要的药，然后问他做还是不做，不做的话，他会选其他人去做。

这是他最后的机会，他又怎会让给别人？李溪川接过了药匣，从而有了今天的太医令李溪川，做了万贵妃的头号走狗，有了通身的荣华与富贵。

若说万贵妃没了退路，他比万贵妃还没有退路。

她荣则他荣，她损则他亡。

“娘娘，”李溪川跪地不起，一副欲言又止的模样，“微臣有一事，不知当说不当说……”

“什么事？”万贵妃问道。

李溪川略微犹豫了一下，他知道天机是在利用他，也知道自己若照着天机的吩咐去做，照着他的话去说，会掀起怎样的腥风血雨，可这跟他又有什么关系呢？

天机的眼光很准，早就看出自己是个自私自利的人，只要万贵妃能继续屹立不倒，只要他还能继续享受荣华富贵，其他人的死活与他何干？

于是李溪川不再犹豫，抬头看着万贵妃，满脸严肃道：“事关娘娘的地位与性命。”

万贵妃眉头一蹙，坐直了身子：“究竟什么事？你有话快说。”

“娘娘啊，”李溪川声色忧愁，“皇上并非无后，他还有一名子嗣流落在外啊。”

万贵妃脸色一白，忽地从贵妃榻上站了起来，厉声问道：“你说什么？”

李溪川又将话重复了一遍，万贵妃尚未听完便已两眼冒火，指甲抠进掌心内，脸颊上的肉微微抽动，冷冷道：“人在哪里？”

红酥手，黄滕酒，满城春色宫墙柳。

在万贵妃与李溪川杀机四伏的时候，唐娇与天机却在院子里美酒佳肴，以庆《美人话本》终于成功出版。

“可算是拿到钱了。”唐娇歪在竹席上，面色酣红，手里摇摇晃晃地举着一只酒杯，“京城米贵，出版一部话本，竟只够买三瓶女

儿红。”

天机抬手按住她的手腕：“大小姐，别喝了。”

“这都是你的错。”唐娇反手抱着天机的胳膊，七分醉意三分娇态道，“你为什么还不醉？你醉了我才好问你话，来，干了这杯酒。”

“……”天机就着她伸来的手，喝了她杯中酒，心道对不住了大小姐，经历过严格的训练之后，他既不会说梦话，也不会说醉话……

唐娇打了个酒嗝，半个身体缠在他手臂上，忽然咿咿呀呀地唱起黄梅戏来：“小娘子留步，在下西门娇，敢问小娘子家住何方？我看小娘子姿色出众，却穿得如此寒酸，实在心痛怜惜，不如从了我，与我回家做一对夫妻，生时共享荣华富贵，死后共眠温柔冢，不知小娘子意下如何啊？”

“……大小姐，你醉了。”天机有些汗颜。

“我没醉！”唐娇醒着就已经不好惹，醉了更加胡搅蛮缠，身体不停地往天机怀里蹭，扭来扭去，胡乱嚷嚷，“别喊我大小姐，喊我西门大官人！快，伺候老爷宽衣解带！”

“……以后别跟男人喝酒了。”天机叹了口气，将她打横抱起，走回屋内，放在床上。

唐娇的酒品虽然很烂，但有一点值得称道，无论浅醉深醉，她沾了枕头就能睡。在床上挣扎了两下，她便嘟嘟囔囔地把被子抱过来，乖乖把自己裹好，抱着枕头睡得不省人事。

别院深深夏席清，石榴开遍透帘明。

唐娇的呼吸渐渐变得缓慢悠长，窗外石榴花开得正盛，花红似火，绿叶如剪，将阳光剪成点点碎光，洒在唐娇裸露的锁骨上，以及露出袖外的一截皓腕上。

天机盯了她的锁骨许久，慢慢俯下身，嘴唇悬在她的锁骨上，将吻未吻，似啄未啄，终是偏过头，在她腕间亲了一下。

“……也别找我喝酒了。”天机直起身，有些低哑地说了一声，然后转身出门，到院子里收拾碗筷。

女儿红只喝了一瓶，剩下的两瓶尚未开封，天机摇摇头，把封口拆开，也不用杯子，直接将瓶口举到唇边，一口一口喝了起来，面色平静得犹如喝水一样，眼神自始至终没有改变过。

若是唐娇看到这一幕，或许这辈子都不会再找他拼酒了，因为会沉醉的人永远是她，而天机，永远不会醉，永远都是清醒的。

将最后一口酒喝完，天机放下瓶子，将之与碗筷一起收拾好，带到厨房内清洗，酒瓶子他没丢，放在灶台边上，心里知道唐娇不喜欢浪费，这瓶子也许会被她用来放醋、放米酒。

琐事做完之后，他才回房换了身衣服，然后出了门。

附近的枣树下坐着卖豆腐花的小贩，担子放在脚边，似乎正在乘凉，天机从他身边路过，停下脚步，平静道："回去告诉温良辰，我去李溪川家了。"

小贩愣在原地，直到他走远，才挑起担子，回温府汇报情况。

听了他的汇报之后，温良辰再次陷入猜忌的深渊不能自拔。

"李溪川是万贵妃的走狗，找他等于找万贵妃，天机究竟想做什么？"天气有些炎热，温良辰肩上披着一件紫袍，纳着祥云纹的襟口拉得很低，歪在凉亭里吹风，眼珠子转了转，思考着要不要把这件事告诉皇上……这念头刚刚一起，就被温良辰给掐灭了。万贵妃灭绝皇嗣，皇上都没拿她怎样，只让她闭门思过几日，便将这事轻描淡写地揭过去了。温良辰琢磨着，除非万贵妃要弑君，否则这个世上就再也没有任何事能扳倒她。

贸然跟万贵妃作对的下场，就是被这个疯女人给缠上，虽说身为如意侯的温良辰并不怕她，但他也不想成天被疯狗咬啊，更何况这条狗又老又凶又丑，若是换条漂亮的小狗，他说不定还能受着忍着逗着。

"侯爷，要不趁天机不在，把他的女主子抓起来？"幕僚见他犹豫不决，便提出一项建议道。

"你又能确定她是真主子？"温良辰端着白玉烟枪，吐着烟圈道，"他能拿个假货骗了王渊之，就不能拿个假货骗我？保不定真货根本就没露过面呢。"

"侯爷说得对。"幕僚觉得这话在理，满脸歉意道，"这事的确很

有可能，那我们便静观其变，以免步了王渊之的后尘。”

温良辰矜持地点点头，然后撩了撩微微卷曲的鬓发，泪痣分明，笑容迷人：“况且如我这般的风流佳公子，又怎会去为难年轻貌美的小姑娘，不妥，大大的不妥，实在是有损我的形象。”

幕僚：“……”

归根究底，温良辰他就是个男人，一个看脸办事的恶劣男人。

家大业大者，难免做事谨慎，但风起云涌，世事变迁，从不待人。

温良辰只需多看几天，好找出些端倪，寻出些线索才好。岂料数日之后，殿试开始，全国上下，青年才俊，共聚一堂，只待分个高低强弱，搏个前程似锦。

暮蟾宫便在此中之列。

与唐娇、天机分别之后，他的病已经好了大半，虽然看起来仍有些羸弱，但他皎皎如玉，神清气朗，虽身旁才子如云，俊杰汇聚如海，但他往当中一站，便如江海中生出一轮满月，可谓春江潮水连海平，海上明月共潮生，令人见之难忘。

领宫饼之后，他便与其他贡士一起，在殿后等待皇帝的到来。有些人紧张得冒汗，有些人开始交头接耳，暮蟾宫却在闭目养神，一副云淡风轻的模样，心里却并不平静，他对自己的要求非常高，旁人只要能顺利过关就好，而他心里却在不停念叨着第一、第一、第一、第一……

一声管弦丝竹声起，当今圣上——唐棣终于在万贵妃的搀扶之下出现。

那是个犹带病容的中年男子，姿容极为艳丽，恍若开到浓烈即将凋零的荼蘼，莫说男子，就连女子也少有他这样的美貌，但并不显得女气，眼神之阴鸷远胜屠夫，使他的美貌带上了一丝血腥味。

被他的艳色一压，身旁的万贵妃登时成了地里的泥巴，泛出一股土腥气，令人恨不得找个簸箕将她扫进去，然后找个墙角倒了。

一美一丑的两人走出殿门，俯瞰眼前文武百官与年轻贡士。

“皇上万岁万万岁。”众人齐齐跪拜。

“众卿平身。”威严的声音响起，一部分人跪着，还有一部分站了起来，却目瞪口呆地发现，刚刚说话的人不是唐棣，而是他肩膀上站着的那只虎皮鹦鹉。

“你们造反啊！”鹦鹉拍拍翅膀，“跪下跪下！”

刚刚站起来的人连忙又跪了回去，唐棣面无表情地看了鹦鹉一眼，然后以手抵唇咳嗽起来，饮了一口宫人送上来的润喉茶，这才淡淡道：“平身，散卷。”

众人颇有些意外，那鹦鹉的声音，与他竟有八分相似。

官员们却习以为常，不以为怪。礼部官员得令之后，开始散发题纸，纸张质地讲究，都是京城墨意坊出的上好宣纸，但贡士们跪接考卷之后，却通通傻了眼，翻来覆去地看了看，发现手里居然是白卷，考题去哪里了？

“今次不同往常。”唐棣用颜色极淡的眼珠扫视众人，道，“朕将亲自出题，你们速速将题目记下来。第一题：君要臣死，臣死还是不死？”

士子们心里咯噔一声，有些机灵些的立刻去打量几位内阁大臣的脸色。

原本考题就该由内阁拟定，现在突然换成皇帝口头拟定，其中必有猫腻，答死得罪朝臣，以后在官场上怎么混？答不死则直接得罪皇上，还能活着走出宫殿吗？他直接撕了卷子让你去死怎么办？难答，实在难答！

“第二题：”唐棣又道，“不战而屈人之兵，善之善者也。三百年前，吴灭越，又灭宋，未用一兵之力，便迫使越、宋投降。越乃弹丸小国，降之情有可原，宋乃泱泱大国，降之丧权辱国，国中难道无一男儿？若君为宋之大将，将如何守国？保江山社稷、国中妇孺？”

众人面面相觑，这一题好答也不好答。唐棣影射的应该是邻国楚，楚国近年来兵强马壮，对齐国屡有侵犯之意，朝臣为此分为两派，一派主张以和为贵，另一派主张给对方一点颜色看看，唐棣很显然是后者。

要赞成他很容易，要歌功颂德也不难，问题是这一题考的不是溜须拍马的本事，而是军事素养。在座的大部分是世家子弟，再不济也是

书香门第，总而言之大家都是手无缚鸡之力的书生，每天读书读得都快吐出血来了，谁知道怎么骑马、打仗、守城啊？大家讲究的都是以德服人啊！

还好唐棣没打算折磨死今年的考生，两题出完，他并不打算出第三题，刚要让众考生安心答题，身旁突然响起一个女人的声音。

“慢着。”

唐棣愣了愣，然后转头看着对方道：“爱妃，现在是殿试，你别胡闹。”

肩上的鹦鹉却一点面子也不给，张口就道：“头发长，见识短，吃那么多补品，营养都被头发吸收了？偶尔让点给脑子吧，别尽知道瞎胡闹。”

“臣妾没胡闹。”万贵妃无视那只该死的鹦鹉，对唐棣微笑，她的笑容很有特色，笑的时候只有一边嘴角往上翘，令那笑容带着一股淡淡恶意，颇似在嘲笑人，她扫了眼下面的贡士道，“臣妾只是觉得两题太少，想再给他们加上一题。”

还加？众士子不由得在心里破口大骂，问候万贵妃家里的直系亲属。

“你这还不是胡闹？”这样唐棣都没有发火，只是无奈。

“你逗我呢？”鹦鹉也跟着发火。

“下面都是从全国选拔上来的才子，多一题少一题，对他们来说算什么事？”万贵妃哼了一声，“皇上莫要只爱惜他们，就不爱惜臣妾了。”

“……好好好。”唐棣告饶，“你要出就出吧，但先说好，只许出一题。”

万贵妃得偿所愿，福了福身子：“谢陛下。”

她直起身，转头看着众士子，右边嘴角再次翘起：“经史子集之类的东西，想必你们都已经烂熟于心，本宫就不问了。本宫就说说你们身边的事，这几日京城里流行一部《美人话本》……”

听到这里，众士子顿时想死。

考生考试怕什么？不怕考题出得难，不怕考题出得怪，就怕超出范围！

说好的殿试只考时事政治、经史子集呢？

不知道大家都很忙很累、悬梁刺股、卧薪尝胆，有时候还要拿个小碗，一边读书一边往里面小口小口吐血的吗？娶老婆的时间都没有，谁还有空去看什么《美人话本》啊？

“话本当中的主人公乃是一名普通宫女。”万贵妃却似看不见大家痛苦的脸色，继续道，“虽无父无母，但所幸被一名忠厚老实的太监收为义女，悉心照顾着。之后，他们父女两人因为得罪了人，一同被拨去了冷宫，伺候当时失势的三皇子……”

众士子越听表情越诡异。尤其是几个土生土长的京城人士，只听了三句话，就知道她话里在说谁。

太监义女，伺候失势的三皇子，掩去了后面不光彩的部分，只说三皇子荣登大宝之后，他们父女鸡犬升天，一个成了掌印太监，一个成了贵妃娘娘……这俨然就是在说万贵妃自己。

唯一的区别就是，万贵妃还活着，而故事里的谈贵妃却死了。

“……皇帝退位，新君继位，令人处死谈贵妃。”万贵妃淡淡道，“太上皇与谈贵妃百般哀求，最后却还是被人以白绫绞死，对外宣称暴毙而亡，年仅三十岁。是罪有应得，还是新君失德，请诸位士子评上一评，论上一论，此题名为——贵妃之死！”

贵妃之死，当死不当死？

在场许多官员都被这道题给难住了，更遑论下面的士子。

士子们头疼、郁闷、抓狂，忍着吐血的冲动开始答题，越答越想吐血。

“跟朕过来！”唐棣的脸色也很不好看，他朝万贵妃冷哼一声，然后朝着殿后走去，万贵妃连忙跟在他后面，两人进了殿后的偏厅之后，宫人识趣地关上房门，唐棣当即一拳头砸在桌上，阴恻恻地转头看她，“你脑子清楚吗？知道自己在做什么吗？”

“要不要砍下来，给你换个聪明点的脑子？”鹦鹉扑棱着翅膀。

万贵妃被他吓得倒退一步，然后眼泪唰地流了下来。

“臣妾当然知道。”她一边流泪，一边面无表情道，“臣妾不但知道皇上已经有了个儿子，还知道皇上瞒着臣妾，让人偷偷把孩子养大了。现在臣妾老了，丑了，皇上嫌弃臣妾了，怕臣妾日后给那孩子找麻烦，所以偷偷让人修建陵墓，打算将臣妾给送进去了。”

唐棣吃了一惊，面色更加阴沉：“你这是听谁说的？”

“听谁说的不重要。”万贵妃静静地流泪，“重要的是，皇上是不是真这样做了。”

“……你太傻了。”唐棣叹了口气，伸手将她抱在怀里，“朕是皇帝，怎能没有后代？朕瞒着你将那孩子养大，还不是怕你执拗脾气上来，又把人弄死了？实话告诉你吧，朕打算过段时间，就把那孩子过继到你名下……”

万贵妃不等他说完，就伸手推开他，满脸憎怒地瞪着他，冷笑道：“多谢皇上的好意，可是臣妾不稀罕！又不是臣妾的亲生骨肉，臣妾凭什么要养他？想必他也不愿意养臣妾，因为他的亲生母亲正是死于臣妾之手！”

“糊涂！”唐棣大怒，“没个孩子傍身，待朕百年之后，你凭什么活下去？”

“无须百年。”万贵妃脸上闪过一丝疯狂之色，狰狞笑道，“臣妾现在就要他的命。”

唐棣愣了愣，死死盯了她一会儿，忽然大步流星朝外面走去，一边走，一边大声喊道：“来人！召御林军统领来见朕！”

“已经迟了！”万贵妃在他身后大笑道，“早就已经来不及了！”

在得到消息的那一天，她就已经命李溪川去通知她当顺义侯的哥哥，让他带人去绞杀那个贱种。

她有自知之明，知道这个世上，除了唐棣和已经病死的义父，再没有人会疼她爱她，无论她做错什么，都会原谅她。那个孩子或许乖巧柔顺，但在万贵妃看来，越是乖巧越是用心险恶，只待唐棣退位，对方顺利登上皇位，就会立刻命人杀了她，为亲生母亲复仇，一如《美人话本》中所写那般。

万贵妃不允许这样的事情发生。

哪怕唐棣无后，哪怕这个国家失去继承人，哪怕要拉上整个齐国陪葬，她也要一辈子风风光光，一人之下万人之上，不允许任何人来破坏她的幸福。

这一场殿试真是风波不断，殿试尚未结束，皇帝就先行离开。

不久之后，御林军整装待发，马蹄声急，扬鞭策马，大队人马冲出京城，朝着城郊的一处茶庄奔去。

那是一座幽静清雅的茶庄，四处都是绿葱葱的茶林，早间日头如火，十几个茶农戴着草帽，点缀在茶林之间，夜来雾起，淡淡如云烟般缭绕在茶林间，宛若仙境。

“每个人都以为自己是故事里的主角，实际上却不过是烘托主角的配角。”天机踏夜色而来，犹如送葬的渡鸦，望着眼前的老人，平静道，“你说是不是？”

青衣老人缓缓转过身来，露出一张刚毅耿直的脸。

倘若李溪川在此，一定会吓一跳。

因为眼前这老人不是别人，正是他当年的顶头上司，太医令石青山，只因不肯跟万贵妃同流合污，为她献上避孕药和堕胎药，故遭她百般折辱，又遭李溪川排挤为难，最后不得不提前告老还乡。

只是他怎会跟天机混在一起？

若这两人是一伙的，天机为何舍他不用，反要用李溪川这小人？

“一切都在大人掌握之中。”石青山微微一叹道，“李溪川恐怕永远也想不到，他那场富贵，其实是老夫送他的。”

十年前，天机头一个找上的人并非李溪川，而是石青山。

却不是让他成为万贵妃的走狗，而是请他推荐一个人。

“当年你向我推荐李溪川，不得不说，你的眼光十分毒辣。”天机的披风擦过颜色浓绿的茶叶，似乎也被染上了一丝绿意，他平静道，“自私、短视、贪婪、善妒，他是个非常好用的棋子，比我想象中还要好用。这些年来，他为了取悦万贵妃，像条疯狗似的朝嫔妃下手，竟使

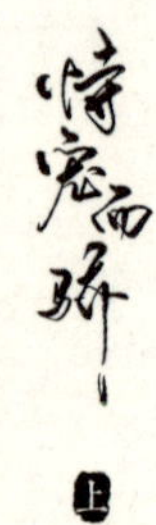

唐棣险些绝后……呵呵。”

“老夫却恨自己眼光太好。”石青山重重叹息，“他实在是太狠、太毒了。那么多条人命，他怎么下得了手？”

“他不下手，你我就得下手。”天机不以为然道，“我们应该谢谢他，他拯救了你的名声，也省了我很多工夫。”

石青山还是摇头。

他和天机虽是同党，但到底是不同的人，天机的身份暂且不提，但石青山是个大夫，医者仁心，他真的很见不得弱者受苦。

“好了，时候不早了，我得赶在天亮之前回去。”天机道，“人呢？处理好了没有？”

石青山沉默半晌，忽然一掀青袍，朝他跪了下去。

天机俯首看他，半晌，忽然拔剑抵着他的颈侧，声音淡冷：“人在哪儿？”

“老夫不会说。”石青山闭上眼睛。

“你知道自己在做什么吗？”天机盯着他，一字一句道，“你不惜丢了官职，不惜被李溪川那小人踩在脚底下，不惜被岳父家看不起，不惜跟妻子和离，你做这一切都是为了什么？”

“是为了夺得皇上的信任。”石青山苦笑道，“整个太医署，或者说整个皇宫，只有老夫肯跟万贵妃作对。他若是想托付侥幸生还的孩子，自然会头一个想起老夫，毕竟老夫是个大夫，有老夫在，不怕孩子生病夭折，更不用怕老夫贪图富贵，把孩子送去给万贵妃。”

“费了那么多工夫，终于得到了他的信任，把那条漏网之鱼给弄到手。”天机收剑入鞘，淡淡道，“百尺竿头，只差这最后一步，你若下不了手，我来。”

石青山又摇了摇头，他慢慢抬起手，看着自己的手指说：“……这孩子刚被送来的时候，只有这么大，跟只小猴子一样，看见他的人，都说他生着一副夭折相，定是养不大的。”

天机看着他，没说话。

“他会喝奶的时候，就开始喝老夫熬的药，转眼已经六年了，会读书会写字，还会抱着老夫的腿喊爷爷，求老夫念医书给他听，说等他长大以后，要跟老夫一样，当个悬壶济世的大夫。”石青山缓缓抬头看着天机，两只老迈的眼睛，早已热泪盈眶，“他又聪明，又孝顺，前些日子老夫偶感风寒，他小胳膊小腿的，亲自跑到药房里抓了药来，给老夫熬药喝，三服药下去，老夫就好了……老夫、老夫当时抱着他，不停地哭，不停地想，老天爷，老夫怎么下得去手？老夫怎能眼睁睁看着他死啊？”

他哭着哭着，一行鲜血忽然从嘴角滑落。天机猛然一惊，上前按住他的颈侧，面色微惊道：“你……”

“老夫……已将那孩子送走，您请放心，他一辈子都不会回京城，一辈子都只是个普通人，绝不会妨碍您的计划。”石青山吐着血，笑道，“屋子里有个七岁的男孩，是老夫从别人手里买来的，身患绝症，已经活不过这个晚上……加上老夫动的那些手脚，足够用来应付万贵妃派来的人马了……”

“够了。”天机打断他，“解药呢？”

“忠义难两全。”石青山又摇了摇头，笑道，“老夫对得起那孩子，却对不起你，更对不起主公……”

“你既知道对不起主公，那还不快把解药吃了？”天机道，“不过是个仇敌之子，你何必将自己的命搭进去？”

石青山豁然抬头看着他，眼神似怜悯又似嘲弄：“你会这么说……是因为你不懂什么叫作爱。”

说完，他头一垂，膝盖跪在地上，上半身朝天机趴下，苍老的额头重重磕在他面前，拿自己的一条性命，给他磕了人生当中最后一个响头。

天机在他面前站了很久，久到露水湿透了他的衣裳，久到马蹄声隐隐传来。

“我不懂吗？”天机转过身去，背对着他，低声喃喃道，“……我真希望自己不懂。”

他翻身骑上黑马，策马离开了茶林，身后的茶林传来喧哗吵闹的声

音，又渐渐离他远去。天机一言不发，星夜兼程地赶回了京城，那时天已经亮了，沿途的包子铺油条铺已经开张了，热气腾腾的包子和油条，一家老小坐在一块吃早点的场景，不知为何，叫他分外煎熬。

天机急匆匆地赶回家中，推开门时，唐娇已经醒了，正在院子里打水洗脸，转头见了天机，立刻柳眉倒竖，怒气腾腾地质问："昨天晚上去哪儿了？"

天机快步走到她面前，一言不发，将她搂进怀里。

唐娇吓了一跳，满腔怒气忽然化作东流，搂着他的腰，关切问道："你怎么了？出什么事了？"

天机抱了她好一会儿，埋首在她发间，忽然问道："在你眼里，我是个什么样的人？"

唐娇没想到他会问这样一个问题，仔细想了想，道："长得好看，声音好听，会做饭能看家，能扛大米还会修窗户……哎呀，这么一看，你简直完美无缺，我竟找不到你半分缺点。"

天机呵呵一笑，他松开唐娇，眉心的沉郁未能缓解，相反显得更加阴沉："不，我没你想象中的那么好……我身上有很多缺点，只是你没发现。"

"也没有那么多吧。"唐娇上下打量着天机，摸着下巴做深思状，"我看来看去，只能看到一个缺点。"

"是什么？"天机问道。

唐娇严肃地说："你唯一的缺点……就是不喜欢我。"

天机愣了愣，然后抬手捂着脸，无声微笑起来。

唐娇无法形容他现在的笑容，只觉得有些担心，伸手去摸他的脸，却被他反手握住手腕，没了往日的温柔，刚硬得像烧红的铁一样，深深嵌进她的肉里。

冷冽的眼眸眯成一线，嘴唇抿得笔直，他脸上已经没了笑意，兜帽在他脸上落下淡淡阴影，令他看起来颇为危险。

"不喜欢你？"天机缓缓将唐娇的手指拉到鼻翼前，犹如猛虎嗅蔷薇般，温热的呼吸喷吐在她的指尖，他低哑笑道，"……我不喜欢你，你才是安全的。”

说完，他松开手。

唐娇握着手腕，退后一步，手腕上留下道道红痕，传来阵阵痛楚。

“稍微和我保持一些距离吧，大小姐。”天机收敛起危险的气息，重又变得矜持冷静起来，毕恭毕敬道，“我去拿药。”

“不必了。”唐娇生出一股恼意，前几天还好好的，今天又怎么了？为什么拼命想把她推开？她冷笑一声，抬起手腕，放到唇边舔了一下，挑衅似的盯着天机，艳丽的面容被怒火烧红，乍一眼看去，竟有种活色生香的感觉，一点小舌扫过手腕上的红痕，又重新收回嘴里，她怒笑道，“我就喜欢这样子。”

天机眼神晦暗地盯着她许久，最终丢下一句：“你会后悔的。”

他与唐娇擦肩而过，唐娇转身看着他的背影，昂起头来，单手叉着腰道：“我要说不后悔，你是不是就不跑了？”

逃跑逃一半的天机一顿，继续往屋里逃。

“我熬了粥，你喝了再睡。”唐娇又在他背后喊道，“要不然，我就亲自去你房内喂你。”

天机都半只脚走进房门了，中途又转了回来，闷闷地朝厨房走去。

揭开锅盖，里面的白粥发出淡淡清香。天机草草舀了一碗，端起来喝了一口，滚烫的热粥下肚，天机不禁皱起眉头。

胃里心里，温度太高。他觉得自己就像一块被焐热的石头，热过头，就快要融化了。

但一块石头变成了水，他还有什么用处？天机将瓷碗放在灶旁，转身离开，碗里的粥起先还飘着热气，渐渐放得冰凉，天机希望自己能够跟这碗粥一样，重新冷却下来。

京城马蹄急，旗帜迎风开。

在他喝粥的同时，万贵妃派出的人马，以及唐棣派出的追兵，前前后后汇成一股，回了京城。有人灰头土脸，也有人忐忑不安，灰头土脸的是御林军，星夜兼程追上对方，却发现对方已经得逞，忐忑不安的是万贵妃派出的人马，他们奉命去杀一个老人和一个小孩，结果刚刚杀

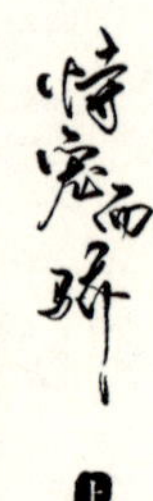

完，就被御林军给逮住，然后押解回京，等待他们的究竟是赏是罚，没人说得清。

唐棣在寝宫内听了消息，疲惫地合上眼，良久才道："你如愿以偿了？"

万贵妃站在旁边，眼底藏着些许局促不安，但仍梗着脖子道："陛下想怎么处罚臣妾？陵墓建好了没有？打算赐臣妾三尺白绫还是一杯毒酒？"

"你还是自己咬舌自尽吧。"鹦鹉站在唐棣肩上，偏着脑袋看她，"也好给国库节省点资源。"

"你闭嘴！"万贵妃对它已经忍无可忍，"皇上，把这只死鸟给臣妾吧，臣妾今晚想拿鹦鹉肉加餐！"

"来人啊！有刺客！"面对她的长指甲攻击，鹦鹉毫不犹豫地喊道。

它的声音跟唐棣几乎一样，门外立刻冲进来一队侍卫："保护皇上！"

"没事，都出去。"唐棣一挥手，斥退侍卫，然后转头看着万贵妃，艳丽的面孔因为怒火更显生动，其嗔怒之态竟与唐娇有五分相似，"那陵墓是给朕自己睡的，关你什么事？"

万贵妃愣了愣："皇上你说什么？"

"还要朕再重复一遍吗？"唐棣又重重咳嗽了一声，转过脸来，眼睛不知在看着谁，脸上绽放一丝冷笑道，"这个消息已经被封锁了，朕不知道你是从哪里听来的，但实话告诉你吧……朕最多只能活个两年。"

万贵妃慌了，就如同李溪川藤蔓般攀附着她生存，她也是唐棣身上的一根藤蔓，唐棣若倒下，她也得跟着死。她连忙扑倒在他身边，满脸忧色，一时间话都说不清楚："不，这不可能，皇上你骗我，臣妾不信……"

"你信也好，不信也好，朕的身子总归就是那样，已经好不了啦。"唐棣摸摸她的脸，这张旁人眼里又老又丑的脸，他起初也看不顺眼，但看的时间长了，处的时间久了，就渐渐忘了她的丑，只记得她的好，“朕知自己时日不多，所以才琢磨着要给你一个孩子，哪怕不是你亲生的，但只要他肯认你做娘，你就是未来的太后，旁人再嫌你再恨你，但至少不能杀你，可你……唉……”

万贵妃这时才明白他的良苦用心，心里又是愧疚又是害怕，抱着他哭道：“皇上，臣妾错了……”

唐棣被她倚着，眼睛里闪过一丝无奈与柔情。

身为君王，他本不该太过在乎一个人，更不该被感情所支配。因为有感情就意味着有弱点，有弱点就意味着可以被利用和击败。他知道，却做不到。

“别哭了，朕来想想办法。”他牵过万贵妃的手，轻轻拍了拍她的手背，眼神微沉道，“现在……只有一个办法能救你了。”

“救不了，就给朕加餐吧。”鹦鹉啄了啄他的脸，一副高傲的模样，“朕今晚想吃贵妃肉。”

第八章 美人后续生与死

折腾了好久的殿试终于告一段落。

放榜之日，最大的赢家不是状元，不是榜眼，也不是探花，而是《美人话本》。

“哈哈哈哈！”士子在街上放声大笑，“我中了！”

“哈哈哈哈！”唐娇在内心放声大笑，“我火了！这下我真的火了！钱、房子、成名，这些还是问题吗？宅子一间怎么够？必须买两间，一间住人，一间用来养狗！请十个护院？你能别这么逗吗？没有一百个护院，别人绑架我怎么办啊？”

唐娇志得意满地来到枫华书局，心道昨日你对我不屑一顾，今日你总该过来抱我大腿了吧？

书局老板双手一叉，坐在书桌后头对她笑。

无事献殷勤，非奸即盗。唐娇立刻警惕起来，斟酌言辞道：“左老板啊，你别看我个子小，其实饭量堪比江东大汉，早饭一笼包子根本不够，还得加半只羊！家里还有老老少少一大堆人等我养活，所以……您看这尾款是不是？”

“当然当然。”书局老板掏出二两银子递过去，笑容可掬道，“恭喜唐姑娘了，《美人话本》一鸣惊人，从此以后你在京城话本界也有一席之地了。”

“哪里哪里？”唐娇客套，“这都是左老板的抬举。”

“不知唐姑娘接下来有什么计划啊？”左老板道。

“趁着《美人话本》风头正盛，我打算写个续集。”唐娇开始大展宏图，“这续集的名字就叫作《美人之死》。”

“哦？”左老板道，“愿闻其详。”

“这书又可以叫作《贵妃的一百种死法》。”唐娇解释道，“紧扣今年的殿试考题，里面以调侃的语调、考据的内容，以及丰富的想象力，记录贵妃的一百种死法，比如被新君赐死，被后宫嫔妃毒死，身边的宫人被买通，然后趁夜将她勒死，再挂起来装成上吊自尽……”

“嗯，不错，这个故事很好。”左老板边听边点头，“你写完了吗？”

“还没，这就一个构想，您要是觉得不错，回头我就写出前面十回让你过过眼？”唐娇道。

“也行。”左老板矜持点头，“那你去吧，写完了再来找我。”

“好咧！谢左老板给我这个机会！”唐娇大喜过望，谢过他之后，便回去赶稿子。她手里已经存了前面五回的稿子，挑灯夜战，废寝忘食，只花三天就赶出了之后五回的稿子，然后踌躇满志地赶到枫华书局。

岂料，却遇到了令她意想不到的事情。

“抱歉。”左老板将她的稿子往桌上一放，“你这稿子是抄袭的。”

“你说什么？”唐娇愣了。

“京城有名的话本大家雪斋斋主昨天呈了个本子给我。”左老板坐

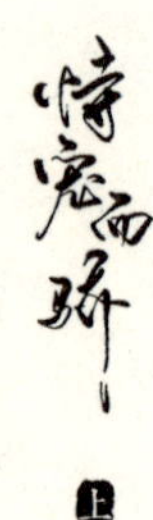

在书桌后头，用一柄小锉刀锉着指甲，漫不经心地回道，“本子名字也叫《美人之死》，里面的内容也都大同小异。”

“……左老板，做人要讲道理。”唐娇的脸色沉了下来，“我是信任你，才把自己的构想说给你听，你怎么能做出这种事来？”

“我做了什么？”左老板吹了吹指甲，“小姑娘，你说这构想是你的？你喊它一声，它能应你吗？”

见过抄袭的，但没见过抄得这么嚣张的，唐娇肺都气炸了，怒道：“你别以为全京城就你一家书局，你不出，我可以找别家出！”

“那你可得赶紧。”左老板笑了，颇为怜悯地瞅着她，“实不相瞒，雪斋斋主可不是一个人，而是师傅带着六个徒弟，这本子昨儿给我呈上来，今天估摸着就能写满十回了，要是加班加点地写，我估摸着一个月就能写完。你要是能赶在这之前倒还罢了，若在这之后，你说算谁抄谁？”

唐娇冷冷看他：“看来你是打定主意要抄袭到底了？”

“别说抄，多难听。”左老板嗤笑道，“这叫借鉴。”

“……我看我们也别修什么护城墙了，直接拿你脸皮贴墙上就行了。”唐娇怒笑道，“保证千军万马都穿不破你的厚脸皮啊！”

左老板一点儿也不生气，反而一副颇为得意的模样，拱拱手道：“客气客气，过奖过奖。”

“你会后悔的。”唐娇冷笑一声，跟他再没话说，摔门而去。

“哎，你这人怎么回事？给我把门带上啊！”左老板喊了一声，见唐娇头也不回地走了，摇摇头道，“没规矩的东西，乡下地方来的人就这素质……还站在门口干吗？还不快进来？”

一名清瘦书生站在门口，手里抱着一堆宣纸，探头探脑，似在犹豫进与不进，直到听了左老板的训斥，这才急急走进门来，将手里的宣纸双手呈过去：“师傅，后面十回的稿子写好了。”

“嗯。”左老板矜持地点点头，接过他手里的稿子，也不让他坐，就让他站在边上等着，自己从笔架上取了一只狼毫笔，开始边看边修。

唐娇初来乍到，她并不知道，那所谓的枫华书局的台柱雪斋斋主，其实就是左老板本人。此人在话本界内也算是个争议人物，早年靠着抄袭发家致富，后来开了书局当了老板，索性自己养了几个人，名义上是徒弟，实际上全是他的代笔，几个人一起经营着雪斋斋主这个名号，你写一点，我写一点，东抄一点，西抄一点，这些年来抄了不少人，也出了不少书，虽然难免有些声名狼藉，但是臭名也是名，渐渐就成了京城人眼里的话本大家。

左老板本人已经很久不写书了，只负责最后审一遍。他也很久没这么赤裸裸地抄袭了，这次实在是眼红唐娇的运气，写话本的人多，但一书成名者屈指可数，能够拿话本打进皇宫，成为殿试考题的，那更是蝎子拉屎——毒（独）一份。

谁知道她的好运气是不是能继续？

所以这部《美人之死》，值得他厚脸皮一把。

倒是身旁的小徒弟有些顾虑，他犹犹豫豫半天，终于还是问："师傅，这样不好吧？不是说那个唐娇的后台很硬吗？"

"硬个屁。"左老板嗤之以鼻，抬眼看他，"我前些天跟温府的大管家吃饭，旁敲侧击，问得清清楚楚，温侯新认识的几个红颜知己里，就没有一个叫唐娇的。"

"但那天她不是坐温侯的马车来的吗？"清瘦书生不解。

"温侯那等风流人物，身边总是不乏想要飞上枝头的麻雀。"左老板鄙夷一笑，"总之你放心，那只小麻雀是掀不起浪的……"

他话音未落，屋外便传来急促的脚步声，紧接着一名胖书生滚了进来："不好了，师傅！大事不好了！那个唐娇……"

左老板镇定自若道："她怎么了？"

胖子太胖，扶着膝盖喘了好一会儿，才接着说："师傅，她把《美人之死》的前面十回卖给正心书局的余老板了。"

"你说什么？"左老板直接从椅子上蹦了起来，咬牙切齿道，"她知不知道姓余的是什么人吗？那就是个开黑作坊、出盗版书、劣迹斑斑、抄袭成性的贱人啊！"

“她知道啊。”胖书生缩了缩肩膀道，“她还特地让我给您带句话……”

“什么话？”左老板见胖子有些犹豫，呵斥道，“说！”

“贱人自有贱人磨。”胖书生模仿唐娇的嘴脸，居然还模仿得惟妙惟肖，“写书的怕抄袭，抄袭的怕盗版，盗版的才是光脚的，什么都不怕。姓左的，傻眼了吧，哈哈！”

左老板肺气炸，把稿子往地上一摔，对天怒吼：“小贱人，你欺人太甚！”

回家路上，唐娇抛玩着手里的一串铜板，冷笑连连：“我不好过，你也别想好过！”

但骂完之后，她又开始心疼，一枚一枚数完掌心的铜板，她哭丧着脸道：“贱人！三十文钱买我一个构想加前十回，我纸墨钱都没赚回来！”

杀敌一千，自损八百，身心受挫的唐娇拖着沉重的步伐，推开四合院的大门。

废寝忘食好几天，得到这个结局，她气得饭都不想吃了，直接回房睡觉。

睡到一半，被人推醒，转身一看，天色已暗了，天机站在床边，一只手还按在她肩上，平静道：“起床，吃面。”

唐娇正梦到自己名震四海，腰缠万贯，脚踩枫华书局，拳打左老板，猛然间被天机摇醒，脑子还有些不清醒，随手掏钱丢过去：“吃什么面？去三味楼买桌山海全席回来，不用找了。”

天机抬手接住那一串铜板，低头看了一眼，然后面无表情地抬头看她。

唐娇这时候也清醒了过来，她瞪大眼睛看着天机，脸慢慢红了起来，急忙从他手里夺回铜板，一边塞进怀里一边下床找鞋子，嘴里嚷嚷道：“面在哪儿？我最爱吃面了。”

“三十文？”天机腰背笔挺，站在原地不动，目光却落在她身上，淡淡问道，“这是枫华书局给你的书酬？”

唐娇的脸烧得更红了，没好气道："不是，路上捡的。"

"哦……"天机意味深长地哦了一声，"面在桌上，趁热吃吧。"

说完，他竟转身走了。

唐娇看着他的背影，心里委屈得不行，嗫嚅半晌，最后还是没有喊出声，一屁股坐在椅子上，拿起筷子，挑起两根面条，还没吃进嘴里，就先哭了出来，眼泪滴在面汤里，荡开几圈涟漪。

"哭什么呢？"平板无波的声音却再度在她身后响起。

唐娇连忙用袖子擦了把脸，执拗道："辣椒放多了。"

"这是碗素面。"一本青皮册子递到她身旁，"拿去，卖给枫华书局的老板。"

唐娇抬头看了他一眼，然后放下筷子，接过那青皮册子。

册子上面，字迹苍劲，写着一个书名——美人之生。

想死很容易，想活却很难。

如果说唐娇写的是《贵妃的一百种死法》，那么天机写的就是《贵妃的一百种求生方法》。

排在第一的方法，就是买通皇帝的身边人，将侥幸生还的皇子给揪出来，然后连夜派人过去，将对方扼杀在摇篮里，不给对方登基的机会，如此对方自然也不会有秋后算账的机会。

第二步、第三步，则是怎么处置蠢蠢欲动的嫔妃，以及分辨身边的奸细，从第四步开始，就是大篇幅地针对皇上了……

姑且不论对与不对，与唐娇相比，天机的方法更加干净有效，他甚至将步骤都给一步一步罗列了出来，包括如何收买，派遣什么人，以及事后如何求得皇帝原谅，都一并写得清清楚楚。

在旁人看来，复杂的事情被分解到这一步，已经成了一件极为容易的事情，贵妃只需要照着上头的步骤，一步一步走下去，就能够成功。

"贵妃的一百种求生方法……"唐娇看到一半，忽然转头看向天机，不知道该羡慕他还是嫉妒他，"明知道是假的，但却被你写得像真的一样……你真不考虑跟我搭档，一起在话本界争个位置？"

天机笑着摇摇头。

“给枫华书局太可惜了。”唐娇抚摸手里的青皮册子，神态犹如抚摸一锭金元宝似的，颇为喜爱不舍，“左老板人品太差，保不定会将这文抄了去。”

“让他抄。”天机平静道。

唐娇吃惊地看向他，见他不像是开玩笑的样子，低头看看册子又看看他，皱起眉头问：“为什么？”

“人总要为自己的选择付出代价。”天机声音缓慢低沉，笑容里藏着一丝令人难以察觉的恶意，“我只是想让他知道，不是每次抄袭，都能给他带来利益和声望。”

唐娇心中一动，忽然间想起了《三更话本》。

想起《三更话本》给她带来的跌宕人生，她忍不住心口发热，一颗心在里头怦怦直跳，刚要开口，却似想起什么，最后恼怒道：“可我刚跟姓左的闹翻，我怕我现在连大门还没进去，就会被他们拿扫帚赶出来。”

“怎么了？”天机俯视她。

唐娇只得将自己被人坑了，然后一怒之下自损八百反击之的事情说了出来，越说脸越红，生怕天机骂她嘲笑她。

但天机只是静静听着，听到最后，忽然问道：“想吃山海全席吗？”

话题跳太快，唐娇愣道：“啊？”

“面已经凉了。”天机瞥了一眼桌子上的青瓷碗，里面的面条已经没了多少热气，“你不是想吃山海全席吗？我去给你买吧。”

唐娇眼一红，觉得一阵窝心。

做错事不用受罚，做傻事不会挨骂，他又不是他爹，为什么总对她这么好？

天机看她一脸感动，却皱起眉头，心里不停地骂着自己：“该死的习惯，该死的习惯，该死的习惯。”

过度宠溺可不是好习惯，既然不打算跟对方再纠缠下去，就该对她稍微冷淡一点。

“算了，你还是吃面吧。”天机道，现在补救不知道还来不来得及。

唐娇点点头，一只手端起面碗，另一只手拿起筷子，低头道：“你做的？”

说完，她低头喝了口汤，嘴唇上一层汤汁，抬头对他笑道：“味道很好，我很喜欢。”

天机将桌上的册子收回怀中，拔腿逃跑：“枫华书局那儿你不适合去了，我走一趟吧。”

“早点回来啊。”唐娇在背后喊了一声。

天机“嗯”了一声，走出屋子，屋外天色已暗，行人渐少，或者行色匆匆，或者面容疲惫，都在往家的方向赶。

想必左老板也是一样，于是天机脚步一转，没去枫华书局，直接去了左老板家。左老板住一座大宅子，除了妻儿奴仆，几个徒弟也都住在这里，给天机开门的是他的二徒弟，胖乎乎的书生。

觉得眼前男子眼生，胖书生半掩着门，狐疑地打量他：“你找谁？”

“我找左老板。”天机从怀中取出青皮册子，朝他递过去，“新写了一部话本，想请左老板指点一二。”

“你也不看看什么时候了。”胖书生不耐烦道，“这吃饭的时候呢，你想找人指点，选个别的时间行吗？”

眼看着他就要把门关上，天机静静地看着他，冷不丁吐出一句：“《美人之死》。”

胖书生身子一抖，那门终究没有掩上，他警惕地看着天机，天机仍旧平静地看着他，淡淡道：“《美人话本》风头正盛，若扣着今年的殿试考题，可写一部《美人之死》，记录贵妃的一百种死法，比如被新君赐死，被后宫嫔妃毒死……”

胖书生忍不住脱口而出：“你这是抄袭！”

岂料天机话锋一转道：“旁人多会想到美人之死，我却另辟蹊径，

写了一部《美人之生》，里面写的是贵妃的一百种求生方法。”

胖书生愣了愣，这才注意到他手中的青皮册子，上面那四个字，可不就是“美人之生”吗？

师傅现在被那部《美人之死》折磨得头疼，抄之怕同行，不抄又觉可惜，恼怒之余，就拿他们几个徒弟出气，胖书生也是被他骂烦了，故而看见这《美人之生》，不由得有些心动，犹豫片刻，终于伸出胖手道：“拿来看看。”

天机将册子递了过去，胖书生翻开册子看了几眼，又偷偷打量了他几眼，重又低头翻书，一边翻书，一边漫不经心地探底：“兄弟，听你的口音，是外地人吧？”

天机会说好几种语言，官话尤为地道，但这一次他操着口音很重的方言，淡淡道：“是啊，来京城做生意。”

“哦，做什么生意啊？”胖书生又问道。

“卖布的。”天机道，“生意不大好，东西都囤在仓库里。心烦得很，想写本书换钱，好补贴补贴家用。”

卖布的，难怪身上衣服的料子不错。胖书生收了书，颇有些傲慢道：“行了，你回去吧，我把书拿去给我师傅看看，回头有消息再找你。”

说完，他既没有问天机的名字，也没有问天机的住址，就这么砰的一声关上门。

门前挂着两盏灯笼，摇摇曳曳，照得天机的笑容晦暗不定。

他的兜帽自始至终没有放下来，面孔藏在夜色和阴影之下，还用了平时不用的方言说话，保证胖书生下次见了他，也认不出他。

“路是自己选的，后果自己承担。”天机低声道，将头上的兜帽拉得更低，转身离开此地。

一个月之后，枫华书局出了两本书，一名《美人之死》，一名《美人之生》，打着《美人话本》续集的名头，在京城里掀起又一股热潮，一时之间茶楼里响木敲响，说书先生皆谈美人生死。

不久传入宫中，嫔妃宫女闲暇之余，也会拿来看看，只是多看《美人之死》，《美人之生》却少人问津……谁想看万贵妃活啊？只想看她死了又死！

御花园内，唐棣与万贵妃并肩走着，身旁桂花开得甚好，十里成林，熏人欲醉，时有金黄几瓣吹落在两人发间身上。

"近日那两部美人话本盛行一时，爱妃听了，不觉得生气？"唐棣忽问道。

万贵妃嘴角往上一扯："皇上以为臣妾是那么小肚鸡肠的人吗？臣妾肚量大着呢，怎会跟一班下九流的说书先生置气，平白辱了臣妾的身份。"

"呵呵。"唐棣肩上的鹦鹉又贱笑，"明明就想把所有人都砍死，还要装大肚婆。"

"是肚量大，不是大肚婆。"万贵妃嘴角又扯了扯，"皇上，臣妾的生辰快到了，您能将这只鸟送给臣妾吗？"

这一人一鸟永远在吵架，唐棣永远在打着圆场："好了好了，多大的人了，还跟一只鸟置气。"

"是，皇上。"万贵妃愤愤不平，却也只能恭顺地低下头。

自打幸存的那位皇子被杀之后，她似乎终于知道自己错了，脾气柔顺了许多，也终于听得进劝了，唐棣眼神复杂地看着她，分不清这件事到底算幸事还是憾事。

两人一同走进养心殿，殿内站着三名男子，唐棣前脚刚刚踏进去，三人便转过身来，温良辰桃花眼微挑，笑得浪荡恣意："皇上，您可算是来了，微臣已经饿得前胸贴后背了，求您可怜可怜微臣，赏口肉吃吧。"

"你这猴儿，又在贫嘴。"唐棣笑道，"来人，传膳。"

"参见皇上，参见娘娘。"另外两名男子则严谨得多，一个是暮蟾宫，一个是与他有六分相似的青年，两人皆着白衣，气质却全然不同，一个犹如满月清辉，一个犹如雪山天池。

"你们两位状元也坐吧。"唐棣瞅着暮蟾宫笑道，"暮蟾宫，做事可以学你表哥，做人可千万别学他，你看看他，一个表情都用了五

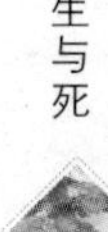

年了。”

三年前的状元郎，宰相嫡孙王渊之神色平静，垂眸不语，与温良辰的艳丽多情正好相反，他不苟言笑，寡言少语，犹如高岭之花般，令人难以接近。

温良辰与王渊之一热一冷，一个是如意侯，一个是大理寺少卿，都是唐棣的宠臣，但彼此之间的关系并不友好，相反，一有机会就要给对方使绊子，几乎是唐棣话音刚落，温良辰便接上道：“我还以为王少卿只是不给我面子，原来你连陛下的面子都不给？这不大好吧，来，快笑一个给我们瞧瞧。”

王渊之瞥了他一眼，眼神如看秽物，面对其挑衅，只淡淡回了一个字：“呵。”

“你们够了。”唐棣心累，他给万贵妃和鹦鹉打圆场，还要给他们两个打圆场，这还有完没完了？他立刻呵斥道：“吃个饭而已，你们都能吵得起来？给朕消停些！”

见唐棣今日心情不大好，两人只好暂时偃旗息鼓。不久，十几个穿戴齐整的小太监或捧朱红漆盒，或抬膳桌，川流而入，在东暖阁摆好膳食，总共六十四道菜摆上桌，一眼几乎望不见尽头。

五人落座之后，传膳太监便过来尝膳，每样菜吃了一筷子，确定无毒之后，才请唐棣动筷。席间温良辰说了好几个笑话，总算让唐棣重新露出笑容，连万贵妃也被他给逗乐了，以袖掩面，笑得花枝乱颤，只是鹦鹉见不得她好，她一笑，它就拍着翅膀道：“你门牙上粘了根韭菜。”

这一顿饭吃得还算舒心，唐棣用完膳，竟觉得自己又笑饿了，便从果盘里拿了个橘子出来，剥开之后刚要往嘴里送，突然顿了顿，递了半个给身旁的传膳太监，太监连忙双手接过，撕了一片送进嘴里。

莫怪他多疑，靠着弑兄上位的唐棣，天生就比旁人要多个心眼，否则他也活不到今天。见传膳太监将橘子咀嚼吞咽，唐棣收回目光，将手里的橘子递到嘴里。

席上一直保持沉默的暮蟾宫忽然开口：“且慢！”

唐棣手一顿，皱眉看他。

温良辰和王渊之是他的宠臣，但暮蟾宫还不是，唐突的举动会让他觉得年轻人太过轻浮。

暮蟾宫虽然一直没说话，但并不是在发呆，而是在仔细观察席间众人，包括随侍一旁的传膳太监，所以在场所有人里，他是第一个发现对方情况不对的。

顺着他的目光看去，唐棣也发现了不对劲：“你怎么回事？”

传膳太监张开嘴，却说不出话来，笔直地朝左边倒下，倒地之时，眼角鼻孔里都沁出血来，身体不停抽搐着。

“啊！”万贵妃发出一声惨叫，钻进唐棣怀中不敢再看。

温良辰、王渊之、暮蟾宫三人则冲上来，将唐棣护卫在身后。

“来人！快来人护驾！”温良辰大声喊道。

大批侍卫冲了进来，王渊之和暮蟾宫对视一眼，一同走到传膳太监身边。

王渊之喜洁，厌恶接触秽物死物，负手而立，居高临下道：“死了？”

“嗯。”暮蟾宫倒是没那么多讲究，蹲在传膳太监身旁，伸手按了按他的脖子，又翻了翻他的眼皮，最后捡起地上的橘子，皱眉凝思。

“皇上，”暮蟾宫转头看向唐棣，神情严肃道，“橘子里有毒。”

这次的下毒事件，引发了一场动乱，御膳房内的厨子，送菜的太监，以及负责采购时令水果的宫人，有可能碰过橘子的宫女，都被抓起来问话。

惊魂未定的万贵妃已经被送回寝宫，死了人的养心殿自不能再待，唐棣摆驾太极殿，却再也无心处理政事，只是负手站在窗户边，脸色阴沉得可怕，犹如蓄足了雷光的乌云，即将降下狂风骤雨。

“陛下，”暮蟾宫随侍一旁，忽然开口道，“微臣认为，您少抓了一批人。”

“你指谁？”唐棣头也不回地问道。

“太医。”暮蟾宫面色温和，却是语不惊人死不休。

“哦？”唐棣这一次倒没怪他言语唐突，他转过身来，眯起双眼盯着他瞧，“何出此言？”

“微臣的父亲是平安县县令，两年前，平安县审了一个案子。”暮蟾宫镇定自若道，“一名女子毒杀丈夫前妻之子，因害怕购买砒霜被人发现，就抓了一条毒蛇，将蛇牙按在橘子上面，弄了个毒橘子给孩子吃。因毒量太浅，孩子侥幸未死，她便抓了好几条毒蛇，存了一碗毒液泡橘子，只是没等动手，就被夫家发现。”

“那跟朕的太医有什么关系？”唐棣嗤笑一声，“这山野村妇是个蠢货，朕的太医难道也是蠢货？”

“正因为他们不愚蠢，所以才更可怕。”暮蟾宫道，“橘子泡一天就会烂，那么在这短短一天内，用什么药物来泡它，泡多久，以及如何祛除药物的异味，使它变成一个无色无味，却充满剧毒的橘子，只怕一般人既想不到，也做不到。”

“你的理由就是这些？”唐棣面无表情地问道。

“这些都是微臣的猜测。”暮蟾宫并不托大，但也不畏首畏尾，他恭恭敬敬地站在一旁，毫不藏私地将心中想法尽数道来，“还有一个理由就是……微臣觉得禁宫之中，无论谁想下毒，最好先找一个太医当帮手，因为他们能弄到药，也能把药变成毒。”

唐棣盯了他好一会儿，才慢慢走到他身边，一只手拍在他的肩膀上，慢吞吞地说：“朕希望你的猜测是对的，否则，你这下就算是得罪全部太医了。”

“太医是很可怕的。”肩上的鹦鹉也帮腔，“他们一服药下去，你死了，都是正常死亡。”

此鸟嘴贱至此，暮蟾宫和唐棣一起愣了。

这之后，被大理寺带去问话的人又多了一批，正是宫里太医。

四处哀鸿遍野，喊着冤屈，一辆马车却离了宫里，驶进永安胡同，停在一间四合院门前。

秋风萧瑟，水缸内的荷花已经残了，唐娇站在荷花缸边，掰碎了手里的点心撒进去，看里面的鲤鱼嘴巴张张合合地进食，喂到一半，忽然举起手里的点心问：“你也想吃吗？”

天机一直抱剑看着她，虽然不喜欢吃这么甜腻的东西，但还是默默走过来，低头咬了口点心。

忽然传来急促脚步声，他们连忙分开，便看见温良辰快步走进院子，眼睛一寻到天机，立刻拿手里的烟枪指着他，笑道：“天机，你做的好事。”

天机面无表情地看他：“嗯？”

“你装什么傻？”温良辰走来，笑着搭着他的肩，眼睛里没半点笑意，“这里没别人，你跟我说实话，给皇上下毒的人是不是你？”

“不懂你在说什么。”天机淡淡道。

“装，你尽管装。”温良辰哈哈笑道，“你不说我也猜得到，放眼整个京城，有那动机，也有那能力给皇上下毒的，就只有你天机一个人了！”

“温公子，你在说什么啊？”唐娇看得迷茫，“什么给皇上下毒？皇上驾崩了？你可别乱说，这事跟我们没关系，我们就俩普通老百姓，弑君还不如去邻居家偷菜，至少偷来的菜能立刻下锅，弑君对我们有什么好处啊？”

温良辰转头盯着她：“不，对你有好处。”

他说得如此笃定，反叫唐娇愣住说不出话来，心想大家多大仇，你要下这样的毒手，拿这事来栽赃？

却见他斜睨天机，手里的白玉烟枪指向她，慢条斯理道：“该不会到这个时候，你还没告诉她，她究竟是谁吧？”

天机沉默着，一言不发。

“皇上没子嗣，若是他出事，谁得的好处最多？”温良辰一字一句问道，“你说呢？前锦衣卫指挥使——天机。”

无边落木萧萧下，枯叶吹过三人的头顶。

唐娇看看温良辰，又看看天机，有些犹豫道：“你们……是不是觉

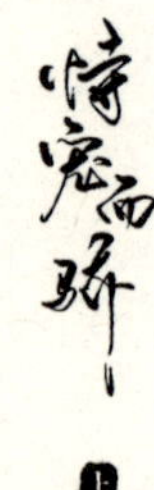

得日子太无聊，合起来耍我玩？”

一会儿皇上，一会儿锦衣卫指挥使，让她这个小老百姓觉得既陌生又别扭，觉得自己似乎走错了地方。

“他没耍你。”天机却开口道，他转身看着她，看惯生死的眼睛，表情极少的面孔，让人根本弄不清他是在说真话，还是在开玩笑，“如果唐棣死了，那么能得到最大好处的人就是你，公主殿下。”

唐娇“呵呵”一声，耸耸肩道：“我现在确定了，你是在开玩笑。”

“你的父亲是荣庆帝，唐棣的哥哥。”天机没有笑，他自顾自地说，“唐棣弑兄夺位，之后为了斩草除根，毒死了你所有的兄弟姐妹，只有你提前被女官周明月抱走，对外报了个失踪。”

唐娇有些不安地搓了搓手，试图打断他：“你骗我，一个女官怎么可能偷走公主？她图什么？不要命了？”

“并非每个人都是逐利之徒。”天机回答，“你那时候年纪小，可能记不得了，但周明月是史官之女，性子高洁耿直，对皇上十分忠诚，而且她还是你母亲的手帕交，答应要照顾你，就会一辈子照顾你，所以你那么多兄弟姐妹，只有你还活着，因为只有她肯拼尽一切带着你逃出宫。”

唐娇咬着嘴唇，低下头。

或许是因为年纪小吧，所以她记不得自己生父和生母的脸，记忆深处就只有周明月，吃饭时一勺子一勺子追着她喂饭；她生病时衣不解带地照顾她；教她读书教她写字；她被邻居家的男孩子欺负时，从地上捡起根树枝递给她，叫她自己打回去。

所以天机说那么多，她对唐棣依然恨不起来，她只恨王富贵一家，恨他们夺走了周明月，她可以付出一切来对付他们，就为了给周明月报仇雪恨，却难以用同样的决绝来恨唐棣。

从未在她生命和记忆中出现过的人，怎么恨？

“唐棣夺走了你的一切，你迟早要夺回来。”天机道。

“嗯。”唐娇答得有点心不在焉，因为从来没拥有过，所以并不觉得被夺走了什么，不过她愿意迎合天机，因为这是让他们在一起的理由。

许是看出她的心不在焉，天机又加了一句："就算是为了周明月……她肯定也希望有朝一日，你能重新当回平安公主，给你父王母后上一炷香。"

"嗯。"唐娇嘴上答着，心里却在想，她宁可周明月不那么有骨气，骨气有什么用，人死了，骨气和身子便都化作黄土，留下亲人泪洒黄土。她宁可周明月嫁给自己喜欢的人，生个自己的孩子，也许生了以后会更疼自己的孩子一些，那也没什么，至少一家人能和和美美地在一起。

"好一出君臣相得的好戏。"温良辰拍了拍手，对天机不咸不淡道，"我是不是能把这看成你的回答？这事，果真是你做的吗？"

天机慢慢转过头，唇角勾起，无声微笑："唐棣死了吗？"

温良辰露出一副凶手果然是你的表情，端起白玉烟枪一口一口抽着，呵呵笑道："叫你失望了，没死，那篮橘子把传膳太监给毒死了，但皇上没事。"

天机点点头，笑道："也叫你失望了，这事不是我做的。"

温良辰眉头一挑："你这样有意思吗？"

"想毒杀一个人有两个条件，一是对方粗心大意，二是彼此亲近信赖。"天机缓缓道，"唐棣是个很小心的人，三餐之外的东西几乎都不吃，吃饭的时候还有传膳太监试毒，几乎无法给他下毒，至于亲近信赖……呵呵，如果他肯自杀谢罪，我可以跟他亲近一下。"

温良辰真没想到会得到这个答案，他皱眉："居然不是你……"

仔细想想也是，天机再厉害，也是一个人，一个在逃的犯人，他连进宫都难，除非有内应，否则怎么毒杀皇帝？

"当然不是我……"天机摸摸嘴唇笑着，就像战场上空回旋飞舞、俯瞰人类自相残杀的乌鸦，不怀好意地笑着，"而且我猜，橘子里没毒。"

"你说什么？"

太极殿内，唐棣反过身来，盯着堂下两人：“橘子里没毒？”

“是。”那两人一个是大理寺少卿王渊之，一个是面色微红的温良辰，王渊之淡淡道，“橘子里没毒，中毒的是刘公公。”

“这是什么说法？”唐棣嗤笑一声，觉得有些荒谬。

“刘公公并不是被橘子毒死的。”王渊之解释道，“他在传膳之前就已经中了毒，所以无论他吃什么，最后都是一个下场——毒性发作，当场死亡。”

唐棣想了想，怎么想也想不通：“你想告诉朕，刘公公是自己吃坏肚子吃死的？这事是他的个人恩怨，跟朕无关？”

“或许真相正是如此。”王渊之答道。

“简直荒谬。”唐棣却不肯信，他冷笑道，“在朕用膳的时候，在朕要吃的水果里，出现一个疑似下了毒的橘子，回头你却告诉朕，这事跟朕无关？”

王渊之见说服不了他，只得拱手道：“请皇上再给微臣一点时间，微臣定会将此事查个水落石出，将犯人缉拿归案。”

“那就再给你七天。”唐棣冷哼一声，“希望七天之后，你别再跟朕说这样的笑话！”

说完，他拂袖而去，走的时候，看都没看一眼暮蟾宫。

待他离开，暮蟾宫缓缓抬头，有些羞愧地道：“表哥，对不起，怪我妄下结论，害你被皇上训斥。”

王渊之戴着白手套的右手挥了挥，示意没事，之后也不说话，原地站着陷入沉思。

“蟾宫啊，”过了许久，他才忽然问道，“你说一个凶手杀人之后，做的第一件事是什么？”

“掩埋尸体。”暮蟾宫随口答完，然后愣了一下。

“不错。”王渊之冷静自持道，“凶手选择的时机太奇怪了，别人杀人都恨不得把尸体藏起来，他却要将尸体摆在皇上面前，为什么？”

这个选择的确很奇怪，宫里其实并不太平，有人被毒死，也有人被推入井里淹死，至于被主子们弄死的就更不要提了，可这些事儿多半是在暗处进行，除了万贵妃，没人会在唐棣眼皮子底下这么干。

王渊之低下头，手指缓缓收拢，似乎在收拢游丝般的线索。

“找到这个动机，”他道，“就找到了犯人。”

第九章 假作真时真亦假

“听说刘公公死了。”

“宫里真不太平，哎，你说，先是何美人，接着是春香姐姐，现在又是刘公公，接下来会不会是皇上？”

唐棣脚步一顿。

哪个地方都有嚼舌根的人，喜欢躲在阴暗角落里，散播些毫无根据的谣言。

他面色阴冷地看着前方，院子里落叶金黄，一个小太监，一个小宫女，两人提着扫帚扫着落花，桂花在扫帚下面积了一团，两人倚着扫帚，靠得很近，互相咬着耳朵。

“说什么呢？大声点！”唐棣心里有怒，正是看谁谁不顺眼的时候，更何况两个背后编派他的人。

两人吓了一跳，回过身来，见是皇上，吓得腿一软跪了下来。

唐棣心里咦了一声，那小宫女刚刚偷偷看了他一眼，眉眼间竟有些像年轻时候的万贵妃。

他心里软了几分，脸上却冷冷道："你们刚刚在说什么？说出来，朕也想听听。"

小太监汗出如浆，像淋过雨的鹌鹑似的，一句话说不出来，只管伏在地上，小宫女见指望不上他，只好牙齿打战道："皇上息怒，奴，奴婢刚刚是在讨论话本……"

"是吗？"唐棣呵了一声，"这么说是朕的耳朵有问题？"

宫人提着的鸟笼里，鹦鹉给他补了一句："小贱人，找死？"

"奴婢说的是真话。"小宫女哭丧着脸道，"奴婢真是在讨论话本……只不过，只不过……"

她小心翼翼地看了眼唐棣，声若蚊蚋："只不过最近发生的事情，跟话本里写的有些像，所以才拿出来跟人讨论……"

唐棣气笑了："你好大胆，把朕当傻子？"

"奴婢冤枉！"小宫女也是被吓傻了，不管不顾什么都说了出来，"先是何美人病死，接着是春香姐投井，现在是刘公公被毒死……这些事儿书上全写了！"

她又哭又喊，看起来像真的一样，但唐棣仍不信她的话，若真跟她说的一样，这本书的名字肯定叫《帝王起居注》，作者是他身边的史官。

但看在她跟万贵妃有那么几分相似的分儿上，唐棣决定给她一次机会，他问道："那本书在哪儿？"

"在、在奴婢屋里……"小宫女道。

"来人，跟她走一趟。"唐棣指了指她道，"将那本书带来给朕。"

半个时辰之后，小宫女手里捧着一本有些旧的青皮话本，被两个太监押进飞霜殿，跪在唐棣面前。

唐棣坐在书桌后面，放下奏折，看着她挑了挑眉："呈上来。"

太监将书送上来，他接过，见封皮上写着"美人之生"四字，没太在意，随手翻了翻，随口问道："何美人和春香是怎么回事？你顺便说

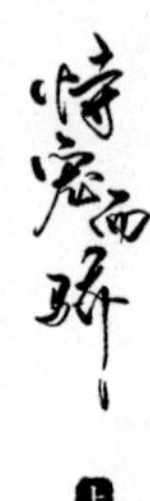

来听听，朕倒要看看，是不是真跟书里写的一样。”

小宫女吓过头了，现在反而口齿清晰了起来，她跪在地上道：“何美人前段时候，天天在御花园里吹笛子跳舞，惹恼了贵妃娘娘，叫人将她打了一顿，因打得狠了，回去以后就不行了……”

唐棣随口“嗯”了一声，没将她说的当回事，也没将书上内容当回事。

何美人是谁，他已经记不得了，他临幸过不少美人，万贵妃也杀过不少美人，谁也没认真去记这些美人的名字和面孔。这事儿算不上什么秘密，言官总是上折子骂，民间也有人拿来当作笑谈，既然全民皆知，他也就懒得去禁了。

“春香是贵妃娘娘身边的侍女。”小宫女又道，“她是个信佛的，心肠软，对贵妃娘娘一直看不惯，这次不但私下给何美人烧了纸钱，还说了些不好听的话，传到娘娘耳里之后，被娘娘狠狠打骂了一顿，后来没过几天，取水的宫人就在井里发现了她。”

这事儿话本里竟也写了。唐棣的眼神这才认真了一些，也不必她再说，自己就翻过一页，越看越怒，将话本拍在桌上：“这东西谁写的！”

一群人跪下，喊着“皇上息怒”。

只有笼子里的鹦鹉在幸灾乐祸：“拖出去，有头砍头，有手砍手！”

众人一口气都不敢喘粗了，唐棣扫视地上那堆后脑勺，拿起话本，起身道：“摆驾华清宫。”

走过小宫女身边的时候，他脚步一顿，低头俯瞰：“你叫什么名字？”

“奴婢歧雪……”她怕他，跪在地上不敢看他。

这更让他想起过去的万贵妃，心中一叹，那时候的她多单纯啊，于是随口道：“留下吧，朕的书房正好缺个人打扫。”

其实他身边哪里会缺人，不过是给她个庇护，以免她今天出了门，就被万贵妃喊去打杀了。

歧雪也明白了过来，抬头看着唐棣的背影，泪眼蒙眬，久久不语。

对她而言，今日相逢便是她人生的转折点。但对唐棣而言，不过是一时的怜悯，以及转身就忘的小插曲。

出了飞霜殿，他心事重重地来到华清宫。

万贵妃因受惊吓，仍卧病在床，卸了浓妆，披着长发，笑容憔悴地迎接他："皇上，您来了。"

鹦鹉没见过她素面朝天的模样，乍一看见，扑打着翅膀喊"救命"。

唐棣抬手安抚了一下它："别闹，她是万贵妃。"

"卸了妆，都看不出是个人了。"鹦鹉往他领口里钻。

"……气死本宫了！"万贵妃怒道，"本宫跟你拼了！"

"躺下躺下。"唐棣把鹦鹉给了身边的高公公，叫他把它带出去，然后将万贵妃按回床上，挨着她坐下，笑道，"说多少次了，别跟那只鸟斗气。"

"不是臣妾跟它斗气，是它要气死臣妾啊。"万贵妃按着胸口，一副马上就要被气死的模样。

"你可死不了。"唐棣似笑非笑，"从来只有你杀人，没有别人杀你。"

他语气有些怪，万贵妃转头看他："皇上，您这是什么意思？"

"没什么意思，就是随口说说。"唐棣哈哈一笑，将一直放在身后的手抽出，手里一卷青皮册子，他道，"对了，朕新得了一部话本，怕你天天躺床上无聊，特地带来给你解闷儿。"

"谢皇上。"万贵妃伸手去接，他却没给。

"你病着呢，别看书了，朕念几页给你听听。"唐棣笑着，翻开册子，念道，"美人迟暮，贵妃已老，无儿无女，何以求生？第一，过继。将皇子皇女过继到自己膝下，前提是双方无仇，若有仇，则斩草除根，不要相信任何甜言蜜语和化敌为友的假话，因为仇恨是化解不了的，对方成功上位之后，有一半的可能性翻脸不认人……你觉得说得对吗，贵妃？"

万贵妃原本已经闭上眼睛等着听故事，但故事一开始，她便猛然睁

眼看着他。

“不爱听？那朕换一页——第二，排除异己，杀鸡儆猴。”唐棣仍笑着，可这笑容令她有些不寒而栗，“色衰而爱弛，既容颜已老，青春不再，便更要防着新人笑，旧人哭，凡有野心勃勃，意图争宠者，警告一次，一次不听，便杀之……说起来，前些日子在御花园吹笛子的那个何美人哪儿去了，贵妃？”

“皇上！”万贵妃喊道。

“这也不爱听，那朕再换……第三，警惕身边的小人。后宫女子心机深，不但妃子想争宠，宫女也想争宠，警惕那些抓住你一点小错误不放，不停地数落你，试图用你的残忍来衬托自己的善良的人……对了，你身边那个春香呢，贵妃？”

“够了！够了！别问了！”万贵妃发火了，“皇上，您到底想怎样？跟臣妾秋后算账？”

两人对视着，剑拔弩张。

旁边一张扇形红枫色百宝阁，格子高低不齐，错落有致，光线穿过格子落在地上，一格一格好似无数双眼睛，盯着他们，讥笑他们。

两人都觉得自己很可笑，对方更可笑。

“朕没别的意思。”唐棣尽力让自己显得不那么激动，“朕只是想奉劝你一句，话本就是话本，你别老把话本里的故事当真。”

“皇上该不会以为，臣妾是在照着这部话本做事吧？”万贵妃嗤笑一声，“臣妾还没那么蠢。不错，何美人是臣妾杀的，但是臣妾杀的美人多了，您为何独独为她出头？至于那个春香，臣妾只是说了她几句，她就自己跑去投井了，怎么这也要算在臣妾头上？她一个奴婢罢了，背后编派臣妾，臣妾这做主子的难道说不得她了？”

这两件事放在她身上，倒也稀疏平常，可是忽然凑在一起，凑在一部话本里，就叫唐棣有些疑神疑鬼。

他不能不疑，万贵妃不够聪明就罢了，她还有前科。

先前她就拿着本《美人话本》说事，还拿它当殿试考题，简直贻笑大方。

他怕她这次又是这样，但再说下去便要撕破脸皮了，要知道，那《美人之生》前半部分也就罢了，后半部分写的却是怎样弑君，怎样一步步抓权当太后……

写得很异想天开，但问题是她会信吗？她会试吗？她试过了吗？

“好了好了，别生气了。”唐棣伸手抱了抱万贵妃，“就当是巧合吧，朕不信这满纸荒唐言，你也不要信。”

万贵妃趴在他怀里，眼神微微闪烁。

他让她别生气。

却没道歉。

他还是在怀疑她。

青皮册子被他丢在床上，两人的眼角余光都能看见，这白纸黑字真是荒唐言？或许若他们都当纸上的故事是假的，那就是假的，但只要有一个人当真，那这故事就不再是单纯的故事了……

但无论如何，写这话本的人算是倒了大霉。

不久，枫华书局就整个被查封，左老板被直接抓进大理寺，来人拿着本《美人之生》，一边抽着他的脸，一边冷笑：“你胆子倒不小，胆敢影射贵妃娘娘。”

左老板脸疼，心里更委屈。

“这不是小人写的！是小人抄来的！”左老板哭喊。

“你当我傻？”对方拿出两本话本，左右开弓抽他。

“我说我说，我说实话！”左老板心里苦，他没想到自己会沦落到这一步，为了保命，他得拼命证明自己仅仅是抄来的，于是绞尽脑汁，将自己多年来抄袭过的书，抄袭过的人，都说了出来，只求能逃过此劫。

他那几个徒弟也被他拉下水，胖书生坐在牢里，汗流浃背，拼命回忆着当日卖他话本的男子：“那是个外地来的布商，操一口闽南口音，长得……那天太暗了，我没注意到他的长相，但个子挺高的，是个二十来岁的男子。”

除了性别说对了，其他全说错了。

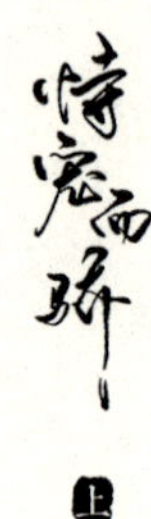

大理寺的人把京城翻过来，也没找到他说的那个人。

感觉自己被耍了的大理寺衙役，险些把胖子搓成油条。

但大伙总不能做无用功，好歹给上面一点儿交代，于是左先生和几个徒弟成了替罪羊，你说你是抄袭？我们不信，这就是你写的！你得负起责任来！

左老板心中又恨又苦，他喊：“不该我负责啊！等等，我想起来一个人！”

“谁？”衙役问道。

“唐娇。”左老板死马当活马医，又或者说是明知自己要死，于是死前多拉几个人垫背，“她是《美人之死》的原作者，不过被我抄了，所以她肯定恨我！哦……我知道了，这《美人之生》铁定也是她写的，否则怎么刚有了死就有了生，刚好配一套呢！对，是她写的，故意拿来栽赃陷害我的！”

他一番胡说八道，居然歪打正着。

可衙役却听不得他这鬼话，怒笑，手指头戳到他脑袋上道：“噢！你很无辜啊！你无辜你可以不抄啊！你既然一字不动地抄人家，那赚钱你拿着，遭罪你也得受着！”

“我受着我受着，但您总归查一查吧。”左老板现在是抓住一根救命稻草就不放了。

听他这么说，衙役只得将此事报告上去，大理寺官员琢磨了下，没当回事，但照着惯例还是得问几句话，便派人往永安胡同去了，不料却扑了个空，一问之下，发现对方去朋友家里做客了。

那朋友，正是温良辰。

四味楼上，佳肴美酒，温良辰看着眼前两名不速之客，觉得菜都变得难吃了起来，索性搁下筷子，懒怠笑道：“你们还敢到处跑，就不怕被大理寺的人给抓住吗？”

“正是为此事而来。”天机道，“还请温兄替大小姐掩护一二。”

温良辰冷笑：“我为什么要这么做？”

两人剑拔弩张，唐娇坐在天机身旁，低着脑袋，踌躇片刻，方有些不好意思地开口道："实不相瞒，先前左老板肯替我出《美人话本》，是看在你的面子上……"

"此话怎讲？"温良辰疑惑地问道。

唐娇只好提醒他："温公子……那天，左老板见我乘您的马车登门，才肯赏脸见我一面，审我稿子的。"

听她这么一说，温良辰这才记起的确有这回事，他一拍脑袋，哀叹道："母亲说得对，我总有一天会死在女人手上！"

此事说大可大，说小可小。

但放在温良辰身上，小事也能变成大事。

谁让处理这件事的人，是大理寺，是王渊之呢？

温良辰可不敢赌他的人品，更不相信他会放过这个大好良机，反过来也一样，若是温良辰有机会坑他一把，他也不会放过这机会的。

"出状况的毕竟是《美人之生》，而非《美人之死》。"温良辰玩着手里的白玉酒杯，声音懒怠，"况且还有一个左老板在那儿顶着，只要你一口咬定话本不是你写的，就不会有什么事。"

"可正心书局的余老板知道是我。"谁知当日的精妙一棋，如今却将死了自己，唐娇忧心忡忡道，"之前我极恨左老板，为了不让他继续得意，便将《美人之死》的前十回卖给了余老板。"

"这没什么。"温良辰挥挥手，"这里有个人，最擅长酷刑、善后以及灭口之类的事了。"

唐娇默默看向天机。

天机没有否认，轻轻点了点头："好，你来应付大理寺，我来善后。"

见他回答得不痛不痒，温良辰反而压抑难受起来，眼不见心不烦，他索性丢下酒杯，离席而去，将这一桌好酒好菜送给他们，走到天机身边时，停下脚步，垂眸俯视他，淡淡道："下不为例。你既驾着一艘随时能沉的破船，就别想着将爷拉下水。"

"你确定？"天机道，声音平静得犹如一潭死水，却有一种吸引人听下去的力量，他眼也不抬，慢条斯理地给自己倒了一杯酒，淡淡道，

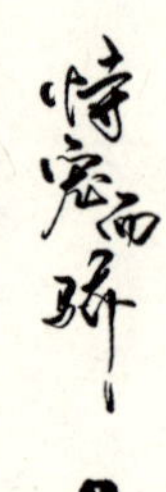

“你确定你现在坐着的那艘船没有破？”

“你什么意思？”温良辰眉头微蹙。

“把大理寺的人打发了，回头我告诉你一个秘密。”天机淡淡道，“一个事关唐棣子嗣的秘密。”

唐棣无后，不但是他的心病，也是诸大臣的心病，温良辰闻言有些心动，端起白玉烟枪抽了一口，懒怠笑道：“希望你的秘密，对得起爷今日的付出。”

目送温良辰离开，唐娇回过头来，对天机道：“待会儿，我得去一趟大理寺对吗？”

天机放下酒杯，看着她道：“放心，你只是去走个过场，有温良辰关照你，他们不会对你怎样。”

“我知道该怎么做。”唐娇勉强笑笑，“说起来，我这也算是二进宫了。”

天机给她善后，她又何尝不是在给他善后？

从平安县的《三更话本》，到京城的《美人话本》，被送到台面上的人都是她，进衙门受审的人也是她。

没人喜欢进这种地方，哪怕是走个过场。唐娇心里也不大舒服，有时候她觉得自己像皮影戏里的木偶，被人用线扯着，放在人前，随意摆布，只是怕说出来会让双方都难受，所以才闷在心里不说，闷久了，渐成苦酒。

“……我也不是想抱怨什么。”唐娇垂下头，低声道，“就是有些害怕……”

还有点想要人安慰。

“别害怕。”天机果然安慰了她，他略一迟疑，抬手摸了摸她的脸，“不会有事的。”

他的手指很凉，说话也不漂亮，她贪心，想多听他说些话，想多让他安慰几句，便没话找话，想诱他多说几句：“你说……他们会打我吗？”

“天子脚下，不会出现屈打成招的事情。”天机道，“他们也许会把你关在一个小房间里，长时间晾着你，等你心烦意乱，再来审问你。”

“这我不怕。”唐娇笑道，“我可是个说书先生，干我们这行的，时常要一个人坐在桌子前，整日整夜地想故事。”

“也许会恐吓你，说他们已经拿到了证据。”天机又道，“然后说你和左老板两个，只有一个能减刑，另一个则要加刑，谁先坦白谁就减刑。”

“我什么都不会说的。”唐娇摇摇头。

“嗯，什么都不要说。”天机想了想，“如果他们真要打你，那你就什么都说。”

唐娇不明就里地看着他。

“干我们这行的，最怕碰见两种人。”天机解释道，“一种是什么都不说，还有一种是什么都说……你可以从你三岁时候说起，用大量毫无意义的垃圾讯息把对方的脑子塞满，明白了吗？”

“我明白了。”唐娇点头，“我能做到的。”

跟在他身边，她所能为他做的事情就只有这些了。为了不让他烦，为了不让他觉得自己累赘无用，再不愿意，也只能努力做了。

噔噔噔的脚步声在身后响起，两个衙役打扮的人走上楼来，朝唐娇走来。

“唐娇？”其中一人道，“跟我们走一趟。”

半个时辰之后，唐娇坐在大理寺内。

衙役将她放下便走了，她一个人呆呆地在屋子里坐了好一会儿，才等来一个新面孔，穿着吏服，对她并不热情，但也不冷漠，一副公事公办的模样，在桌子前坐下道：“姓名，年龄，籍贯。”

“唐娇，年十五，平安县人。”

“为何来京？”

唐娇想起天机说过的话，觉得自己不该回答得这么简明扼要，于是清了清嗓子，抬头看向对方：“小女子家里出了一桩丑事，虽说家丑不可外扬啊，但到了这个节骨眼儿上我也顾不得什么了，不过用一个词很

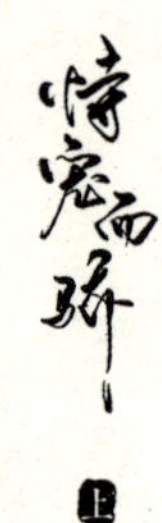

难形容这件事，容我用四个词吧，这四个词便是：情妇、谋杀、上位、复仇！”

唐娇是个很优秀的话本先生，眼神动人，声音悦耳，加上故事也足够离奇有趣，于是嘴皮子一张一合，起承转合，抑扬顿挫，便让对方听得忘了时间。

直到外面敲门的声音越来越大，吏员才回过神来。

开门放人进来，那人疑神疑鬼地瞅着那吏员看，有些怀疑他关起门来，做不好的事情，心里生疑，脸上却笑着：“问完了话没？问完了就放她走吧，反正是个铁案，其他人这里就走走过场吧。”

吏员正听得津津有味呢，闻言别有深意地看了他一眼，晓得他是在暗示有人打过招呼了，便“嗯”了一声道：“就剩最后一句了，唐姑娘，枫华书局的左老板告发你，说他手里两部美人话本都是你写的，可有此事？”

“没有。”唐娇眼也不眨地回道。

“嗯。”吏员点头，“那好，你回去吧。”

“我送你一程。”后面进门的衙役笑道，一路送她到了大理寺门口，忽然低声道，“替我向温侯问好。”

原来是温良辰给打的招呼，唐娇点了一下头：“晓得了，敢问名讳？”

对方正要答，便见对面走过来两人。

一个穿着主簿官服，态度却极为热情殷勤，被他一路恭维的是个少年，十六七岁的模样，气度不凡，似世家出身的公子，却没有一般公子哥的高傲，脸上的笑容极为亲切温和，无论是谁，无论男女老幼，见了他都会生出好感。

唐娇却“啊”了一声，躲到吏员背后。

她那一声惊动了那两人，他们转头看来，主簿一根手指指过来，严肃道：“老张，那是谁？工作时候，你怎么把女人往大理寺带？”

“不是不是，这是嫌疑人。”那吏急忙回答，“但已经审过了，洗脱了嫌疑，现在我正要送她离开。”

“哟，你还挺热心的。”一个小人物，主簿也不愿在他身上浪费太多时间，挥挥手，“走吧走吧。”

唐娇低头，跟在那吏员身后，朝着门外走去。

她身上淡红色的衫子，与那少年雪白的袖子交错而过，仿佛疏梅横斜过风雪。

唐娇抬头，大门就在眼前，跨过去就是朱雀大街。

“请留步。”身后却传来一个熟悉的声音，清澈如水的少年嗓音。

唐娇假装没听见，继续朝门外走去。

“需要我再说一遍吗？”对方笑道，“唐姑娘。”

唐娇叹了口气，顿住脚步，转头看着对方。

暮蟾宫笑意浅浅，脸上已没了唐娇记忆里的病容，看起来风姿更胜从前，犹如拨开云雾的一轮明月，清辉遍洒，无垢无尘。

“真是人生何处不相逢啊。”唐娇苦笑道，“暮少爷。”

两人换了个地方。

一前一后走进茶楼，正迎上故事开讲，响木声便响起，话本先生抑扬顿挫道：“昨天说到《美人话本》第六回，冷宫之中人情暖，谈氏亲熬猪肺汤，一个是皇子，一个是宫女，借着这一碗猪肺汤，竟渐渐生出一丝真情来……”

“楼下人多眼杂。”暮蟾宫停下脚步，回头看她，“我们到楼上说话吧。”

人在砧板上，只能依他，唐娇顺从地跟了上去。

茶楼雅静，茶桌是整整一棵老树根雕成的，上面年轮滚滚，透着股沧海桑田的气息。两人在茶桌旁坐定，暮蟾宫低眉沏茶，温柔笑道：“别紧张，这不是审问，你就当两个老朋友久别重逢，一起喝喝茶、聊聊天。”

唐娇接过他递来的茶，没喝，单手捧着脸，食指有一下没一下地点着脸颊，像一只舔着爪子、眼神警惕的猫。

暮蟾宫饶有兴致地看着她，她不开心，他心情却很好。

有些人久别重逢，彼此已是陌生人，还有些人别后再聚，眼神交会

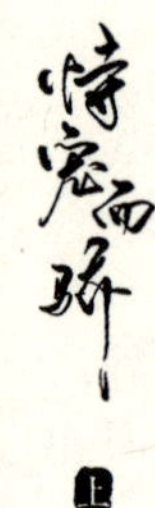

的那一刻，有关于对方的一切就从脑海里涌现出来，鲜活亮丽，记忆犹新，就仿佛他们从未别离过。

“听说你是这次案子的涉案人。”他笑道，“那部《美人之死》我看过了，前后不是一个人写的。”

“是吗？”唐娇装傻，“这事我不大清楚，你得去问左老板。”

“至于《美人之生》，”暮蟾宫身子略略前倾，盯着她，“那是天机写的。”

唐娇看着他，吞了吞口水。

“这不是怀疑，而是确定。”暮蟾宫对她说，“我曾花很多时间研究他的《三更话本》，我清楚他的文风、他的遣词造句……”

“这不能说明什么。”唐娇打断他，“文风是可以模仿的，任何一篇红文出来，都有无数人去模仿。”

“你我都知道，”暮蟾宫笑道，“他的文风是没法模仿的，因为只有他写的故事会变成真的。以前是《三更》，现在是《美人》。”

唐娇闭上了嘴，又忍不住吞了吞口水。

“《三更》是他亲自动的手，至于《美人》……应该算是模仿杀人。”暮蟾宫笑容温柔，说出来的话却锋芒毕露，犹如宝剑，“唐姑娘，又死人了，而且是按着《美人之生》里的顺序死的，你有什么想说的吗？”

唐娇一句话都不想跟他说。

她还记得天机说过的话，要么什么都不说，要么什么都说。

对方是暮蟾宫，对于这种聪明人，她觉得说得越多，破绽越大，干脆守口如瓶。

她不说话，暮蟾宫便歪着头，笑着看她，探究的模样就像在观察一只猫，一只胡须上沾着糖渣，却偏装作没偷吃过的猫。

“……这是他教你的？”他盯着她，似笑非笑，“保持沉默，什么都不说？”

唐娇嘴巴动了动，但忍住了，什么都不说。

反正大理寺的吏员已经说了，这案子已经是个铁案，一切责任都由左老板承担，她这边纯粹走走过场。所以她只需要保持沉默，等这件事过去就好，可不能因为一两句失言，把自己陷进这件事里。

暮蟾宫转头笑了一下，唐娇不知道他究竟在笑什么，或者自己有什么可笑的地方。他很快转过头来，问她：“唐姑娘，能问问为什么吗？”

唐娇沉默了一会儿，终于忍不住问：“什么？”

“你明明知道他做了什么，”他紧紧盯着唐娇，不错过她一个眼神、一个动作，“为什么还要不惜一切维护他？”

“暮少爷，您这语气可真让人讨厌。”唐娇很不高兴，娇娇地啧了一声，翻了个白眼儿道，“胭脂镇那事儿的确是他干的，但他那也是路见不平拔刀相助不是？既帮我报仇雪恨，又帮你家肃清了全县的风气，你没给他面锦旗便算了，怎么还老针对他？是是，他之前是对您颇有不敬，可您是大人物啊，大人有大量，便原谅他吧，别再整天盯着他不放了。”

“能好好说话吗？”见她说的跟唱的似的，暮蟾宫忍不住摇头苦笑起来，“我不是故意针对他，只是希望你能小心一点。”

“我知道的暮少爷是个谦谦君子，绝不会挑拨离间的。”唐娇笑嘻嘻看他。

她一向是这样鲜辣娇俏，就像枝头新发的叶子似的。

暮蟾宫吃她这套，愿意将时间花在她身上，即便最后从她嘴里套不出话来，也不生气，反而按着太阳穴，轻轻摇头，带着玩味笑了：“看来今天是当不成君子了。”

唐娇没想到他会这样说，愣了一下。

“唐姑娘，你不遗余力地维护他，这点儿我理解，他替你报了仇，你是个好姑娘，自然要对他知恩图报。”暮蟾宫忽然正色道，“但除此之外呢，你了解他吗？

“他跟你提过他的过去吗？

“他的父母兄弟，以及同僚朋友呢？

“他正在谋划什么，会跟你商量吗？

“你是什么时候知道事情真相的，事情发生前，发生中，还是结束以后？”

“你只是爱着他，”最后，暮蟾宫下结论，“但并不了解他。”

唐娇瞪着他，气鼓鼓的，想要反驳，却找不到反驳的话。

暮蟾宫静静看了她一会儿，忽然低头，解下腰间玉佩，羊脂美玉，上面雕着桂花云彩、玉兔望月的图案，雕工极美，栩栩如生。他将玉佩放在桌上，轻轻推到她面前，抬眼看她道：“拿着这玉佩，如果有一天，你有什么话想跟我说，又或者你觉得自己有危险，来宰相府找我。”

唐娇看了眼玉佩，又看了眼他，没有说话，也没有收下。

暮蟾宫没有逼她，也没有催她，这事她得自己决定。

不过他相信，唐娇会作出正确的选择。

就像他想的那样，唐娇表面平静，心里却挣扎得很。她真的不了解天机的过去，却知道他想做什么事，弑君夺位？这事她连想都不敢想，怎么想都觉得荒唐，她希望天机能打消这个主意，但心里知道这不可能。

两人名为主仆，但大多数时候，天机都是强势的那方，而她则是他的附庸，受他摆布，听从他的安排，说出来的话他会听，但听不进去，更不会为了她改变自己的看法和目标。

事实上，一直被改变的人……是她。

从一个小县城的话本先生，变成现在的谋朝篡位者，她已经改变太多了。

天机很强，他经常把其他人玩弄于股掌之间，所以他不会害怕，但唐娇不行。她害怕失败，害怕暴露，害怕死亡，尤其是一个人活着，而另一个却死了。周明月和义父都是突然没的，她真的不想再被单独留下。

犹如浮萍般的人生，她需要一点儿保障。

一个退路，一个危急时刻可以伸出援手的朋友，一个失败后可以投靠的地方。

暮蟾宫是不是这个人？她不确定，但左右没有别的选择，于是她犹犹豫豫地伸出手，握紧了那块玉佩，不知道该跟暮蟾宫说什么，只好对他笑笑。

“谢谢你的好意。”唐娇将玉佩收起，起身道，“但我希望……我这辈子都用不上它。”

她朝他福了福，往门外走去，走到一半，暮蟾宫忽然喊了声：“唐姑娘。”

唐娇手扶在门上，转头看他。

暮蟾宫背对着她，坐在椅子里，头也不回地说道：“如果是我的话，绝不会让自己心爱的女子陷入危险当中。”

唐娇脸上的表情十分生动，想说什么，但最后什么都没说，径自推门离去。

她走后，暮蟾宫叹了口气，闭上眼睛自嘲道：“我今天真不像个谦谦君子。”

一个人坐着，一个人喝茶，一个人看着窗外的人来人往，直到一壶茶喝完，他觉得自己终于冷静了一些，这才结了茶钱，回了宰相府。

吃过饭后，王渊之将他喊过去说话：“听说你今天去了大理寺，有事？”

“只是想去看看左老板这个人。”暮蟾宫实话实说道。

“你也觉得是模仿犯罪？”王渊之坐在榻上，虽在家里，头发依然一丝不苟地梳起，身上的衣服也穿得整齐，就像马上要出门一样，“模仿那本《美人之生》？”

“说的人多了，总不会是空穴来风。”暮蟾宫道。

“但也不要人云亦云。”王渊之沉吟片刻道，“已有嫌疑人了，明天陪我去见见她们吧。”

“她们？”暮蟾宫愣了愣。

“嗯，她们。”王渊之回答，“仵作的结果出来了，刘公公是午时左右中的毒，毒性猛烈，约半个时辰后发作，这段时间内接触过刘公公的人，除了御膳房的人，就只有五个人……五个女人。”

"谁？"暮蟾宫问。

"何常在、宫女春月、林嫔、周嬷嬷，"王渊之淡淡道，"以及……万贵妃。"

江湖不太平，昨日富贵郎，今日狱中卒。左老板曾经多么风光的一个人，如今家产被抄没了，名声也臭了，在一群文人的笔伐当中，灰头土脸地被压去了沙门岛，兴许十年二十年后能再回来，却不知还能不能东山再起。

几个徒弟自然是树倒猢狲散，走的走，投靠别家书局的投靠别家书局，连他的发妻都带着孩子改嫁了。偌大一个枫华书局，到最后只留下一地萧索，唯有三部《美人话本》还在茶楼坊间传唱，唱它的离奇，唱它背后的故事。

世上不太平，宫里也不太平。

暗杀皇上的大案子，却涉嫌了几个妃子，当中还有最得宠的万贵妃，这事儿就像一团熊熊燃烧的火，唐棣想用纸包着，但又能包到几时？旁人迟早是要知道的，只是聪明人知道了，会选择不说罢了。

对方是妃，他是臣，王渊之即便问，也只能在一群公公嬷嬷的陪伴下问。

宫里的女人都是人精，不成精的人也活不到如今，面对眼前的清冷少卿，她们一个个笑靥如花，说的话很少，也很慢，每个字吐出口之前，都要先在舌尖牙齿尖雕琢一番。

何常在："御膳房的人最近愈发懒怠，都晌午了还不送吃食过来，我只得自己过去拿了。"

林嫔："本宫最近口淡，路过御膳房，就顺道过去嘱咐两声，让菜里少放些盐，做得清淡爽口些。"

周嬷嬷："老奴是来拿今日的午膳的。"

春月："贵妃娘娘今天突然想吃红烧狮子头，叫我过去说一声。"

"你觉得谁在说谎？"出来后，王渊之问。

"说句实话，"暮蟾宫走在他身后道，"我觉得她们四个都在撒谎。"

王渊之脚步一顿，回头看他："你说得没错。"

御膳房的人可就没那么金贵了，提出来，重重审，便一个个竹筒倒豆子似的，有什么说什么。

原来那日四人都去了御膳房，先是周嬷嬷，她是皇后身边的老人，过来传膳，却嘴馋，趁着没人注意，将给何常在准备的东西挑拣着吃了，留下几盘子残羹，叫御厨们看着直瞪眼，手忙脚乱地重做，但到底是迟了，以至于何常在自己找上门来，这算什么？意外？

"不是意外。"暮蟾宫说，"八菜一汤，她要怎么吃，才能吃得乱七八糟，让御膳房的人补救都不行，只能重做？她是个有教养的嬷嬷，又不是街上的野狗。"

何常在来了以后，很是闹腾了一场，厨子们拿她没办法，骂也不是，赶也不是，最后把刘公公给喊来，才安抚好她。

"我觉得有点儿奇怪。"暮蟾宫听了这话，有些疑惑地问道，"何常在又不是什么得宠的妃子，地位还比不上宠妃贴身的宫女，御膳房的人为什么要看她脸色做事？"

"正因她不得宠，但又有几分姿色，所以刘公公想找她做个对食。"厨子给了他答案，"我们不是给她面子，是给刘公公面子。"

暮蟾宫这才恍然大悟，宫中寂寞，有些宫女和太监会结成假夫妻，互相扶持照顾，谓之对食。但偶尔也有些太监会将主意打到妃子身上，通常是些品级低的、不受宠的妃子，她们有几分姿色，但已经被皇上忘在角落里，与其不死不活地过着，不如跟了高品级的太监，至少衣食住行方面有人照料。

"然后呢？"王渊之坐在椅子上，仔细问他，"刘公公怎么安抚她的？"

"我不知道。"那厨子答道，"他们离开了一会儿，回来以后，刘公公让我们准备了一桌子好酒好菜送过去，两人便和好如初。"

王渊之与暮蟾宫对视一眼，这两人显然离开过众人视线，独处过一阵，中间发生过什么，实在让人生疑。而且何常在是刘公公的心上人，他对她没什么戒心，她要下毒很容易成功。

“他们独处时做了什么，真的没人看见？”暮蟾宫不死心地问。

“也许春月姑娘知道。”厨子想了想道，“她正好来找刘公公，找没找着，我就不知道了。”

“林嫔呢？”暮蟾宫追问，“她来做什么？”

“说口淡，让我们最近做菜少放点盐。”厨子如实回道，“她亲自过来盯着，我们只好立刻动手给她置了桌新菜送过去。”

也是个可疑的人，这种事让下面的宫人做就是了，堂堂一个嫔，何必亲自来这一趟？显得有些掉份儿。

四个人都很可疑，四个人都在撒谎，但四个人里谁才是犯人？

王渊之并不急着下结论，因为还有一个人没问过。

他与暮蟾宫一同来到华清宫，拜见万贵妃。

其他人给他面子，万贵妃却不给。

“你这是在怀疑本宫吗？”万贵妃大怒，让人将他赶出去，丢下一句话道，“这事跟本宫无关，你怀疑那四个小贱人，便将她们四个下到牢里仔细审审吧！”

王渊之身为宰相嫡孙，世家之子，大理寺少卿，皇帝面前的宠臣，哪里受过这样的屈辱？当下他冷笑一声，拂袖而去。

“我们不查了？”暮蟾宫在他身旁问道。

“人不作死不会死。”王渊之走得很快，似乎再和万贵妃呼吸一个地方的空气，他就会被毒死，脸色冷冷道，“她也不想想，先死了皇子，再死了妃子，然后是她身边的宫女，接着是刘公公，如果真有人在模仿那部话本犯罪，下一个会是谁？”

暮蟾宫一阵心惊肉跳：“是皇上……”

风寒入骨，白雪初落，这天气愈发冷了，很多人宁可在家里围着暖炉取暖，抱着红薯吃吃，烫一壶黄酒喝喝，也不愿去街上溜达。

唐娇最近也总待在家里，时不时地，将那块玉佩取出来看看。

羊脂美玉，躺在掌心，中间雕的那只望月之兔，栩栩如生，颇为可爱。

唐娇用手指拨了拨那只兔子，忽然身后传来一个平静的声音：“哪儿来的？”

她吓了一跳，回过头，看着天机，尽量让自己的笑容显得自然些：“我在地摊上淘来的。”

“淘得不错。”天机一边说，一边将手里的油纸包放在桌上，从里面取出烧鸡、驴肉、烧饼倒在碗里，取了双筷子，递给唐娇，忽然道，“暮蟾宫有块一模一样的。”

唐娇接筷子的手抖了抖，筷子落在桌上，她急忙捡起，讨好地看着他：“这么巧？”

“是挺巧。”天机给她换了双筷子，然后在她对面坐下，两人一块儿吃起东西来。唐娇一边偷看他，一边吃着烧鸡，酱汁好不好吃，烧得入不入味，她全没吃出来，只一个劲儿地在想，天机是不是知道了些什么？他是不是在怀疑什么？

天机吃东西很快，无声无息地就把自己那份吃完，将红木筷子按在桌上，他道：“我出去有些事，碗回来再洗。”

“哦，没事。”唐娇回过神来，“我来洗就好。”

“也好。”天机笑了笑，将手伸向她，用拇指抹去她嘴角的酱汁，然后离开。

唐娇一直目送他离开，房门关上，天机脸上的笑容渐渐淡去，他慢慢抬起手，用舌头舔掉拇指上残留的酱汁，眼神霜冷，像水面上的浮冰。

人性多疑，妙药难医，没想到他也一样，在某些时候会失去冷静，被某些不必要的情绪所控制，做出些毫无意义的事。

深深吸了口冰冷空气，天机踏脚朝四合院外走去。吃过晚饭，天便已经黑了，路上空荡荡的没几个人，但走过两条街，便是另外一个世界。

花街灯火通明，亭台楼阁前挂着明亮的红色灯笼，照亮行人，也照亮满楼的莺莺燕燕，那一个个婀娜的身影花红柳绿，站在楼上，朝行人喊着，笑着，挥舞着一条条曼妙的红袖，就像鱼缸里舞动的锦鲤。

天机停在牡丹坊门口，身为花街翘楚，牡丹坊显得有些内秀，楼上

没有太多招摇的身影，但门前停的马车却是最多的。

他进门以后，一名红衣女子立刻缠绕上来，已经有些年纪了，怕被他拒绝，于是未语先笑，讨他喜欢。

天机推开她，在她面露失望之时，又掏出块玉佩丢给她。

红衣女子低头看着，羊脂美玉，躺在掌心，中间雕的那只望月之兔，栩栩如生，颇为可爱。

“谢谢爷！”她看出这玉的价值，极为欣喜，眼神立刻变得更为妖媚柔情，抬头寻那金主，却发现对方早已没了踪迹。

有年轻的舞姬路过，见她四处张望，便嗤笑一声，好心提醒道：“你别找了，他去四楼了。”

红衣女子眼中流露出失望，牡丹坊有四层，一楼的女子都是庸脂俗粉，越往上女人越好，越少，越贵。四楼是花魁住的地方，对自己对普通客人而言，都是可望而不可即。

对旁人而言，许是黄金销尽一场醉的地方，但对温侯而言，却不是那么回事儿。

他是个花间浪子，花魁是他的解语花，他也是花魁的座上宾，只要想来，花魁便一定有空。此刻他正敞着牡丹花袍，端着夜光杯，喝着琥珀酒，看着花魁的细腰舞，自在无比，极尽风流。

花魁的舞极美，纤腰欲折，水袖飞扬。

温良辰一把扯住她扬来的袖，将她拉进怀里，见她眼神迷离，正要低头吻她，身后便神不知鬼不觉地蹲了个影子，声音冷冰冰的，像刺破美梦的剑：“温侯，请屏退左右。”

酝酿了大半夜，却在关键时刻被人打断，温良辰简直怒火冲天，他回头道：“你最好真的有重要的事情跟我说。”

天机笑而不语。

温良辰只好打发了花魁和侍女，看着天机在他面前坐下，不胜凄凉道：“想不到漫漫长夜，我居然要跟一个男人一起度过，传出去简直要让人笑掉大牙。”

“不会耽搁你太多时间。”天机安抚道。

“你有话快说。”温良辰喝着酒道。

天机果然长话短说：“唐棣快死了。”

万贵妃从没发现唐棣这么难请。

他已经半个月没在她的宫里过夜，宫里已经有了闲言碎语，说感谢诸天神佛，这毒妇终于失宠了。

树倒猢狲散，万贵妃清楚自己是靠谁风光的，所以事到临头，她果断低头，亲自下厨弄了一桌吃食，然后亲自去请唐棣，告诉他：“皇上，臣妾今儿特地给你煮了一锅猪肺汤，您给尝尝味道，是不是还如当年那样？”

唐棣本来不想理她，但听了这话，心中一动，从奏折里抬起头来，看着对面那个不再年轻、不曾美丽，却被他爱了半生的女子。

他终是心软，放下奏折道：“好吧。”

宫人将食盒送过来，打开食盒，取出里面那碗猪肺汤，白瓷梅花的碗，里面的汤颜色清亮。

万贵妃端起碗走过去，天冷，汤已经不烫了，她仍亲自舀起一勺汤，低头吹了吹，送到他嘴边。

此情此景，让唐棣仿佛回到过去，那时候他是个不得宠的皇子，病了没人理，御膳房还总是忘记给他送吃的，得万贵妃过去拿，拿来的也都是些下人吃的东西，并不怎么精细。后来万贵妃为了让他吃好点，经常留在御膳房帮忙，学了一手厨艺，便捡些大厨不要的猪肺，煮汤给他喝。

十二岁的唐棣低头饮着勺里的汤。

三十二岁的唐棣低头饮着勺里的汤。

岁月流逝，汤的味道没有变，人也没有变。

唐棣抬头想赞美她几句，却觉得肚子有些不舒服。

“皇上，怎么了？”万贵妃疑惑道，“味道不好吗？”

唐棣只好说：“刚刚那勺汤太少，没吃出味道来。”

万贵妃这才笑道：“那您再尝一勺。”

有关过去的回忆，早被腹疼给疼没了，唐棣只抿了半口，便伸手推

开她。

半勺汤洒出来，万贵妃举着勺子，有些手足无措。

“可能是臣妾太久没下厨了，所以味道不太好。”万贵妃讪笑道。

她的笑容一如往常，嘴角一边压低，一边翘起，乍一眼看去，透着股溢于言表的恶意。

这笑容陪了唐棣几十年，按理来说他早该看惯，但今天他看着她，却觉得她的笑容很不对劲，于是又惊又疑地问：“你在汤里放了什么？”

万贵妃一听，心立刻凉透。

她不回答，唐棣就更加起疑。

“小高子！小高子快喊太医！”他头上见汗，万贵妃伸手来扶，可在他眼里，那涂着鲜红蔻丹的手，变成了吐着鲜红芯子的蛇，嘶嘶叫着，朝他扑来。他忍不住大叫一声，将她推开，高公公闻讯而来，他跌跌撞撞地过去，靠在对方身上，有些怀疑地回望了万贵妃一眼。

宫中大乱，太监、宫女、侍卫齐齐冲出来，将他簇拥着，送去寝宫，不久外头亮起一片片灯笼，太医冒着大雪连夜赶来。

而这一切都与万贵妃无关。

她保持着被唐棣推开的姿势，一个人站在偌大的宫殿里，身边只有一个红木食盒，除此之外，再没别人。

曾经对她阿谀奉承的那些人，现在都离她远远的，幸灾乐祸，冷眼旁观。

万贵妃忽然凄凉地笑了一声：“只是一碗猪肺汤罢了。”

说完，她舀了一碗猪肺汤，坐进椅子里，一勺一勺，慢悠悠地喝了起来，一边喝，一边无声落泪。

那泪水冲刷着她脸上的厚粉，冲出一道道皲裂的痕迹。

要维系一段信任需要几十年，但撕裂信任只需要一瞬间。

折腾了一夜，最后太医得出结论，唐棣不是中毒，他只是花椒过敏。

但这也是一桩怪事，万贵妃可是唐棣身边的老人了，她会不知道唐棣对花椒过敏?

“别人不知道，但我想，你应该知道这是怎么回事。”大理寺内，王渊之道。

他面前坐着春月，万贵妃身边的宫女，御膳一案的四个嫌疑人之一。

春月低头绞着帕子，小声道：“我真不知道。”

“不，你知道。”王渊之道，“万贵妃是被人冤枉的，真要下毒，放什么不好，偏要放花椒，花椒毒不死人，但却会让她背上弑君的罪名。”

“我本是贵妃娘娘的人，”春月仍低着头，“又怎会陷害贵妃娘娘？”

“因为春香是你姐姐。”王渊之道，“她是被万贵妃打死的，不是吗？”

春月抬起头，大大的眼睛看向他。

“你有动机，也有能力这么做。”王渊之盯着她的眼睛，冰冷的视线充满侵略性，“华清宫有自己的小厨房，平时万贵妃突然想吃什么，都会让小厨房做，这次她的猪肺汤也是在小厨房做的，你也进出过厨房。”

“进出过厨房的人很多，”春月笑笑，“并不只有我。”

“但事后，你父母突然得了一大笔钱，你的哥哥还进衙门当了个小吏。”王渊之声音冷冽，缓缓道，“你最好想清楚再说话，你当然可以守口如瓶，然后这笔钱就是你的买命钱，我保证不会心慈手软。”

春月头上见汗。

“我……我要是说了的话，你会保护我吗？”她战栗道，“我也是听命行事，我……实在没办法拒绝她们……”

“她们？”王渊之笑了。

他即便笑，也似冰壁里盛开的花，美得不近人情，无法接近，无法攀折。

黄昏后，他从大理寺回来，没急着回去，而是驱着马车先去一趟宫

门口，把暮蟾宫一起接上车。

窗外大雪，王渊之坐在窗侧，雪比人白，人比雪冷。

“案子进行得怎么样？”暮蟾宫抱着手炉，笑着问道。

“已经破了。”王渊之漫不经心道，“之前的御膳一案也破了，犯人是一样的。”

“肯定不是万贵妃。”暮蟾宫好奇地问道，“是那四人中的哪一个？”

王渊之转眸看他，笑道：“每一个。”

何常在、林嫔、周嬷嬷，这几人其实是共犯，因为是共犯，所以她们谁都不会揭穿谁，相反还会互相帮助，所以周嬷嬷故意大吃大喝，将御膳房弄得一团乱，让何常在来后，可以借机发火，然后独处时逼刘公公喝酒赔罪，而那喝了一半的毒酒，则由林嫔来处理，不过这里出了点小小的意外，原本她应该让自己的侍女过来处理，但她性子多疑，信不过其他人，所以自己过来了。在王渊之眼里，这就是个巨大的破绽。

而最大的意外则是春月。

“在御膳一案中，春月是目击者，她撞见了何常在给刘公公喂酒，又看见林嫔不动声色地将那喝了一半的酒瓶子拿走。”王渊之淡淡道，“为了不让她告发，这三人事后找到她，威逼利诱，让她成了猪肺汤一案的犯人，这样她就从目击者变成了共犯。”

“这案子可真是波澜曲折。”暮蟾宫摇摇头，“可她们为什么要这么做？”

“呵。”王渊之有些不屑地笑了，“为了让这一切看起来像是那部《美人之生》里的情节，让皇上误以为是万贵妃在模仿犯罪。”

“就为了这个？”暮蟾宫无法理解，“她们就杀了刘公公？”

“她们是心狠，但万贵妃又能好到哪里去？”王渊之冷冷道，“归根究底，是她咎由自取，若不是她在后宫作威作福，看谁不顺眼就杀谁，也不会把这几个女人逼到如今田地，竟要冒着抄家灭族的危险来对付她，甚至连她身边的宫女都要亲手嫁祸她，这世上，恐怕只有皇上觉得她好，其他人，都恨不得她死。”

暮蟾宫叹了口气：“唉，彼之蜜糖吾之砒霜，只怕皇上知道事情真相之后，又是一场腥风血雨。”

“谁会告诉他真相呢？”王渊之却微微一笑。

大理寺内，衙役正在处理春月的尸体，豆蔻年华，翠绿衣衫，大眼睛睁得大大的，被衙役伸手给合上，然后卷进草席里。

身旁文吏，给她记了个畏罪自杀。

什么罪？自然是两次谋害皇上的罪，不过死到临头，到底良心发现，终于说出了幕后主使者的名字，你道是谁？正是万贵妃。

真相并不只有一个，有时候，有些人，可以制造真相。

对很多人来说，这是个皆大欢喜的结局，宫里的妃子欢呼雀跃，真正的犯人松了口气，宰相府则卖了个天大人情，也许现在用不上，不过等万贵妃倒台以后就不好说了。

但有人欢喜有人愁，万贵妃真是风雨飘零，悲苦不已。

她的华清宫变得静悄悄，冷落落的，没人声，没鸟叫，一到夜里，便阴森寂静得似口棺材，她就躺在这棺材里，等着入土，等着封棺。

“不是本宫做的！”她将一桌的饭菜扫落在地，愤怒地大吼，“为什么没人相信本宫！”

她的头号走狗李溪川站在旁边，哭丧着脸：“娘娘，这都什么时候了，您别急着发火，快想想办法吧。”

“本宫还有什么法子可想？”万贵妃脚步晃荡，哈哈笑着，几缕发丝散落在脸颊上，犹如镜子上的裂缝，“本宫要想毒害皇上，有的是机会！为什么偏要当着那么多人的面害他，还要用什么花椒……这么简单的事，他却看不明白！不，他哪里是看不明白，他压根儿就是厌本宫老了，恨本宫杀了他的儿子，所以干脆装作不明白，想要本宫的命！”

李溪川劝道：“娘娘啊，皇上要杀您，只需要一句话，哪还需要这么麻烦？现在全天下人都说是您要谋害皇上，他还是没动您一根指头，说明在他心里，您依然是与众不同的。”

他心里却想着：皇上虽不会杀你，但只怕也不会再像过去那样宠溺你。

但现在这光景，她能活着就已经算是祖坟上喷火了，哪里还能想更多？

“不，他总有一天会杀本宫的。”万贵妃却似慌了神，一个劲儿地喃喃自语道。

就像《美人之死》里写的，他有几百几千种杀她的理由，只是因为爱她，所以才不杀她，如今他们之间生了嫌隙，信任不再，旧情渐逝，假以时日，等待她的会是什么？他看着膝下荒凉，会不会恨她害了那么多皇嗣？他身边美人渐多，会不会移情别恋，然后新人笑，旧人哭？

她抱紧自己，觉得荒凉，觉得愤怒，觉得怨恨，慢慢转头看向李溪川，呵呵笑道：“本宫若是死了，你也跑不了。皇上和妃子们是看在本宫的面子上，才不杀你，本宫一死，你说说他们会将你车裂，还是凌迟？”

李溪川头上的汗唰地流下来：“娘娘，您别说这么不吉利的事！您、您肯定不会有事的！”

“本宫当然不会有事，他们想要本宫死，本宫偏偏要活。”万贵妃的笑容已经有些不正常，“他们不是要栽赃本宫，说本宫是照着那部《美人之生》行事吗？好，本宫这就如其所愿，照着上面写的去做！”

“娘娘……您没事吧？”李溪川看着她，眼神有些闪烁和害怕，这也不能怪他，任谁和一个精神似乎出了问题的人共处一室，都会觉得害怕的。

他脚步后退，却被万贵妃一把扯住袖子。

“你想去哪儿？”万贵妃狰狞笑道，“你能逃到哪里去？”

“微臣……微臣去皇上那儿。”李溪川哭丧着脸道，“去给他看病，顺便给您求求情。”

“嗯，你去求情，”万贵妃诡异地笑道，“然后，替本宫做一件大事。”

不久，皇上的寝宫内。

“皇上，李太医觐见。”高公公通报道。

唐棣躺在床上，放下手里的奏折，感到有些奇怪：“他来做什么？”

李溪川虽为太医令，但唐棣看病从不找他，一个只会开堕胎药的太医，他哪里敢把自己的性命交到这种人手上？

高公公弥勒佛似的，笑呵呵道：“应该是替贵妃娘娘说情来的。”

唐棣听了，叹了口气：“那让他进来吧。”

他一句话说完，高公公就懂了他的意思，看来万贵妃依然没有失宠，否则皇上根本就不会给李太医求情的机会。知道这件事之后，高公公就决定赶明儿去华清宫走一趟，送点补品，跟万贵妃唠唠家常。

李太医携着一名药童，急匆匆地走进门来。

高公公伸手要拦住那药童，药童抬头看了他一眼，他微微一愣，笑呵呵地放他进去了，自己则走出门去，还贴心地给关上了门。

屋子里烧着炭，一张张长屏风折叠开来，围在床前，上面画着一片桃源，旁边还配着《桃花源记》的文。李太医立在屏风外，药童却放下药箱，轻手轻脚地绕到屏风后面，低声道：“皇上。”

唐棣正闭目养神，闻言睁眼看她，愣了愣道：“你怎么过来了？”

来者正是万贵妃，她原本被软禁于华清宫，现下是趁着夜色深沉，扮作李溪川的药童过来的。

她看着病榻上的唐棣，秀丽的眉眼，睥睨众生的气质，他是个好看的男人，更是高高在上的君王，而她丑陋渺小，是他人生中最大的污点，每每走在他身边，总要被人指指点点。

她缓缓跪在床边，握着他的手道：“皇上，不是臣妾。”

唐棣回握着她的手，他自然知道不是她，她还没傻到这地步，他也知道是谁陷害她，也能猜到这些人为什么要陷害她。

他这次没有帮她说话，因为他想，她的确该受受磨难，接受些教训了，他总会死的，他不可能总帮她，她得学会妥协和低调。

但万贵妃体谅不到他的良苦用心，她只看见了他的沉默和不作为，于是心一点点变凉，渐渐坚定了内心的想法。

“终是人心易变啊。”她笑得苍凉，抽回被他握着的手，将鬓发撩到耳后，“后宫的女人越来越多，母猪似的不停地生，臣妾没她们漂亮

又生不出孩子，居然妄想跟她们争宠，沦落如此，真是活该……”

唐棣眼神一哀。

“李太医，”万贵妃忽然喊道，声音有些阴阳怪气，“本宫渴了，给本宫端茶来。”

屏风外，李溪川手冷脚冷，两条腿已经有些发软。

“你还在等什么？”万贵妃又唤了一声，“本宫渴死了，你给本宫陪葬吗？”

李溪川抖了抖，哆嗦着走到桌子旁，将药箱放在上头，取出一只药瓶，将里面的药粉倒在茶水里，用两根手指搅拌均匀了，然后端到屏风后。

万贵妃接过茶杯，笑着喝了一口，然后凑过去，亲了亲唐棣的嘴。

唐棣眼神复杂地看着她，他可以将茶水吐掉的，但是他心里有愧，他心里还有爱，所以他将茶水吞了下去。

唇分，万贵妃抚摸着他的脸，眼神迷离道：“睡吧，皇上，从今以后，不需要您来保护臣妾了，臣妾自己来保护自己。”

茶水下肚，唐棣已经觉得四肢有些乏力，听了这话，有些不敢相信地看着她：“你……你给朕喝了什么？”

“臣妾过去从没想过要害皇上，可您不信臣妾。”万贵妃伸出一根指头，点在唐棣额头上，“既然如此，臣妾便如您所愿吧。”

她将指头用力点在唐棣头上，他直挺挺地倒在床上，头旁边，散落着一部青皮册子——《美人之生》。

万贵妃慢慢从床上坐起，居高临下看着他，眼神扫过那话本，呵呵地笑了起来。

李溪川觉得腿更软了，微不可查地离她远了几步，他觉得她真的是疯了，可悲的是他别无选择，只能陪着她疯。

“这一幕是不是很熟？”万贵妃笑着说，“对，就是《美人之生》里的情节，臣妾药倒您，然后过继个有皇室血统的孩子到膝下，待您死后，我就顺理成章地变成太后……呵呵，您过去还叫臣妾不要相信这部话本，臣妾不信，您却信了，既然如此，臣妾怎好辜负您的信任？”

唐棣张了张嘴，万贵妃给他喝的不是毒药，而是一种特制的麻药，一杯下去，可以让他睡上三天，三天之后再喝一杯，一杯一杯续下去，他下半辈子就得缠绵病榻，直到万贵妃让他死，或者让他生。

他看着几近疯狂的万贵妃，眼神十分复杂，悲哀、愤怒、恐惧、后悔……他似乎想说什么，也许是“来人，杀了她”，又也许是“爱妃，朕其实从未想过要杀你”。

但无论他想要说什么，万贵妃都不在乎了。

她静静地看着他，直到他闭上眼睛，李溪川已经一屁股坐在地上，结结巴巴道：“娘娘，我们现在该怎么办？”

“皇上病了，本宫自然要留在这里贴身照顾他。”万贵妃笑着回答。

她的笑容让李溪川觉得有些反胃作呕，但现在他还不能吐，哆嗦着问她：“但其他太医过来，怕是会看出些破绽。”

“你是太医令。”万贵妃笑道，“你觉得可以让谁过来看病，就让谁过来，你觉得不可以的人，就处理掉。”

李溪川一阵心寒，嘴上却道：“是……是……可皇上一直不上朝，文武百官那里……”

“都说了，本宫是要当太后的人。”万贵妃看着他，魔怔了似的，眼睛黑洞洞的，笑容阴森森的，“只要将先帝之女过继过来，本宫就能坐稳这太后的位置。”

她是否能找到这所谓的先帝之女，她是否能坐稳这太后的位置，姑且不提，但第二天，唐棣病重的消息不胫而走，早朝时，朝臣们看着空空的御座，议论纷纷。

不久，太医署遭受了一场大清洗，几位耿直的老太医告老还乡，李溪川的亲信则被火速提拔，占据高位，将太医署变成他的一言堂。与此同时，万贵妃调自己的哥哥顺义侯入宫，替了禁军统领的位置，但有反对者，尽数诛杀。

有人说万贵妃是狗急跳墙，有人说她是疯了。

而天机得了消息之后，则请了温良辰过府喝酒。

晚来天欲雪，能饮一杯无？

三人围在红泥小火炉边上，两个男人喝着小酒，吃着小菜，唐娇身前却放着一盆橘子，天机不让她喝酒，只许吃吃水果。

“我最近听到了一个有趣的消息。”天机将烫好的黄酒倒进两人的杯里，微微一笑，“唐棣快死了。”

“别这么幸灾乐祸，”温良辰回之一笑，“只是病重了。”

先前在牡丹坊内，天机跟他说唐棣快死了，他付之一笑，如今他说了同样的话，他却无法笑得那么云淡风轻。

“嗯，病重了，连早朝都上不了啦。”天机举起酒杯，“看来半只脚踩进棺材里了，你觉得等他入土为安以后，谁来接过九龙冠冕？”

温良辰微不可查地扫了唐娇一眼：“皇上自有安排。”

“他能安排得了吗？”天机饮了口黄酒，“现在后宫里当家做主的，不是万贵妃吗？”

听了这名字，温良辰忍不住嘴角抽了抽：“跳梁小丑罢了，没有皇上给她撑腰，你看她能蹦跶到几时。”

唐娇看看他，又看看天机，插不上话，低头剥橘子吃。

“殿下，”天机却忽然叫到她，“若是温侯愿意扶持您，您是否应该拜他为太傅？”

“师傅在上，请喝茶。”唐娇条件反射地将手里的橘子递过去，发现递错了，急忙收回来，把茶杯递过去。

“只靠一杯茶，就想让我为你们卖命？这茶喝了能长命百岁不成？”温良辰接过茶，却没喝，端起白玉烟枪，懒洋洋地抽了口，“皇上虽然卧病在床，但毕竟不是死了，你现在就跟我谈这些事，太早了。”

“不早，不早。”天机看了眼窗外，“看，不是来了吗？”

温良辰和唐娇一起看向窗外，只见一个陌生男子站在窗外，垂首候着。

天机召他进来，指了指温良辰道：“说吧，让温侯听清楚发生了什么事。”

“是。”那男子躬身道，“前天，万贵妃派人去了一趟天牢，将王玉珠提了出来……”

“王玉珠？”温良辰和唐娇齐声道。

“然后呢？”天机淡淡问道，“她将王玉珠带到宫里之后，做了什么？”

“她将王玉珠收为义女，然后精心打扮她，照顾她，之后让人去了宰相府，请宰相大人进宫一趟，讨论一下失而复得的前朝公主之事。”陌生男子道。

天机挥挥手，男子再次鞠躬，然后退了出去。

待他走后，天机看着温良辰笑道：“事情就是这样，若是温侯不信，可以找人核实一下，等结果出来以后，再考虑考虑要不要喝这杯茶……”

“不必了！”温良辰说完，将唐娇敬上的茶一饮而尽。放下茶杯，他看着天机道：“现在我们是自己人了，你能不能诚实地回答我一句，为什么万贵妃会照着你写的话本行事？”

对此，天机的解释是——性格决定命运。

“唐棣是个非常敏感多疑的人，他弑兄夺位，怕别人效仿他，故而将所有血亲都杀光。他还害怕外戚势大，所以故意冷落出身名门的妃子，只宠只信出身卑微的万贵妃。”天机嗤笑，“明明是自己胆怯，却偏说是爱情，而万贵妃却也信了……他们两个，一个无法忍受旁人的背叛，一个无法忍受爱情的离去。”

“每个人都有弱点。”温良辰笑道，“但我问的是那部话本，万贵妃为什么会照着那部话本行事呢？”

“她其实从来没有照着话本行事，杀皇嗣，杀宫妃，杀宫女……她从前难道不做这些事吗？”天机淡淡道，“这真的只是一部话本而已，除了某些心里有鬼的人，谁会将里面的故事当真，谁又会故意将里面的故事变成真的？”

温良辰愣住了。

“有些人在怀疑万贵妃，有些人在栽赃万贵妃，她又不是什么坚强

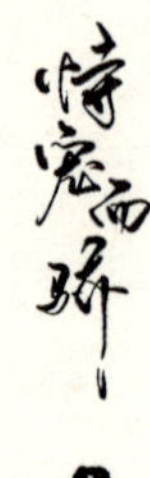

聪明的人，面对这么多栽赃陷害，尤其还要面对唐棣对她的猜忌，你觉得她会怎么做？”天机笑了，“她会愤怒地报复他们，比如说……真的照着话本上写的去做。”

“但也有可能不会。”温良辰道。

“那我也没什么损失。”天机不以为意，“谋事在人，成事在天，只能说天命在公主身上，我们的运气还不错。”

温良辰再不言语，一口喝干杯里的黄酒，起身离去。

“算你赢。”他用烟枪敲了敲天机的肩膀，临行前，回头对唐娇说了一声，“这么可怕的家伙，你一定要对他好一点，把他牢牢捆在身边，别让他变成你的敌人。”

说完，他朝唐娇眨眨眼，笑着离开。

屋子里只剩下天机和唐娇，火炉里的火焰噼啪作响，唐娇静静剥着手里的橘子，忽然道：“我觉得你说错了。”

“嗯？”天机道。

“我觉得皇帝和万贵妃是真心相爱的。”唐娇把橘子分成两半，递了一半过去，“因为是真心相爱，所以才无法忍受对方的背叛。”

橘子放在天机手里，她的手却没离开，柔柔的、软软的，搭在天机掌心，指头有一下没一下地刮着他的掌心，让他的心痒痒的。

没有人开口说话，但此时无声胜有声，连炉子里的火焰都变得暧昧起来。

“你不会背叛我的，对吗？”唐娇叼了一片橘子，看着他。

天机抓住她的手，黑漆漆的眼眸看着她：“别听温良辰胡说，你不用这么做，我会留在你身边。”

“跟他无关。”唐娇慢悠悠走到他身边，搭着他的肩膀低声说，“我是因为自己喜欢，才这么做的。”

天机侧首看着她，许是屋内的炭火烧得有些过头，她的脸颊有些红，有些热，而他嘴巴有些干，忍不住低头去拿水杯，她却伸手过来，将橘子递到他嘴边。

他咬了一片，满嘴甜水，吞了下去。

她慢慢贴近他耳边，声音像撒娇："我的玉佩不见了。"

嘴里的甜水立刻变苦。

"什么玉佩？"天机装傻装得天衣无缝，无懈可击。

"那块淘来的、上面有只小兔子的玉佩。"唐娇笑眯眯道。

"是不是被京城的偷儿给摸走了？"天机沉吟片刻道，"要不，我给你买一块新的？"

唐娇笑道："成啊，那还等什么？"

他们便熄了炉子里的火，穿上外出的棉衣，一同出了门。

皑皑白雪将京城覆成一片白色，天机本想带她去玉石铺子，却被她拉去了一家馄饨铺。

两人坐下之后，唐娇笑着对他道："卖家还没来，咱们先吃碗馄饨吧。"

她说完便招了老板娘来，点了一大一小两碗馄饨，没一会儿，老板娘就将馄饨端上来，搁在他们面前，热气朦胧，模糊了天机的视线，他看着碗里白生生的馄饨，漂浮在清汤上的青葱与虾仁，再看看唐娇的笑容，忽然觉得心里有些不妙，隐约有种吃断头饭的感觉。

唐娇扑闪扑闪着睫毛，两手放在滚烫的碗沿边，暖着手，对他笑。

这时铺子门口的厚帘被人掀开，一个红衣女子走了进来，视线往铺子里一扫，便妖妖娆娆地朝唐娇这桌走来。

"妹子，"她在唐娇对面坐下，一股浓浓的脂粉气扑面而来，嘴唇上涂着色泽极艳的胭脂，说话声又脆又快，"想不到你还真来了。"

她是挨着天机坐的，天机眼角余光扫了她一眼，觉得她眼神有些诡异。

那女子大冬天却穿得极少，衣襟拉得极低，露出脖子上挂着的一块玉佩。

羊脂美玉，中间雕着一只望月之兔。

不好！天机迅速瞟了一眼唐娇，她抚着碗沿，仍笑着，原来不是吃不下饭，而是气饱了啊。

"我跟这位许姑娘是吃馄饨的时候认识的。"唐娇皮笑肉不笑地

道，“她这玉佩，我实在是喜欢，你既然要买玉佩送我，不如就买这个吧。”

红衣女子笑而不语，看向天机，眼神也颇为诡异。

她原以为是挥金如土的贵人，原来是偷娘子首饰出来鬼混的烂人。

天机夹在她们两人中间，觉得世事无常，荒唐可笑。

他将无数人玩弄于股掌之间，他完美无缺地完成过无数任务，却不想阴沟里翻船，遇上了这么一件乌龙事。

唐娇笑靥如花，心里却在咆哮不已。好啊！她在家里苦守空房，每天撕着花瓣问他爱不爱她……结果呢！他居然跑到青楼去了！还把她的玉佩拿去送人！士可杀，不可辱！今天他要没个解释，就跟他拼了！

“玉能护主，却护不了二主，你要佩玉，就不要佩别人戴过的吧。”天机一脸平静道，“你若喜欢这样式，我买块一样的给你。”

“我已经问过玉石店的老板了。”唐娇懒洋洋道，“这样的样式很少见，是定做的，独一无二的。”

“那是他孤陋寡闻。”天机反戈一击，“我在暮蟾宫那儿，就见过一样的。”

这下换唐娇说不出话来了。

那红衣女子喝着馄饨，在旁边津津有味地看着，见他们相对无语，便开口问道：“你们到底买不买啊？”

“不买。”天机淡淡道。

“哼，浪费时间。”红衣女子丢下馄饨钱，白了他一眼，扭着腰走了。

她走后，两人又没话可说了，只好一起低头吃馄饨。

唐娇的心情不好，这才多久，暮蟾宫的玉佩就被她弄丢了，怕他问起，都不敢跟他见面了。天机这边又不知道怎么解释，告诉他，这是她与暮蟾宫友情的象征？他会信吗？还有最重要的一点，他真的瞒着她逛花街了吗？

“算了，不要了。”放下碗，唐娇无奈道，“你送我块别的玉佩吧。”

她心里酸酸的，怕真相太残酷，所以只好装无知。

看来人还是不能太聪明，眼睛也不能太亮，糊涂一些，或许能更快乐一些。

天机静静地看着她沮丧的脸，一句话也没有说。

夜里等她睡了，他睁开眼，无声无息地出了门，来到一座民宅里，三个陌生男子朝他行礼："指挥使大人。"

"东西带来了吗？"天机道。

"带来了。"他们将一块玉佩，以及一堆玉石放在桌上。

"以此为样本，"天机指了指那块望月玉佩，表情严肃，"我不管你们使用什么手段，天亮之前，我要拿到十块一样的玉佩。"

这个命令很奇怪，但是他们都是职业的军人，只懂服从，不会拒绝。行礼过后，立刻执行任务，或者寻自己的门路，或者找雕玉师傅帮忙，而天机自己则在油灯旁坐下，手里一块空白玉佩，另一只手翻出把小刻刀，在玉上划了一刀。

灯火昏黄，他的手很稳，眼睛很亮。

面无表情，一刀又一刀，桂花满月，望月之兔，渐渐在刀下成形。

最后抚去玉佩上面的玉屑，他看着掌心躺着的望月玉佩，低声一叹："圆谎的代价太大了。"

他说完，放下那块玉佩，重新又拿起另一块空白玉佩。

一夜过去，天亮之时，唐娇睁开眼睛，穿衣洗漱，并不知道昨天某人为了圆谎付出的时间和心血。

她出门买菜，地摊上有个人招呼她，过去一看，见卖不少旧首饰旧玉佩，翻来拣去，忽然咦了一声，拿起一块羊脂玉。

桂花盛开，玉兔望月。

"喜欢就买下来吧，不贵！"那人笑道，"买一对的话，还能再少点。"

"还有一样的？"唐娇问道。

"有啊有啊。"那人打开身旁的蓝布包裹，从里面翻出三四块一样的，"你要几块？"

唐娇只要了一块。

回来的路上，她时不时低头看眼掌心的望月玉佩，心里复杂难言。

“回来了啊。”天机大清早就在院子里练剑，见她回来了，他停下，平静地看她，“菜放厨房里，早饭我来做。”

唐娇忽然眼睛一酸，走过去抱着他。

失而复得的也许不只是玉佩，还有对他的信任。

天机站在原地，任她抱着，手抬起落下，几次之后，终于环在她肩上，将她轻轻抱在怀里。

温良辰说每个人都有弱点，他原本没有，现在有了。

失而复得的也许不只是弱点，还有感情。

有人失而复得，有人却在不停失去。

唐棣睁开眼，昏昏沉沉的，四肢无力，说不了话，万贵妃扶着他，一调羹一调羹地将汤药喂给他，再次夺走他的自由，送他进入梦乡。

“娘娘，王少卿已经来了。”宫人道。

“叫他进来吧。”万贵妃坐在床沿，隔着屏风道，“皇上需要本宫，本宫不能离开他。”

怕有人治好他，怕有人救他，怕有人偷走他，所以她不让任何人靠近他，吃饭、换衣、清洗身体，全都由她一个人来做。

万贵妃觉得自己竟不讨厌这样的生活，她丑陋，她出身寒微，她配不上他，她离了他就活不了，但现在不同了，他得靠她活着。

王渊之走进来，身后还跟着暮蟾宫。

眼前横着长长的《桃花源记》屏风，无忧无虑的画面和文字，隔绝了他们的视线，将万贵妃和唐棣挡在后头。

“大胆狂徒，见了朕还不跪下！”

威严的呵斥声忽然响起，王渊之脚步一顿，循声望去，只见一只金笼子挂在屏风边角，绿色鹦鹉用类似唐棣的声音，大声喊道：“朕可饶你不死，但需献上美食！”

万贵妃居然没把它烤了吃，也是件奇事。王渊之收回目光，不跪不拜，对屏风后那人道：“贵妃娘娘，你说的前朝公主在哪儿？”

万贵妃也不废话：“玉珠，出去见见王少卿。”

一直跪在她脚边的玉珠闻言起身，绕过屏风，出现在王渊之面前。

第一次见面，她身陷泥泞，满身泥水地仰望他，像一条地里的可怜虫。

现在她换了一身雪白的宫装，襟口围着一条白狐裘，浑身上下一尘不染，连发髻上的簪子都是一支莹白的玉簪，整个人显得肌肤赛雪，清丽动人。她低眉顺目地福了福，怯生生道：“见过王少……少……”

王渊之并不是一个人来的，她看清他身后那人的脸，惊得连话都不会说了，满脸的绝望恐惧。

暮蟾宫也惊讶地看着她，她是前朝公主？

“滚回来。”万贵妃冷冷呵斥道。

玉珠连滚带爬地回到她脚边，像条穿金戴银的狗。

“她是在民间长大的，什么事都不懂。”万贵妃看也不看她，对王渊之道，“但是陛下膝下无子，能继承大统的，身上流着皇家血液的，就只剩下她了。”

王渊之哦了一声，不否认，但也不承认。

人是他送来的，玉珠究竟是什么人，他还会不清楚？

“她是你找来的，身上还带着信物。”万贵妃道，“她究竟是真公主还是假公主，从前由陛下说了算，现在由本宫和你们王家说了算，只要你点点头，本宫就做主，将她赐婚给你，并封你为摄政王，协助公主和本宫处理朝政，你看如何？”

结盟与联姻，王渊之看了眼身边的暮蟾宫，淡淡道：“我表弟与公主年岁相近，且温文尔雅，一表人才，实属良配，便由我这个做哥哥的替他求亲于公主吧。”

暮蟾宫只觉浑身一冷，不敢置信地看着他：“表哥，你！”

“嗯……王少卿说得在理。”万贵妃只要能得到王家的扶持就够了，哪里还管玉珠是嫁给嫡公子，还是表少爷，缓缓点头道，“那就这么定了吧。”

“贵妃娘娘，”暮蟾宫忍无可忍，一步踏出，拱手道，“微臣已有

意中人，非卿不娶，所以赐婚之事，恕难从命！”

“蟾宫。”王渊之转头看着他，眼中带着家长式的责备。

暮蟾宫看着他，心中失望透顶，勉强笑道：“表哥，我今日身体有些不适，就先回去了。娘娘，微臣告退。”

说完，他再不理这一屋子乌烟瘴气，拂袖而去。

王渊之只得拱手道：“娘娘，微臣告辞。”

万贵妃无可无不可地点头，待他走后，示意玉珠将笼子递过来，抱在怀里，逗起笼子里的鹦鹉，惹得鹦鹉喊道：“滚开，小贱人，朕今日无心美色！”

她竟不生气，反而笑起来，继续逗着它：“再说几句，多说几句。”

对唐棣，她究竟是恨，还是爱？她已经搞不明白了，只是一边让他沉睡，一边又忍不住逗自己最讨厌的鸟，就为了听它的声音，跟唐棣一样的声音，哪怕是骂她，她也觉得欢喜。

玉珠有些畏惧地看了她一眼，转过头去，痴痴看着门口，她虽然穿金戴银，但日子并不好过，每天陪着一个疯婆子，让她备受煎熬，她希望王渊之或者暮蟾宫能为她停留，救她出苦海，给她温柔与爱，可惜他们的目光和脚步却完全不为她停留。

“追过去啊。”疑似疯了的万贵妃却忽然开口，转头看来，眼神冰冷平静，“本宫身边不养废人，如果他们兄弟两个都不愿意娶你，你就没有价值了。本宫会立刻叫人剥掉你身上的衣裳，摘掉你头上的首饰，把你重新丢回天牢里，你不会还想过那样的日子吧？”

玉珠脸色一白，忍不住紧了紧自己的襟口，想起了地牢里头的阴暗潮湿，想起了自己头上长出的跳蚤，想起了跟自己同住一个牢房的老妪，想起了抢她饭的枯瘦老手和鸡皮鹤发。

她想，地狱也不过如此了。

而她既然出来了，就绝不会再回去。

她跌跌撞撞地爬起来，朝那二人追去，两只眼睛，因为野心和怨恨而烧得明亮，她要活着，要过锦衣玉食、雍容华贵的生活。她为了活着，连自己的母亲都可以不管不顾，还有什么做不到的？反正男人都一样贪婪，像一尾尾张大嘴巴的鱼，只要舍得这一身细皮白肉，抛出去喂饱他们，何愁换不来一个公主的身份？

想到这里，玉珠脚步一缓，停下来擦拭头上的汗水，认认真真地整理起自己的仪容来。

如今她已不再是胭脂镇上那单纯的小姑娘，她在监狱里受苦，却也掌握了一样本事。她已懂得如何用自己的容貌和躯体，让狱卒保护她，给她买胭脂水粉、华服美食，甚至为她杀了那个令人生厌的老妪。

老妪死的那一刻，玉珠抚着自己的脸，竟笑了起来。

她第一次发现，自己原来并不柔弱，她手里有武器，一件极美极锋利的武器。

现在她擦汗，便是擦拭她的武器。她悄悄走到树后，望着不远处争吵中的两兄弟，眼睛里闪动着光，像是一名随时准备刺出武器的刺客。

却听王渊之冷冷道："便娶了她又何妨？你就当家里多了件精致摆设。"

"表哥，我已经说过了。"暮蟾宫气道，"她根本不是什么公主，她是平安县人，父母三代都是农民！"

玉珠躲在梅树后，闻言心中一沉，手指在袖底收紧，恨他如此轻而易举就揭穿了她。

"我知道。"王渊之道。

暮蟾宫沉默了一下："那你还让我娶她？"

"娶她，是为了让王家名正言顺地接管政事。"王渊之细心解释道，"这全是为了家族。"

"……没那必要。"暮蟾宫有些不耐烦了，"假的就是假的，她永远变不成真的。"

玉珠听到这里，咬咬唇，决定放弃暮蟾宫，将目标定为王渊之，暮蟾宫知道的太多了，相比之下，王渊之要比他好得多，他成熟，模样周正，家世优越，最重要的是他并不知道她的过去。

她要抛弃污垢的过去，获得新生。

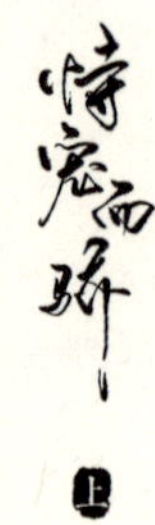

于是她狠狠掐了自己一把，然后从树后转出，眼泪汪汪地看着王渊之，楚楚可怜地哭道："王公子，你……忘了我吗？"

她乳燕投怀般朝王渊之扑去，雪白的肌肤，雪白的裙子，像一尾跳出水面的白鱼，但一旦缠在男人身上，就会变成一条柔软的白蛇。她原以为王渊之会接住她，岂料他忽然脸色大变，如避蛇蝎般避让开来。

玉珠啊呀一声倒在地上，没扑着人，只抓住了他的右手，却立刻被他甩开。

王渊之脸上乌云密布，撕下白手套，丢在地上，然后拂袖而去。

身后传来玉珠的嘤嘤啼哭声，但他理都不理，径自出了宫门。回到宰相府后，他二话不说，命人端来铜盆，盆里盛着温水，他将手伸进盆里，一遍遍洗着手，直到两只手都洗出了血丝，都不肯停下。

暮蟾宫看了一会儿，终于看不下去了，拿起毛巾递过去："表哥，可以了。"

王渊之嗯了一声，接过毛巾擦手，不一会儿，便将毛巾染得鲜红。然后，他满脸疲惫地躺在椅子里，闭目不语。

暮蟾宫转头嘱咐了几声，侍女很快送来药箱。暮蟾宫静静走到王渊之身边，没出声，看了他一眼，然后托起他一只手，亲自给他上药。

王渊之睁眼看了他一眼，又重新闭上眼。

暮蟾宫涂完一只手，又换了一只，慢条斯理地问："表哥，你的洁癖什么时候变得这么严重了？"

"一直如此。"王渊之闭着眼睛道，"不能跟陌生人接触，不能碰脏东西，更不能碰女人。"

暮蟾宫涂药的动作顿了顿。

"我想我这辈子，是无法娶妻生子了。"王渊之慢慢睁眼看着他，眼神是冰冷的，但也是脆弱的，"王家虽枝叶繁茂，但是有用的人真的不多，我这一辈人里，更都是些鱼目般的蠢物，能称得上明珠的，就只有你了。"

暮蟾宫沉默不语，久久才道："我姓的是暮……"

"你父亲原本就是祖父的门生故吏，是王家的上门女婿。"王渊之淡淡道，“他是遇事遭贬，才贬去平安县的，但是有祖父在，他迟早会回来京城，家父和你母亲是一母所生的兄妹，他怎忍心看亲妹妹在那样偏僻的地方受苦？”

顿了顿，他又道：“王家下一代的家主是我，但家老的位置却是为你准备的，我注定无子，将来是要从亲戚当中过继一个孩子过来的，蟾宫，你明白我的意思吗？”

他许下的富贵和前程，不可谓不大，但更让暮蟾宫感动的是这亲情和这推心置腹，但最后，他还是摇了摇头。

“抱歉。”暮蟾宫艰难地拒绝他，苦笑道，“你的好意，我心领了，但是我真的不想娶王玉珠。”

“我已经说过了，她只是一件摆设，一件带给你身份、地位的摆设。”王渊之细心解释给他听，“你只需要给她名分，其他什么都不需要给。要是嫌她碍眼，随便弄个偏僻宅子安置她便是，之后，你喜欢谁，就跟谁在一起。”

“我做不到。”暮蟾宫坚定地摇摇头，“富贵荣华，我情愿用我的双手去挣，但妻子……我只想娶一个，结发同生，白头偕老。”

王渊之见他神色，知道现在说再多，他也听不进去，想他也许是年轻气盛，过几天就能想明白，也就不再逼他，淡淡道：“表哥不会害你，你回去再考虑一下吧，三天，三天以后再给我答案。”

“好。”暮蟾宫也知道自己一时说服不了他，于是嘴上敷衍道，心里却想，别说是三天，三百年后他还是一样的答案。

用自己的脚去跨越千山万水，用自己的手去争取荣华富贵，用自己的心去爱一个人，他只想过这样的人生。

表哥可以为家族做很多事，比如扭曲事实，隐瞒真相，将一切栽赃给春月，又比如跟自己最讨厌的万贵妃结盟，但他做不到……跨出门的时候，暮蟾宫自嘲一笑，他的秉性或许真不适合入朝为官，学父亲那样外放，倒也不错。

他走后，王渊之一个人在椅子上坐了很久，忽然睁开眼道：“鸣琴、鼓瑟。”

一对双胞胎姐妹从外面走进来，朝他福了福身子，异口同声地问：“公子有何吩咐？”

“让你们查的事情，查清楚没有？”王渊之问道。

“回禀公子，已经查清楚了。”鸣琴道，“与暮少爷交往甚密的那名女子，名为唐娇。”

“此女乃是平安县人，初来京城不久，现与一名男子同住在永安胡同。”鼓瑟接口道，“善琵琶，美姿容，另外，之前风靡京城的那部《美人话本》，就是此女所写。”

王渊之嗯了一声，闭上眼睛，手指轻轻敲打扶手，在脑海里勾勒着这位唐姑娘的形象。

定是个妖艳的、放浪的、不守妇道的、勾三搭四的女子，仗着有几分姿色，做着飞上枝头变凤凰的美梦。善琵琶，还是个话本先生，应该有几分文采，嘴皮子也伶俐，难怪能让蟾宫另眼相看。

“备轿。”王渊之抬眼，冷冷道，“我要见一见这位唐姑娘。”